九人と死で十人だ

カーター・ディクスン

第二次世界大戦初期、エドワーディック号は英国の某港へ軍需品を輸送すべくニューヨークの埠頭に碇泊していた。一般人の利用を許すはずのない船に、なぜか乗客が九人。危険を顧みず最速で英国入りしたいとは、揃いも揃ってわけありの人物なのか。航海二日目の晩、妖艶な美女が船室で喉を掻き切られた。右の肩に血染めの指紋、現場は海の上で容疑者は限られる。全員の指紋を採って調べたところが、なんと該当者なし。信じがたい展開に頭を抱えた船長は、ヘンリ・メリヴェール卿に事態収拾を依頼する。そこへ轟く一発の銃声、続いて大きな水音！

登場人物

レジナルド・アーチャー……………医師
ピエール・ブノワ……………………フランス狙撃隊大尉
ヴァレリー・チャトフォード………若い女性
ジョージ・A・フーパー……………イギリスの実業家
ジェローム・ケンワージー…………貴族の子息
ジョン・E・ラスロップ……………ニューヨークの地方検事補
マックス・マシューズ………………元新聞記者
エステル・ジア・ベイ………………トルコ外交官の元夫人
フランシス・マシューズ中佐………エドワーディック号船長。マックスの兄
グリズワルド…………………………事務長
タイラー………………………………事務長秘書
クルクシャンク………………………三等航海士
ヘンリ・メリヴェール卿……………陸軍省情報部長

九人と死で十人だ

カーター・ディクスン
駒　月　雅　子　訳

創元推理文庫

NINE—AND DEATH MAKES TEN

by

Carter Dickson

1940

九人と死で十人だ

この物語を、第二次世界大戦が始まって間もなくニューヨークから〝イギリスの某港〟へと海を渡った思い出に寄せ、私とともに商船ジョージック号に乗り合わせた乗客諸氏に捧げたい。ただし灯火管制や救命胴衣の常時携帯という状況を除き、本書の内容はすべて架空の出来事である。実際の航海時期は一九四〇年一月ではなく三九年九月であり、ジョージック号の積み荷に軍需品の類は含まれていなかった。当然ながら本文中に記されている遺憾きわまりない事態とは無縁の航海で、登場人物についても乗客から乗員に至るまで実在の人物とは一切無関係である。つまり、この物語は私自身の船旅の体験から雰囲気のみを借りた、純然たる想像上の産物なのである。

一九四〇年五月、ロンドンNW地区三番街

カーター・ディクスン

I

ニューヨーク西二十丁目のはずれにある埠頭に、軍艦と同じ鈍色《にび》に塗られた定期船が浮かんでいた。ホワイト・プラネット・ライン社が運航する二万七千トン級大型客船エドワーディック号が、〝イギリスの某港〟へ向けて出航を待っているのだ。

現在午後一時、そそり立つ都会の摩天楼はスケート靴のブレードよろしく冷たく輝き、早くもいくつかの窓に明かりがともっていた。港ではぎらぎらと油の浮いた海面が揺れている——そこへ落ちようものなら、ほんの数秒で凍りついてしまうだろう。風も一段と冷たさを増してきた。吹きさらしの税関事務所が見るからに寒々しい。

エドワーディック号の船体は、ひしゃげたようにずんぐりしていた。左右の舷側が弓なりに大きく張り出し、税関から眺める姿はさながら鋼鉄でできたがらんどうの器だ。わずかな生気のしるしに、煙突からディーゼルエンジンの褐色がかった排煙を吐いているが、それも突風にあえなく吹き払われていく。甲板からマスト、通風筒まで、どこもかしこも灰色だ。灯火管制により舷窓まで鉛色に塗りつぶされ、あまつさえ隙間なく閉ざされている。

油で汚れた海面のそばで、警備にあたる港湾警察官たちが寒さに震えていた。喫煙は、埠頭一帯はもちろん、がらんとしたじめつく待合室でも禁じられていた。エドワーディック号の荷積みはだいぶ前に完了したが、依然としてものものしい警戒態勢のもと、埠頭に出てくる者を厳重に取り締まっていた。やがて、大型スピーカーから耳ざわりな放送が流れ出し、待合室の天井をびりびりと震わせた。それを合図にまばらな人影が重そうに腰を上げ、めいめい足踏みしたり、てのひらに息を吐きかけたりしながら、曳き船のうつろな汽笛が響く埠頭へと出ていった。

見送りの乗船は許されない。エドワーディック号は本来客船だが、今回は〝イギリスの某港〟への軍需品輸送を担っている。代価五十万ポンド相当の高性能爆薬と、ロッキード社製爆撃機四機が、すでに最上部の露天甲板に積載されていた。

乗船客は九人だった。

＊

A甲板の船首寄りで、手すりに両肘をついていた男は、エドワーディック号が動き出したとたん言い知れぬ安堵感に包まれた。

出航をなぜこれほど待ちわびていたのか、自分でもわからなかった。思い当たる理由はひとつもない。イギリスに帰ったところで仕事の当てはなく、将来の見通しは暗い。片脚を少し引きずる身では兵役に就くのも難しいだろう。おまけに、これから八日間――この一月の悪天候やイギリス海軍省の指令によってはさらに二、三日延びる可能性もある――は、洋上に浮かぶ弾薬庫で暮らすようなものだ。狡猾な敵の魚雷で、いつなんどき木っ端微塵にされるかわからない。

　にもかかわらず、エドワーディック号が大きなカーブを描いて後退を始めた瞬間、彼はこのうえなく救われた気分になった。海面に白い筋状の波を立てながら、船はゆっくりと埠頭から離れていく。

　オーバーコートの背中を丸め、難しい顔つきで手すりに寄りかかっているこの男は、三十代初めとおぼしき、黒っぽい髪と人好きのする小作りな顔立ちの青年だ。不自由な脚をステッキで隠していること以外、とりたてて特徴はない。分厚い起毛のコートにくるまり、厚地の縁なし帽をかぶっている。名はマックス・マシューズ。新進気鋭の新聞記者として大いに活躍してきたが、この船を選んだからには愚か者呼ばわりされても文句は言えまい。イタリアやアメリカの定期船で南欧航路をとれば、多少時間はかかってもはるかに安全なのだから。

　それでも、マックス・マシューズの気持ちは高ぶるばかりだった。いままで味わったことのない強烈な興奮がこみ上げてきた。

　やった！　ようやく出航したぞ！

　港を渡る風が顔にまともに吹きつけてくる。目をつむって足を踏んばり、身体の芯まで凍えそうな寒さをじっとこらえた。エドワーディック号は曳き船につながれたロープを甲高くきしませ、小刻みにふらついている。が、その揺れもじきにエンジンの駆動音とともにおさまり、埠頭とのあいだに横たわる海面がにわかに広がった。

　いよいよ暗く孤独な大海目指して進み出したのだ。エドワーディック号が陸から遠ざかりつつ空に汽笛を響かせると、曳き船の哀しげな汽笛がそれに応えた。

「寒いですねえ」突然、さほど遠くない場所から声がした。

マックス・マシューズはあたりを見回した。

手すりの少し先で、薄いコートを着た長身の男が、前部ハッチと三等客室のある船首楼甲板を見下ろしていた。ソフト帽を目深にかぶった頭を小さく突き出している。

「寒いですねえ」男は当たりさわりのない口調で繰り返した。

船上の社交辞令では、きっかけ作りの言葉に相当する。答える側は、気が進まなければ〝そうですね〟とだけ返事をして、そっぽを向けばいい。〝そうですね〟のあとに自分なりの言葉をつけ加えたら、それは話し相手になりますよという意思表示だ。

人と話す気分ではなかったはずなのに、マックスはこう答えていた。

「そうですね。向こうへ着く頃には、もっと寒くなるんでしょうね」

「逆に、いやというほど暑くなるかもしれませんよ」男は穏やかだがどこか投げやりな口調で言い、コートのポケットに手を突っこんだ。「煙草、いかがです?」

「あ、いただきます」

会話はすんなり軌道に乗った。二人は互いに煙草の火をつけ合おうとしたが、昇降口階段のひさしの下にまで風が勢いよく吹きこんでくる。結局あきらめ、各自でやることにした。

マッチが燃え上がった瞬間、相手の姿が照らし出された。長身のがっしりした体格で、にこやかな口もとに丈夫そうな白い歯が並んでいる。歳は六十くらいだろうか、帽子の下から白髪がのぞいているものの、身振りや話し方は若々しく、歯切れがいい。猫背気味だが、動作はきびきびとして、引き締まったごつい顔立ちと活力に満ちた褐色の目の輝きが印象的だ。身なりや言葉の感じからするとアメリカ人らしい。待てよ、おかしいな。マックスは考えこんだ。近頃はアメリカ人がパスポートを取得するのは至難の業だと聞いている。アメリカ政府は市民に、交戦中の国々への渡航を固く禁じているはずだが。

「ご存じかな」男はマッチの燃えさしを足もとに放った。「この船には九人しかいないことを」

「乗客が、ですか？」

「そう。二等や三等は誰もいなくて、女性二人を含む九人全員が一等船客なんです」

マックスは思わず訊き直した。「女性二人？」

「嘘じゃありませんよ」疑われたと思ったのか、男はマックスをにらんだ。「確かに女性が乗るような船じゃないが、それはきみにとっても同じでしょう。しかし、現にこうして乗っている」男は両腕をさっと広げた。「船長の話では――」

「船長に会ったんですか？」

「たまたまね。軽く挨拶した程度ですよ」慌てたように言う。「午前中、顔を合わせる機会があったので。それがどうかしたんですか？　船長と個人的な知り合いだとか？」

「実は……」マックスはためらいがちに言った。「船長はぼくの兄なんです。まだ会ってませんがね。航海中もあまり会わないでしょう」

「兄？　本当に？　なるほど、それでこの船に」

「まあ、それも理由のひとつです」

「わたしはラスロップ」男がいきなり大きな手を差し出した。「ジョン・ラスロップだ」

「マシューズです」マックスは握手に応じた。

自己紹介がいささか早すぎる気がしないでもなかったが、ラスロップの実直そうな態度にマックスは好感を持った。と、そのとき一陣の風が吹き抜け、二人の煙草の先で火の粉が舞った。

エドワーディック号は徐々に速度を上げ、港の外へと突き進んでいた。スクリューの鈍い振動が甲板に伝わってくる。左手のひしめき合った家並みが後方へするすると遠ざかり、マンハッタン最南端の摩天楼に重なっていく。それは暮れゆく空を背景に、雲間から射すおぼろな光で白くぼんやりと浮かび上がっていたが、やがて高層ビル群さえも大海原の向こうに芥子《けし》粒ほどの姿をとどめるだけとなった。

「ふと思ったんだが」ラスロップが唐突に口を開く。

「はい？」

「これだけ大きな船に客がたった九人とは、まるで大樽並みの莢《さや》に入ったエンドウ豆だ。要するに似た者同士で、それぞれ確固たる決意を抱いているんだろう」

「なぜですか？」

ラスロップは煙草を投げ捨てると、手すりから身を乗り出して両手を組んだ。正面からの風で二人とも目が潤んでいる。「九人全員に、急いでイギリスへ渡りたい差し迫った事情があるはずだ。ジェノヴァかリスボンを経由して陸路をたどれば、時間はかかっても安全にたどり着ける。それなのにあえてダイナマイト同然の船を選ぶんだから、よほどの理由がなければおかしい。もっとはっきり言うと、この船の乗客は揃ってわけありということだ」

「そうかもしれませんね」

ラスロップは片目を開けてマックスの表情をうかがった。「おや、どうでもいいような口ぶりだね」

「ええ、気になりません、そういうことは。こいつのせいで一年近くも病院にいましたから」マックスはステッキの先で片方の脚に軽く触れた。「ぼくにとって、新鮮な潮風とがら空きの船ほどありがたいものはないんです」

「申し訳ない」ラスロップはおごそかな口調で詫びた。「そんな事情とはつゆ知らず、茶化すような真似を」

「いいんですよ、お気遣いなく。とにかくぼくは、うまい料理と上質のワインにありつける静かな旅ができればいいんです。浮かれ騒ぐやかましい旅ではなくて。気取った仰々しい旅も願い下げだ。この船なら、そういうものとは関わらずに済むと思ったんですよ」

ラスロップは上を向いて大笑いした。

「確かにそうだ」急に真顔になって続けた。「つまり、きみの場合はそれがこの船を選んだ動機というわけか」

「ええ、まあ。動機というほどでもないですが」

「いやいや、穿鑿《せんさく》するつもりはなかったんだ」ラスロップは探るような目つきでマックスを見た。「いいかげん煙に巻くような言い方はやめよう。実は、わたしの動機はもっと単純かつ風変わりでね。殺人犯を追っているんだ」

沈黙が下りた。

エドワーディック号の耳ざわりな汽笛が、あたり一面に響き渡った。まだ湾内だというのに海面は不規則な波にもまれている。マックスは指先の煙草を見つめるうちに、自分が弾薬庫の上に立っていることを思い出した。甲板で煙草なんか吸っていいんだろうか？　すぐ足もとに落とし、火を念入りに踏み消した。

「さてと」マックスは言った。「そろそろ船室に下りて、荷ほどきをしよう。記入しないといけない書類もあったな。事務長に提出するよう言われ——」

「かつがれたと思ってるね？」ラスロップが言った。「殺人犯がどうのってのは、ただの与太話だと」

「そうじゃないんですか？」

「かついでなどいない。正真正銘の事実だよ」ラスロップの褐色の目に鋭敏な光が宿り、表情が一段と活気を帯びた。彼は声をひそめて続けた。「詳しいことはおいおい説明しよう。食事のときはどこに座るんだい？」

「たぶん兄のテーブルに。あなたも一緒にいかがです？」

「船長のテーブルか、それは光栄だ。じゃあ、そのときにまた。おっと！」

最後の声は独り言に近い驚きの声だった。振り返ったマックスの目に、その理由が飛びこんできた。

磨き上げられたA甲板の向こうから、暗灰色の隔壁と救命ボートのあいだを縫うようにして、黒貂《くろてん》の毛皮を着た女性が歩いてくる。

向かい風に目を細めていたが、足取りはしっかりしていた。豊かな淡い金色の髪に派手なスカーフを巻き、結んだ先端を風になびかせている。ふくよかな顔は小麦色に焼け、ワセリンを塗ったかのように頬がつやつやしている。うっすら開いたまぶたの奥の青い瞳、ぽってりした肉感的な唇。年齢は四十代前半だろうが、近くでなければそうは見えない。毛皮の合わせ目から、胸もとにダイヤモンドの留め具がついたブラウスと黒いスカートがのぞき、下になにも着けていない胸のふくらみや肉づきのいい太ももの形が、真っ向からの風で生地越しにはっきりわかる。スカートの裾からはすらりと伸びた美しい脚とハイヒール。

三人ともさりげなく知らん顔をした。女性のほうは、マックスとラスロップの存在を意識すらしなかったかもしれない。目を半ば閉じたまま蛇革のハンドバッグを小脇に抱え、二人の横を超然と通り過ぎていった。

彼女の後ろ姿をこっそり見ているラスロップをその場に残し、マックスは昇降口階段へ向かった。

毛皮の婦人の姿は、マックスの脳裏からなかなか消えなかった。病院で十一カ月も禁欲的な生活を余儀なくされて女性に対する免疫が薄れ、えり好みする余裕がなくなっているようだ。ぱっと目を惹く華やかなタイプではあるが、どことなく不機嫌な感じの顔だった。口もとの苛立たしげな小じわのせいだろうか。

マックスはA甲板の重い扉を開け、小さく飛びはねて隙間に身体をねじこんだ。手を離したとたん扉は風で勢いよく閉じ、静まり返った通路に盛大な音を響かせた。蒸していて、少しゴム臭い。隔壁がきしむ弱い音以外はなにも聞こえない。

その耳ざわりな音に追い立てられながら、マックスはB甲板へと階段を下りていった。船体の上下動が足もとから伝わってくる。B甲板に着くと、空気は一層重苦しさを増した。軍のお達しで、舷窓をボルトで留めて常時閉めきっているからだろう。乗客が集まる上階の社交室でさえ、昼間でも窓を開けていいのは係のボーイだけという決まりなのかもしれない。

マックスは不意に底知れぬ孤独感に襲われた。

彼の船室は浴室つきでゆったりしており、B甲板の右舷に位置していた。狭い通路を進むと、途中で片側がアルコーブと呼ぶほうがふさわしい短い廊下に分かれ、その左右に船室がひとつずつある。マックスは左側のドアを開けた。

室内には明かりがともり、白い壁が輝いていた。扇風機が回っているので、さほど息苦しさは感じない。トランクは白いカバーのかかった寝台の脇に置いてあった。二人部屋だが、使うのはマックス一人だ。明るい緑色の絨毯の上に籐椅子が二脚置かれている。船の振動で、洗面台の棚にある歯磨き用のガラスのコップが小刻みに鳴っている。マックスは浴室へ行き、フックで留めてある開いた扉から内部をのぞきこんだ。浴槽の水道の栓がゴボゴボと音を立てている。天井に据えつけられた首振り型の扇風機が、彼の顔に涼しい風を送ってきた。

なにもかもが平穏だった。ただ……。

ドアに遠慮がちなノックの音がした。

「あのう、お客様」担当の船室係《スチュワード》がドアを細く開け、かしこまった顔をのぞかせた。「必要なものがございましたら、遠慮なくお申しつけください」

「いや、ないよ。ありがとう」

「トランクは部屋に運んでおきました」

「ああ、確認した」

「もう少ししますと銅鑼《どら》が鳴ります。〝乗客全員、社交室に集合〟の合図ですので、よろしくお願いします」

「なにが始まるんだい?」

「乗船中の注意事項の説明です。部屋に備えつけの救命胴衣を忘れずにお持ちください。着用方法はご存じですか?」

「ああ、知ってるよ」

「本当ですか、お客様?」船室係は愛想笑いを顔に貼りつけ、おずおずと入ってきた。

簞笥を開けると、一番上の段に救命胴衣が二着用意されていた。扉の鏡に、背後に立つ船室係の作り笑いが映っている。マックスは一方の救命胴衣を手に取った。帆布に縫いこまれた長方形のコルク板二枚に、同じく帆布製の肩紐と首紐がついている。まず首紐に頭をくぐらせてコルク板を胸と背中に垂らし、左右の肩紐に腕を通す。エプロンと同じ要領で紐を腰の後ろで結べば出来上がりだ。マックスは実際にやってみた。

「そうです、よくできました！」船室係が大げさに褒め、「では、あそこにある書類にご記入をお願いします」と寝台のほうを示した。乗客名簿を添えたピンクの細長い乗客カードが置いてある。「済みましたら、パスポートと一緒になるべく早く事務長室へご提出ください」

「ああ、わかった」

船室係はいつの間にかいなくなっていた。救命胴衣を着たマックスは巨人ゴリアテになった気分で、けばけばしい色の乗客名簿を見下ろした。

さっきの婦人の姿がまだ脳裏にへばりついている。若くはないが美しいブロンドで、目を半分閉じて髪をなびかせながら、強風に向かって毅然と歩いていた。おい、いいかげんにしろ。マックスは自分をたしなめた。せっかく自由になったんだ、他人にかかずらうのはよせ。面倒なことになっても知らないぞ。惰眠をむさぼって、ぶらぶら過ごせばいいじゃないか。欲しかったのは孤独だけ。そのために、あえて爆薬と一蓮托生の船旅を選んだんだろう？

それでもなお、彼女の名前を知りたくてたまらず、マックスはとうとう乗客名簿を開いた。数少ない名前が寂しげに並んでいた。

レジナルド・アーチャー博士
ピエール・ブノワ大尉
ヴァレリー・チャトフォード

ジョージ・A・フーパー
ジェローム・ケンワージー
J・E・ラスロップ
マックス・マシューズ
エステル・ジア・ベイ夫人

変だな、八人しかいないぞ！　乗客は九人だとラスロップは言っていたのに。まあ、いいか。きっと彼の勘違いだ。それより、最後の名前が気になる。彼女に当てはまるのはこれしかない。〝エステル・ジア・ベイ夫人〟

「絶対これだ！」うなる扇風機に負けじと声を張り上げてから、いまいましい気分でつけ加えた。「トルコ人じみた名前だな。見た目はイギリス人だったのに」

閉ざされた空間に自分の声がこだました。その直後、膨らんでいく風船のように床がせり上がってきた。船は波に大きく持ち上げられたあと、隔壁をきしませながら横揺れとともに落下した。よろけたマックスはとっさに寝台の縁にしがみついた。たちまち胃がむかむかしてきた。

その瞬間、わけのわからない高揚感の正体がようやくつかめた。神経過敏だ。興奮しているのはそのせいなのだ。

紐をほどいて救命胴衣を脱ぎ、腕にぶら下げた。遠くで銅鑼が繰り返し鳴らされている。その鼓動は船体を伝わって次第に大きくなり、船室の外までひたひたと忍び寄ってきた。

「〝乗客全員、社交室に集合〟か」マックスはため息をついてから、暑くなったのでオーバーコートを脱ぎ、再び救命胴衣を腕に掛けた。風通しのため部屋のドアは開けたままフックで固定した。これで準備完了。部屋から一歩踏み出したとたん、目の前にいきなりあの婦人が現われた。さっきとちがい、正面から向き合う恰好だ。

彼女の船室とは隣り合っているのだ。マックスが腕を伸ばせば、アルコーブの向かいのB37と表示された白いドアに触れただろう。彼女は自室の前の薄暗がりへ足早に駆けこんだところだった。

「失礼」マックスは詫びた。

「いいのよ」短い間のあと相手が言った。「悪いのはわたしのほうだわ」

煙草で焼けたようなしゃがれ声で、高慢な響きがこもっていた。マックスが脇に寄って道をあけると、彼女は進み出て手探りでドアを開けた。室内には煌々と明かりがともっていた。壁紙の色を除けばマックスの部屋とそっくりで、もちろん浴室つきだ。E・Z・Bと白い頭文字の入った大型トランク二個と、雑然と広げられた小間物が見えた。

ドアを閉める間際、彼女はマックスをちらりと振り返った。膨らんだ蛇革のハンドバッグを脇にしっかりと抱えている。ややへの字になった唇の下に苛立たしげな小じわが刻まれていたが、マックスの目には入らなかった。

ドアが閉まる寸前、彼女にじっと見つめられたからだ。

2

社交室のあるA甲板へ続く中央階段を、マックスは気もそぞろに上っていった。

最初の二十四時間、ほかの乗客にもっと気を配っていたら、あるいはいくつかの事柄をもっと注意深く観察していたら、血みどろの惨劇は未然に防げただろうに。彼はのちに悔いたが、それはあくまで結果論だ。初めのうちは誰だって他人のことまで目が届かない。疲れていたり、落ちこんでいたり、個人的な関心事に気をとられたりしていれば、なおさらだ。周囲の人たちの顔を漠然としか覚えられず、数日経っても誰が誰だか見分けがつかなかったとしても責められまい。もっとも、エドワーディック号の乗客はごく少数だから、彼らの歩く姿は装飾過多な廃屋をさまよう亡霊のようなもので、その気になれば観察はたやすかったはずだ。おそらく爆薬を積んだ船に乗っている緊張感から、殺人への防衛本能が鈍っていたのだろう。それ以外に答えが見つからなかった。

なにしろ社交室に集合した乗客に三等航海士が開口一番、この航海を普段の気楽な船旅とはお考えにならないように、と警告したのだから。

色鮮やかなステンドグラスの天井をマホガニーの柱が支える大広間風の社交室では、緑色のフェルトを張ったカード用テーブルと厚いブロケード地の椅子が、いまは絨毯を敷きつめたダンスフロアに配されている。薄暗い照明のせいで、これから怪談でも始まりそうな雰囲気だ。だがイギリスの名レーサー、サー・マルコム・キャンベルに似た三等航海士の口調は、はきはきして威勢がよかった。

「紳士淑女の皆様！」彼はボール箱が積んであるテーブルの端に腰掛けた。「これから注意事項をお伝えします。かえって皆様を不安にさせてしまうかもしれませんが、背に腹は代えられません。悪魔に追い立てられればなんとやら、ですよ」冗談めかした表現が急に不吉な声音を帯びた。「人数分のガスマスクを用意しました。実際にかぶってみてください。船室係！　配ってくれ」

（ガスマスクだって？　どうしてまた海の上で？）乗客全員の胸に同じ疑問が湧いたが、口に出す者はいなかった。

「この航海では使わなかったとしても、イギリスへ上陸したら絶対に必要になります」三等航海士が淡々と続ける。「ですから必ず受け取って、箱にお名前と船室番号をご記入ください。では、どうぞ」

　乗客たちはおとなしくテーブルのそばに集まった。船室係にならってガスマスクをかぶり、豚そっくりに鼻の突き出たぶざまな顔を薄明かりの下で見合わせる。その奇妙な長い鼻で息をしてみると、吸えばブーブー、吐けばゴボゴボと、ずいぶん行儀の悪い音がした。

　そのときになってようやく、ヴァレリー・チャトフォードとジェローム・ケンワージーが来ていないことがわかった。二人とも船酔いだそうです、という船室係の報告を聞いて、三等航海士は顔をしかめた。「仕方ない、あとでこちらから船室へ出向いて説明しよう」

「それでは皆様」三等航海士が乗客のほうに向き直る。「明日はさらに細かい注意事項があります。午前十一時に救命ボート訓練を予定していますので、警報ベルが鳴ったら速やかにC甲板の食堂へお集まりください。指示があるまでそこで待機をお願いします。なお、救命胴衣と今日お配りしたガスマスク、それから毛布を忘れずにお持ちください。繰り返します。海や空から攻撃があった際は全員ただちに食堂へ集合です。本日はこれで終わります」彼はにっこり笑った。「心配ご無用です。万事わたくしどもにお任せください」

乗客はぞろぞろと社交室をあとにした。

誰もが無言だった。冗談を言う者も笑う者もいない。天候の悪化で船の揺れが激しくなってきたため、皆、気分のすぐれない様子だった。そのせいだろう、初日の晩餐に姿を見せた乗客はたった四人で、上級船員も事務長一人だった。

鏡と赤い漆塗りの板材をふんだんに用いた食堂では、誰もいない真っ白なテーブルの列が葬式めいたわびしさを漂わせていた。厨房から食器の触れ合う音がかすかに聞こえるだけで、ボーイも客も申し合わせたように口数が少ない。船長の六人掛けの円《まる》テーブルに着いたのは、マックスと気さくなラスロップ、そしてブリストル出身のジョージ・A・フーパーと名乗るずんぐりした中年の男だった。少し離れた二人掛けのテーブルには、カーキ色の軍服姿の男が一人で座っていた。肩にフランス狙撃隊大尉の金と赤の階級章をつけ、筋張った顔は陽に焼けて浅黒い。あれが乗客名簿にあったピエール・ブノワ大尉だな、とマックスは思った。ブノワは無表情で、目を上げず黙々と食事をしていた。

そのとき、食堂内を不気味な隙間風が吹き抜けた。舷窓の外でうなる強風の音とともに床がじわじわとせり上がり、最後はエレベーターのようにすとんと落ちた。陶磁器が騒々しく鳴って、一斉にテーブルの中央へ滑り寄った。

「蟹のオードブル」ラスロップがメニューを見ながら、陽気な口調でボーイに注文を始めた。「舌平目のグリル、オランデーズ・ソース添え。ステーキにフライドポテト。そうだな、とりあえずそれで」

「わたしにはステーキとチップスを。あれっ！」イギリス南西部の素朴なアクセントで話すジョージ・A・フーパーが、突然素っ頓狂な声を上げた。「こりゃあ、たまげた！ いったいなんだ、あれは。シバの女王のお出ましか？」

食堂の入口に現われたのはエステル・ジア・ベイだった。

どう見ても初日の晩餐にはふさわしくない服装だが、あえて堂々と見せびらかしている感じだった。フーパーの声には畏怖の響きがこもっていた。

ジア・ベイ夫人の――まどろっこしい名前だなあ、とマックスは思った――銀のスパンコールがついたイブニングドレスは、柱のモザイク状にはめこまれた鏡に乱反射していた。堅物のフーパーがぎょっとするのも無理からぬほど襟ぐりは大胆に開き、顔と同じく小麦色に焼けた肩があられもなくむき出しになっている。口もとに例の小じわはなく、手首に黒のハンドバッグを掛けている。彼女が部屋へ入ってきた瞬間、船がぐらりと揺れた。普通の女性ならすぐによろけ、気取るのも忘れて柱にしがみつくところだろうが、ジア・ベイ夫人はちがった。手を貸そうと急いで駆け寄ったボーイを、彼女は笑いながらおどけたしぐさで追い返した。それから長いドレスの裾をつまむと、空いている二人用のテーブルに悠然と座り、やや耳ざわりな甲高い声で注文を始めた。

船長のテーブルにいる三人の男は、見てはいけないものを見てしまった気がして、さっそくひそひそ話を始めた。

「まったく、けしからん」フーパーが自分の料理の皿に視線を落として言う。「なんて破廉恥なんだ」

「そうかい?」ラスロップは鷹揚な口ぶりだった。若々しい褐色の目に父親めいた寛容の色が浮かんでいる。「なかなか素敵な女性だと思うがね。ジア・ベイ夫人というんだ。といっても、すでに離婚したか離婚間近のどちらかだよ。生まれはアメリカで、最初の夫はイギリス人だった。二番目の夫、つまり新たに離婚する相手は、ロンドンのトルコ大使館に勤務している」

ラスロップの噂話を仕入れる手腕には、村の慈善裁縫会に集う婦人方が束になってもかなわないだろうな、とマックスは舌を巻いた。

「彼女と話したんですか?」マックスは訊いた。

「ああ、たまたま。軽く挨拶だけ。あちらさんは一杯おごってもらいたかったようだが、お断りしたよ」

けっこうしたたかな女のようだな、とマックスは思った。

ラスロップはくすくす笑った。「どんな船にも決まってそういうのが一人は乗っている。本気で誘惑してくる者もいれば、そうでない者もいて、たいていは後者だ。ただし、ジア・ベイ夫人は前者だろうな。むろん、わたしは今後もなびくつもりはないよ。女房の顔が目の前にちらつくからね」

マックスは黙って料理を口に運んだ。ぼくだって、はすっぱな女の誘いになんか乗るもんか、と嫉妬まじりの怒りとともに決心した。彼女と仲良くなる気も、酒をおごってやる気もないからな。

けれども、それは避けられない運命で、抗うことはできないという予感があった。まったく最悪じゃないか。性格ばかりか外見も全然好みではない女性なのに。だけど人生に嫌気がさしているいまなら、それでも構わないんじゃないか? 心の内でそうつぶやいた。

そのとき、青い制服姿のボーイが揺れるテーブルのあいだを慎重な足取りで近づいてきた。

「マシューズ様ですね」

「ああ、そうだが?」

「船長からの伝言で、食後に部屋でコーヒーを一緒にとのことです」

席を離れる口実ができてマックスはほっとした。出口へ向かうには、ジア・ベイ夫人のテーブルの横を通らなければならない。遠回りすると目立ってしまう気がする。彼はそれほど自意識過剰になっていた。テーブルにさしかかったとき、ジア・ベイ夫人が顔を上げてマックスを見つめた。濃いワイン色の口紅を塗ったふっくらした唇に、あざけるような笑みが浮かびかけた。

それだけだった。マックスは片脚を引きながら通り過ぎた。

ボーイはマックスを先導してエレベーターに乗り、A甲板へ上がった。エレベーターを降りたところに浸水を防ぐ水密区画が設けられ、いまは光を外に漏らさない役割も果たしていた。その防水扉を開けると小部屋があり、そこを通り抜けて次の防水扉を開けた先は風がぴゅうぴゅう吹いている外の暗闇だった。

「足もとにご注意ください！」ボーイの声がした。

マックスにとっては夢のなかでさえ遭遇したことのない真の闇だった。足もとの濡れた甲板が傾きながらせり上がってきた。ステッキの先が濡れた鉄板で滑り、危うく転びそうになった。風が悲鳴のような音を立てている。露天甲板に張りめぐらされた帆布が騒々しくはためいている。風は帆布のあいだを吹き抜け、マックスの髪を乱した。〝顔の前にかざした手さえ見えないほどの闇〟とは、まさにこれだろう。片手を挙げて指を動かしてみたが、本当になにも見えなかった。一条の光もない。星明かりもない。漆黒の闇だけがまわりで暴れ、マックスの耳をふさいだ。吹きつける潮のしぶきに唇がひりひりした。

ボーイが耳もとでなにか叫びながら、昇降口階段へ誘導してくれた。マックスは向こうずねをいやというほどぶつけて初めて階段に気づいた。それを上ってボート甲板へ出ると、居並ぶ巨大な爆撃機のあいだを手探りで進み、ようやく煌々と明かりのともった船長室にたどり着いた。入った瞬間、まぶしさに目がくらんだ。

「あきれたよ」船長は弟の顔を黙ってしばらく見つめたあとに言った。「この船に乗るとは、いったいどういう料簡だ?」

船長のフランシス・マシューズ海軍中佐は、二、三年前に会ったときとほとんど変わっていなかった。歳は四十五、生の牛肉のような赤ら顔だ。常に冷静で(家族のこととなると話は別だが)、物腰は穏やか(やはり家族に対しては例外)。郊外の別荘にある書斎のようなたたずまいの船長室——乗客の狭苦しい船室とは雲泥の差——で、磨きこまれた机の脇の回転椅子に座っている偉丈夫。しわのある垂れたまぶたのあいだから、冷たく澄んだ青い目が弟の顔をひたと見据えている。

やがてマシューズ海軍中佐は両手を腰にあてがった。袖口の金色の四本線が堂々たる威厳を放っている。

「この船が安全でないことを知らなかったわけではあるまい? とにかく、座れ」

マックスが笑いかけると、ややあって船長もにやりと笑い返した。

「兄さんも乗っていますから」

「わたしは仕事だ。事情が異なる」船長は再び険しい表情に戻った。

沈黙が流れた。

「ところで、大事故だったそうじゃないか」船長がぎこちない口調で言った。「かなりの重傷だったと聞いた。見舞いに行ってやれなくてすまなかったが、なにしろこの戦況だからな」

「わかってますよ」

「それで？　なにがあったのか詳しく話してみろ」

「火災現場の取材中だったんです。カメラマンと二人で櫓《やぐら》に上がっていたら、突然崩れて、二人とも火のなかへ真っ逆さまです。不幸中の幸いで、ぼくは火傷《やけど》する前に助け出され、片脚に大怪我をしたものの世界一の名医のおかげで麻痺は残らずに済みました。でも、カメラマンのトム・ミラーは死んだんです」

一瞬しんとなり、船長は鼻から大きく息を吸いこんだ。

「ふむ。それで神経がまいったわけか」

「いいえ。自分ではそうは思いません」

「いまはどんな気分だ？」

「退屈な気分です」

兄がうなずく。「なぜイギリスへ戻る気になった？」

「十一カ月も病院にいたら、ニューヨークの新聞社での職は失って当然です。もちろん会社側はありったけの誠意を示してくれました。入院費やらなんやら、かかった費用は全部持ってくれたんです。フランク兄さん、この戦争は今後も拡大します。だから、ロンドンへ行けば職にありつけるかもしれないと思ったんです」

「そうか。金がいるんだろう？」

「いいえ、せっかくですが」

「痩せ我慢はよせ」船長がうなるように言う。

「本当にいいんです。特に必要なものはないので」

船長は困惑の表情で、回転椅子をきしませながら身体を前後に揺すった。私生活に関して彼らの会話がぎくしゃくするのは、いまに始まったことではない。そのとき船が突然ぐらりと傾いた。心臓が喉から飛び出しそうになり、マックスは軽いめまいに襲われた。船長の椅子が床を滑っていく。天板に囲いのついたテーブルで、コーヒーポットがいまにも倒れそうだ。船長はさっと立ち上がった。注意を向ける対象ができて、ほっとしているようだった。

「コーヒーはどうだ?」

「いただきます」

「ブランデーは?」

「ありがとう。ところでフランク兄さん、どうかしたんですか? 心配事がありそうな顔ですよ」

船長はそっぽを向いたが、顔が紅潮し、こめかみに青筋が浮いているのにマックスは気づいた。船長はコーヒーをカップに注ぎ、作りつけの戸棚からブランデーのボトルと丸いグラスを二つ取り出した。そのあとブリッジにつながる伝声管を一瞥して、グラスにブランデーを少し注いだ。

「おまえは知る由もないが」船長はブランデーのボトルを見つめて言った。「出航直前に船倉から時限爆弾が二つ発見された」

またもや沈黙。

「いいか、このことは絶対に他言無用だぞ。わかったな？　で、その爆弾だが、ニューヨークを出て約六時間後に爆発する仕掛けになっていた。三等航海士のクルクシャンクが発見しなかったら、いま頃は全員あの世行きだ」

船長は腹立たしげにボトルを置いた。

「あんなに厳重な警戒態勢だったのに――」マックスが言いかける。

「まったく、厳重が聞いてあきれる！　埠頭に警官がうようよしていながら、お粗末な話だ。爆弾発見後、さらに警戒を強化した。船内をしらみ潰しに調べ、爆弾もなければ密航者もいないことを確かめた。だから心配はいらない」口調を和らげてつけ加えた。「もう大丈夫だろう」

「そう願っています」

「ただし、わたしには船長としての責任がある。悠長に神頼みというわけにはいかん」

「まあ、そうでしょうね」

「そこでだ」船長は躊躇して、顔をしかめた。「この船に乗ったからには、おまえにも協力してもらう。常に目を光らせていてくれ。意味はわかるな？　わたしは乗組員たちのことは信頼しているが、乗客についてはよく知らんのだ」

マックスはぎくりとした。

「乗客のなかに爆弾魔がいるかもしれないってことですか？　そんなばかな！　自分が爆弾を仕掛けた船に乗るわけがない」

「はっきり言おう」船長は潔く譲歩するような態度を見せた。「この船の貨物を破壊するためなら、敵はいかなる手段もいとわないだろう」再び両手を腰に当てた。笑みを浮かべていたが、うわべを取り繕う職務上の嘘っぽい笑みだった。彼はこう続けた。

「あいにく詳しくは話せないんだ、マックス。海軍の指令で動いている立場なんでね。だから、いまの話は内密にしてくれ。とにかく九人の乗客について——」

「八人です」

「そう、八人だ」船長は速やかに訂正した。「うっかり言い間違えた」まなざしが鋭くなった。「ほかの乗客とは知り合いになったか?」

「ええ、まだわずかですが。ラスロップという大男は、突拍子もないユーモアの持ち主です。殺人犯がどうのと変な冗談を言ってましたから、その点からすると謎めいた人物と言えます」

「冗談だと? 神に誓ってそれは冗談ではない」

マックスは再びぎくりとした。

「兄さん、本気で言ってるんですか?」

「当たり前だ。わたしが生半可なことを口にするか」ぴしゃりと言い放った船長のこめかみに、青筋が浮いた。「カルロ・フェネッリという男のことを聞いたことはないか? 凶悪な恐喝犯だ。現在はイギリスの刑務所にぶちこまれているが、六人を殺害した容疑で急遽アメリカが身柄の引き渡しを求めてきた。ところがフェネッリのやつ、裏で抜け目なく立ち回っているようなんだ。フランスかイタリア経由の陸路で護送すれば、やつの狡猾な弁護士どもが大量の書類攻めで役所の手続きを遅らせる戦法に出るだろう。そこでニューヨーク警察とつながりのあるラスロップがイギリスへ赴き、フェネッリをイギリス船で護送することになった。これがラスロップなる男の正体だ。信頼できる人物と考えていい」

船長はブランデーを飲みほすと、乗客名簿を手に取った。赤みを帯びた人差し指が名前を上から下へなぞっていき、ジェローム・ケンワージーのところではたと止まった。

「うむ、この乗客はよく知っているぞ」

「誰です?」

「ケンワージー家の若殿だ。貴族のご子息だよ。前にもわたしの船に乗ったことがある。金をうなるほど持っていた。航海の前半は船酔い、後半は酒酔いだったな。ま、怪しい人物ではない。しかし、それ以外の乗客は——」

マックスはそわそわしてきた。

「フーパーというイギリス南西部出身の実業家がいます。フランスの陸軍将校も見かけました。アーチャー博士とケンワージー、ヴァレリー・チャトフォードにはまだ会っていません。残るは、ええと——」

「ジア・ベイ夫人だろう?」船長が眉を上げた。

「ええ。でも、彼女が不審人物ということはないでしょう?」

「彼女は……」船長は言いかけて脳裏の記憶を探り、両肩をいからせた。「いや、やはり会ったことはないな。噂ならいろいろ聞いているが」弟に向かって目を細めた。「いいかマックス、よく聞け。彼女には近づくな。あれはいかがわしい女だ」

「どういう意味です？」

「言葉どおりだ」

「興味をそそられますね」

「無理もない！」船長は帽子をかぶった。金色の樫葉章で、一層いかめしく優秀な軍人に見えた。「だが本人をよく知れば、そんなのんきなことは言わなくなる。さあ、飲み終わったらお開きだ。わたしは仕事に戻らねばならん。いいか、さっき言ったとおり監視を頼むぞ。具体例は挙げてやれんが、変わったことや腑に落ちないことがあったら、ただちに報告してくれ。いいな？」

五分後、マックスは強風にさんざんもてあそばれた末ようやくA甲板へ戻った。

エドワーディック号の揺れはさっきよりだいぶおさまり、安定した規則正しいエンジン音を響かせていた。その音が甲板内の聖堂のような静けさをますます際立たせる。マックスは社交室へふらりと入った。マホガニーの柱とステンドグラスの天井に囲まれた部屋に人けはなかった。

いったん椅子に腰掛けたが、すぐに立ち上がり、当てもなくぶらぶら歩き回った。グランドピアノの脇にダンス演奏用の打楽器が置いてあった。埃よけの布を取り払って、なんの気なしにシンバルを叩くと、予想以上に大きな音がした。慌てて布をかぶせる。妙に落ち着かない気分だったが、神経がまいっているせいだとは思わなかった。ぼくの神経は至って正常だ、火災を起こした化学工場で櫓が崩れる前と同じくらいしっかりしている、と自分に言い聞かせた。

転落したトム・ミラーは首が折れていた。

社交室を出て、その先にある細長い休憩室へ行ってみた。厚い絨毯を敷きつめた床やビロードの椅子、そして本棚が、小さなブロンズ像が掲げるランプにぼんやり照らされている。ここにも誰もいない。

次は休憩室の奥のドアから喫煙室へ入った。そこもがらんとして……エステル・ジア・ベイだけがいた。

エドワーディック号の公共スペースのうち、深みのあるワインレッドを基調にした喫煙室は一番くつろげる雰囲気だった。曇りガラスのランプはあえて明かりを落としてあり、赤い革とクロムの椅子や、緑色のフェルト張りのテーブル、その上に置かれたぴかぴかの灰皿にほのかな光を散らしている。床は赤いゴム張りで、赤煉瓦の暖炉の上方で掛け時計がコチコチと時を刻み、陶製の大きな黒猫——酔った者はうっとり見とれるか、審美眼を掻き乱されるかのどちらかだろう——が赤いクッションに座っている。

部屋の奥の、甲板の船尾側に通じるドアの脇に小さなバーがあった。カウンターの向こうに銅像のように立っている白いジャケット姿のボーイを前に、スツールに腰掛けたジア・ベイ夫人がジンフィズをストローで飲んでいた。

マックスはそこへ歩み寄った。カウンター奥の鏡にジア・ベイ夫人の顔が映っている。黒貂の毛皮をはおった両肩を丸め、まどろむような表情だ。

「こんばんは」マックスは話しかけた。

「あら」ジア・ベイ夫人はストローをくわえたまま、アイシャドウできらきらしたまぶたの下から薄青色の目をのぞかせた。おもむろに片手を伸ばし、隣のスツールをぽんと叩く。

「お掛けになって」

マックスは言われたとおりにした。

3

航海初日、一月十九日金曜日の晩はそうして更けていき、マックスにとってはひどく寝苦しい一夜となった。

外の厳しい寒さにもかかわらず換気の悪い船室内には熱気がこもり、頭痛がするほどだった。扇風機は夜通しうなり続け、その音がいつしか船体から伝わる波のうねりと混ざり合って、大らかな上下動のリズムを刻み始めた。おかげで神経はいくぶん和らいだものの、熟睡にはほど遠く、いやな夢ばかり見た。明け方近くだろうか、大きな物音ではっと目が覚めた。ドシンという重い音と人のざわめきが聞こえる。今日の訓練に備えて、吊り柱から救命ボートをはずしているのだと気づいた。緊急時に速やかに海面へ下ろせるようボートは舷側に吊してある。マックスは再びまどろんだが、しばらくすると今度はけたたましい警報ベルで飛び起きた。

「救命ボート訓練ですよ、お客様」船室係が寝台の横に立っていた。「お急ぎください。もう十一時です」

ひげをあたっている暇はなかった。マックスは顔に水を軽くかけて慌ただしく前日の服に着替え、救命胴衣とガスマスクと毛布をひっつかんだ。火災報知器のようにうるさく鳴り続けるベルの音に追われ、食堂へ急ぐ。

昨夜はふさぎこんでいた乗客たちが、今朝は一転して快活だった。ジョン・ラスロップは、マックスがまだ顔も覚えきれずにいるジョージ・A・フーパーと冗談を言い合っている。ブノワ大尉は赤いてっぺんに金モールがついたケピ帽の下に早くもガスマスクをかぶり、この世のものとは思えない異様な姿だった。ジア・ベイ夫人はマックスに気づいて親しげに笑いかけてきた。今朝はもう一人、初めて見る乗客がいた。三等航海士が〝博士〟と敬称で呼んでいる、恰幅のいい垢抜けた紳士だ。薄くなったブロンドをきれいに撫でつけている。

「紳士淑女の皆様！」三等航海士が声を張り上げると同時にベルがやみ、彼の声はひときわ威勢よく響いた。

「昨日も申しましたが、海や空から攻撃された場合は警報ベルが鳴りますので、速やかにここへお集まりください。ただし、必ずしも即刻救命ボートに乗り移るわけではありません」

「ほう？」フーパーが疑わしげな声を漏らした。

「あくまで用心のための集合です。もちろん差し迫った事態になれば、皆様をただちに甲板へ誘導します。では実際に移動しましょう。こちらへどうぞ」

乗客たちは三等航海士について階段を上り、屋外へ出た。どんよりした鉛色の朝空のもと、身を切るような風が海面に白波を立てている。一同がA甲板まで行くと、覆いを取り払った救命ボートが整然と並んでいた。緊張感でマックスの身は引き締まった。乗客たちがさっきまで能天気にはしゃいでいたことを思い返して、恥ずかしくなった。

甲板上には乗組員が勢揃いしていた。職種ごとにまとまり、直立不動の姿勢で二列に並んでいる。社交室と甲板を担当する青い制服のボーイ、船室と食堂を受け持つ白いジャケット姿のボーイ、制帽をかぶった女性の船室係、さらには事務員、配膳係、コック、洗濯係、顔もボタンもぴかぴかの見習い給仕と続く。熟練甲板員や荷繰り人、機関士も少し離れた場所で待機している。全員が救命胴衣に身を包み、まっすぐ前を向いている。たとえエドワーディック号が冷たい海に没しようとも、彼らの毅然とした勇ましい態度は、乗客の最後の一人が救命ボートに移るまで決して揺らがないだろう。

それにひきかえ、乗客たちのなんと世話の焼けることか。

「はい、ここで止まってください」クルクシャンク三等航海士は乗客を見渡して眼光鋭く人数を数え、大声で呼んだ。「ヴァレリー・チャトフォードさん！　ジェローム・ケンワージーさん！」

返事はない。

三等航海士は両手をメガホン代わりにして再び叫んだ。「ヴァレリー・チャトフォードさん、ジェローム・ケンワージーさん！　いらっしゃいますか？」

かたわらに立っている手伝いのボーイが三等航海士に耳打ちした。

「船酔いだと？　だめだ、だめだ、そんな言い訳は通用しない。ただちに来てもらう。おい、迎えに行け！」三等航海士は断固たる口調で命じた。「いいか、これは生死に関わる重大な問題なんだ。有無を言わさず船室から引きずり出してこい。まったく、もっと自覚を持って《They must know where to go》……おやっ、今度はあのフランス人がいなくなったぞ！」

「きみが〝go〟と言ったせいだよ」ラスロップが落ち着き払って口をはさんだ。「〝行け〟の指示だと思ったんだろう。ブノワ大尉はあまり英語ができないからね。ちょっと話してみてわかったよ。プロヴァンス地方の出身だそうだ。『風と共に去りぬ』を辞書と首っぴきで読んでいるが、見たところ遅々として進まない。それに――」

「お静かに！」

「まあまあ、そう目くじら立てんでも」ジョージ・A・フーパーが軽くたしなめた。

「すみません。ですが、あと少しご辛抱願います。皆様、もうひとつ注意事項があります。救命胴衣はどこへ行くにも必ず身につけてください！」

「着てなくちゃいけないの？」おお、いやだ、と言いたげなジア・ベイ夫人の声。

「腕に掛けておくだけでもけっこうです」

「まあ！　ガスマスクも？」

「ガスマスクはいりません」

「毛布は？」

「それもいりません」

「護衛艦はつくの？」

「マダム、それについてはわかりかねます。さて、皆様にはもう下の階へ戻っていただいたほうがよさそうですね。ここから先は乗組員だけの訓練とします」

そんなわけでマックスは、ヴァレリー・チャトフォードにも、ご機嫌斜めと伝えられたジェローム・ケンワージーにも、会えずじまいだった。もっとも、二人のことなど内心どうでもよく、ジア・ベイ夫人のことばかり気にかかっていたが。

正直言って今朝までは、自分が彼女に好かれているのか疎まれているのかよくわからなかった。ジア・ベイ夫人の素振りや言動は、誘いかけているようでも追い払おうとしているようでもあった。いずれにしろ、誰から見ても気に障る態度に映ることは確かだ。頭をのけぞらせてしゃがれた大声で笑ったり、ジンフィズを立て続けに何杯もあおったあげく、平然とした顔で漁師のおかみさんみたいにぞんざいな口をきいたり。それでも、あの思わせぶりなまなざしや色気たっぷりの身のこなしを見せられたら、誰だっていっぺんにのぼせ上がるだろう。

昨夜のバーでのおしゃべりは、前哨戦とも言うべき探り合いに近かった。ジア・ベイ夫人の目はなかなか獰猛ですばしこかったが、結果的にお互い手ごたえをつかめずに終わった。二人とも品定めを保留にして、少なからず険悪な雰囲気で各自の船室に引き揚げたのだった。

だが、それはあくまで昨夜のこと、誰もが憂鬱な気分に陥る航海初日の出来事だ。救命ボート訓練の前に彼女のほうから笑いかけてきたことで、今朝二人のあいだに親密な空気が生まれた。自分と同様、彼女にも敵意めいた感情はひとかけらもないとマックスは確信した。

ようやく船全体が目を覚まそうとしていた。マックスがジア・ベイ夫人を昼食前のカクテルに誘ってバーへ行くと、ラスロップの姿があった。赤煉瓦の暖炉の前で脚を広げてくつろぎ、恰幅のいいブロンドのレジナルド・アーチャー博士を雑談につき合わせていた。ラスロップはマックスたちに気づいて手招きし、皆にマティーニをおごろうと言った。

「救命ボート訓練は、ぜひともまたやりたいね」ラスロップの口ぶりには熱がこもっていた。「乗組員が整列したところは実に美しかった。ところで、情けない腰抜け二人組はあのあと本当に部屋から引きずり出されたんだろうか」

「ああ、引きずり出されたとも」アーチャー博士が笑顔で言った。「わたしはあの場に残って見物していたんだ。では、健康を祝して乾杯！」

アーチャー博士はいかにも世慣れた物腰だった。安泰の人生を送ってきた証《あかし》とばかりに微笑を絶やさない。全員が話し終えてからおもむろに発言して、結論をまとめるタイプだ。見た目より歳を取っているのかもしれない。四人は暖炉の前の赤い革張りのソファに陣取っていた。公共スペースにもかかわらず窓はほぼすべて閉めきられ、頭上にランプがともっている。二重顎気味で、髪をぴったりと撫でつけたアーチャー博士は、目尻の細かいしわを黄色い光に浮かび上がらせ、ソファの背に泰然ともたれていた。

「この一杯でしゃんとなるといいんだが」博士がグラスを掲げて言った。「昨夜は気分がすぐれなくてね」

「船酔いですか？」ラスロップが気の毒そうに訊く。

アーチャー博士はにっこり笑った。目が少し落ちくぼんで黄色っぽいが、単に照明のせいかもしれない。

「それだけではないんだ」

「それだけではない？」

アーチャー博士はまたもやにっこりする。

「夜中の二時にわたしの船室の前でナイフ投げの練習をした輩《やから》がいてね。いったい誰なのか知りたいものだ」

話し上手を自負しているらしい博士にとって、場の反応は期待どおりだったろう。一同、驚いて息を呑んだ。

「ナイフ投げ？」ラスロップの大声に、カウンターのボーイが洗っていたグラスを落として割った。

「おそらくね」

「どういうことです？」

「あれはちょっとした冒険だったな」普段は朗らかなアーチャー博士が深刻な表情に変わった。

「なにがあったんです？　早く聞かせてください」

だが、博士はなおも焦らすように悠長な調子で続けた。

「深夜二時頃のことだ。わたしは寝台で横になっていたが、気分は最悪だった。すっかりまいっていた。ご承知のとおり船は大揺れだったからね。始終キーキーきしんで、籐のロッキングチェアにでも座らされている気分だった。しかも、あたりは不気味なほど静まり返っていた」

「ええ、それで？」

「そうだ、大事なことを言い忘れていた。周囲は空室だらけでね。わたしの船室はC甲板の中央部にあって、ドアの前は中央通路から分かれた長さ十三、四フィートの狭い通路だ。その通路の突き当たりは舷窓のついた壁になっている」アーチャー博士は爪の手入れが行き届いた指で宙に見取り図を描いた。「わたしの船室の通路をはさんだ向かいも、やはり空室で誰も使っていない。

事の始まりは妙な物音だった。硬い物が木にぶつかるようなゴツンという音でね。続いて、わたしの船室の前を通り過ぎ、また引き返してくる足音。爪先立ちで歩いているような軽いかすかな音だった。その数秒後には再びゴツンという音と、通路を往復する足音。さらにゴツン。とまあ、こういうわけだ」アーチャー博士は小首をかしげ、面目なさそうに笑った。「怖気づいたかって？　そのとおり」

博士の話は続く。

「呼び鈴を鳴らしたが、船室係は待てど暮らせど現われない。仕方なく起き上がり、寝床を出た。気持ち悪くてめまいがしたよ。ふらつきながら手探りでドアへ向かうとき、また二回ゴツンと来た。夜中にそんな気味の悪い物音を立てるとはけしからん。ようやくドアを見つけ、耳を澄ました。ちょうど足音が向こうから近づいてくる。

よし、いまだ！

ドアを開けた瞬間、何者かがひらりと身をかわして逃げ去る気配がした。あいにくそう表現するしかなくてね。気分が悪かったせいか、よく見えていなかったんだろう。ともかく、狭い通路はがらんとして誰もいなかった。

中央通路の強い明かりはこちらの通路にも届いていた。それをいいことに、誰かがナイフ投げの練習をしていたらしい。ずっしりとした重いナイフを、通路の突き当たりの壁めがけて投げていたんだ。舷窓の下に標的代わりの紙がピンで留めてあり、なんとも残酷なことに人の顔が描かれていた。ナイフは見事に命中し、とりわけ両目と首のあたりに刺さった跡が集中していた。以上がわたしの恐怖の一夜の顚末だ」

アーチャー博士はようやく口をつぐんだ。残っていたマティーニを飲みほして、グラスを置いた。それから気取った手つきでズボンの膝から埃を払った。話していたときの顔は熱を帯びてきらきらと輝き、〝冗談だと思って聞いてもらいたいが、ひょっとするとそうではないかもしれないよ〟と言っているようで、本当はどちらなのか判断しかねた。

「さてと、今度はわたしが諸君に一杯おごろうか。いらない？　そうかね。では、わたしはそろそろ昼食の身じまいに船室へ戻るとしよう」

ラスロップがいぶかしげに訊いた。

「いまの話は事実なんですか？」

「もちろんだとも。信じられないなら、壁に残っているナイフの跡を見てくるといい」

「ナイフをご覧になったんですか？」

「いいや。抜き取られていた」

「ううむ、信じられん！　失礼、博士を嘘つき呼ばわりするつもりはないんだが、あまりに現実離れしていて」

アーチャー博士は肩をすくめてほほえむと、チョッキの裾を指でつまんで引っ張り、染みひとつないジャケットの位置を直した。話の真偽は別として、ラスロップを巧みな話術でうならせた人物はアーチャー博士が初めてかもしれないな、とマックスは思った。いつも語り役のラスロップにすればこういう状況は気に染まないのか、苦笑いしながらしきりにかぶりを振っている。だがアーチャー博士の話に引きこまれたのは明らかだ。

「幽霊のしわざじゃないですか？」マックスは言った。「『上段寝台』（米の作家F・マリオン・クロフォードの短編）というおなじみの怪談があるでしょう？」

「幽霊か」ラスロップが含み笑いする。「正体は例のフランス人かもしれないぞ。なにしろ食事のときくらいしか姿を見かけないからね。でなければ、哀れなフーパーだ。彼については話したかな？」ラスロップが再び注目を引き寄せ、主導権を奪い返した。「ゴム印の製造会社を経営しているそうだが、息子さんが――」

「あのう」マックスが口をはさんだ。「アーチャー博士、昨夜の出来事は報告したんですか？」

「報告？　誰にだね？」

マックスは返答に窮した。どうせたちの悪いいたずらに決まっているから、船長に知らせることもないだろう。アーチャー博士の作り話とも考えられるし。博士はもともと真顔で突拍子もないほらを吹いて人をかつぐ、学者にありがちなユーモアの持ち主なのかもしれない。たぶん何度か話すうちに饒舌をふるうラスロップのことが気に障って、ちょっとからかいたくなったんだろう。

残念ながら、確かにラスロップはぺらぺらしゃべる男という印象を与える。

「博士、紙はどうしましたか？」マックスが訊いた。「人の顔が描いてあった標的の紙です。まだお持ちですか？」

「いいや、船室係に渡したよ」アーチャー博士は淡々と答える。「安全ピンで壁に留めてあったのを船室係も見ているから、疑うなら彼に確かめるといい。面目にかけて誓うが、わたしは絶対に嘘などつかんよ」

「もちろん信じますとも！」ラスロップが慌てて言った。

「ならば」とマックス。「証拠品はこの船にいる犯罪捜査の専門家に提出するのがいいですね」

アーチャー博士は砂色の眉を吊り上げた。「犯罪捜査の専門家？」

「ラスロップさんのことです。ニューヨーク警察の関係者で、カルロ・フェネッリという容疑者をイギリスからアメリカへ船で護送する任務を負っているんです」

再び場が騒然となった。

「いや、それはちょっとちがうんだ」ラスロップが持ち前の鷹揚な口調で言った。「きみはお兄さんからそのことを聞いたんだろう？」

「ええ」

「船長の説明はいささか舌足らずだな」ラスロップはもったいぶって続ける。「厳密に言うと、カルロ・フェネッリのお目付役なんだ。わたしは警察の人間ではない。地方検事補をしている。カルロ・フェネッリが奇術師フーディーニよろしく法の網をすり抜けないよう、監視する役目だ。相手は油断も隙もないずるがしこい悪党だからね」

「カルロ・フェネッリというと、恐喝屋の？」アーチャー博士が尋ねた。

「ええ」ラスロップはどうでもいいことだとばかりに、興味津々の博士を軽くいなした。ほかに気にかかっていることがあるようだ。両手を後ろに組み、興奮した面持ちで眉間にしわを寄せ、暖炉の前を行ったり来たりし始めた。しばらく考えにふけったあと、いたずらっ子のような笑みを浮かべた。

「さっきのナイフ投げの件」ラスロップが口を開いた。「ああ、言っときますが、わたしは刑事でも探偵でもなく、あくまで法律家ですよ。指紋には詳しいですがね。いっとき趣味で研究していました。話を戻しますと、さっきの博士の体験談には非常に興味深い点があります。何者かが、紙に描いた人間の顔を標的にナイフを投げていた。そうでしたね？　では、うかがいます。それはどんな絵でしたか？　なにか特徴は？　誰の顔か心当たりはありませんか？」

アーチャー博士はパチンと指を鳴らした。

「そうだった！　うっかりしていたよ」取るに足らない問題のように言った。「いいことを訊いてくれた。その顔だがね、特定の誰かに似ているわけではない、ぞんざいなスケッチだったが、ひとつだけ明確なことがある。参考になるかもしれんから一応お伝えしておこう」

「なんです？」

「女の顔だったんだ」

4

「マクシー」ジア・ベイ夫人がやって来た。

「やあ」

「ねえ、マクシーったら！」

「どうしたんだい？」

「喉が渇いちゃったの。一杯おごってくださらない？」

「船に積んであるブランデーを一滴残らずおごってあげたいけどね、きみはだいぶ酔ってるよ。それ以上飲めるわけないだろう？」

「マクシー、意地悪言わないで」

「うーん、しょうがないな。おい、ボーイ！」

雲行きが再び怪しくなってきた。

現在夜の九時、エドワーディック号はアンブローズ灯台から約六百マイルの海上を、次第に悪化する天候のもと、航行している。マックス・マシューズの気分も同様に重たかった。

広々とした休憩室には、多少の揺れでは横滑りしないどっしりした椅子が置かれている。マックスはそのひとつに腰掛けて背もたれに身を預け、なんとか気分を落ち着かせようとしていた。別の椅子には口をとがらせたジア・ベイ夫人が両膝を曲げて座っている。マックスは夕食が済むとすぐにここへ来た。みぞれの降る荒天のせいで脚の傷痕がうずき始めていたし、縦揺れと横揺れが合わさった船上では心地よいはずもない。しばらくコーヒーを飲みながら静かにしていたら、三十分ほどしてエステル・ジア・ベイのお出ましとなった。ひだ飾りのついた白いシルクのイブニングドレス姿で戸口に現われ、長い裾をつまんで上下にうねる絨毯の床を足早に歩いてくる彼女を見て、ひと悶着あったらしいなとマックスは直感した。ジア・ベイ夫人はマックスに気づくと、手にした白いハンドバッグを高々と振った。

彼女によると、上機嫌で夕食を終えたラスロップとフーパーは食堂を出る際彼女のテーブルの横を通りかかって、断りもなく同席したうえ、一緒に飲もうと誘ってきたそうだ。彼女の表現を借りれば、フーパーのほうはあからさまに秋波を送ってきた。マックスは眉唾物だなと思ったが、ジア・ベイ夫人はなおも興奮しながらまくし立て、しなを作ったり甲高い嬌声を上げたりしている。

マックスは片手を振って彼女の口をつぐませ、もう一方の手でボーイに合図を送った。

「ブランデーを二杯！」

「ダブルにして、マクシー」

「ダブルで二杯！　さあ、きみは椅子にちゃんと座るんだ。足は床に下ろす」

「お小言はよしてよ。どうしたっていうの、マクシー？　わたしのことが嫌い？」

「そうじゃないさ。椅子から落ちて首の骨を折るといけないからだよ」

「べつにいいじゃないの」

「なに言ってるんだ。だいたい救命胴衣はどうしたんだ？　持ってないじゃないか」

「知らない！　そんなもの、どこかに置いてきちゃったわ」

振り向くと、ジア・ベイ夫人の表情が見る見るうちに変わった。血走った青い目が爛々と輝き、への字になった唇の端にしわがくっきりと刻まれた。彼女はやにわにハンドバッグをつかむと、マックスに向かって投げつけんばかりに振りかざした。

「あんたって、ほんとにいけ好かない男！」

「それは悪かったね。だけど――」

「ふん、大きな顔しないで！」彼女は椅子の上で膝立ちになり、甲走った声を放った。「わたしはね、あんたとは比べものにならないほど偉い人を大勢知ってんのよ。もうじきその一人に会うんだから。その人がいるのは海……とにかく、もうおごってくれなくてけっこうよ。こっちには情報があるの。れっきとした証拠を握って――」

「まあ、落ち着いて。ほら、ブランデーが来たよ」

ジア・ベイ夫人はすっかり取り乱していたが、わめき声は大波が荒々しく砕ける音に掻き消された。椅子やテーブルが激しく揺れ、ジア・ベイ夫人の歯ぎしりかと思うような甲高い音を立てた。めまいにでも襲われたのか、彼女は急に黙りこんだ。

「ほら、グラスはぼくが持ってるから、ちゃんと椅子に座って」

「マクシー！」ジア・ベイ夫人は涙声で叫ぶと、マックスの膝に飛び乗って頭を彼の肩にうずめた。

ヴァレリー・チャトフォードがやって来たのは、ちょうどそのときだった。マックスにすればこれ以上ばつの悪い場面はなかった。ブランデーをこぼさないよう万歳をした恰好で、酔った女に抱きつかれているとは。ましてやここは公共の場所だ。それでも彼が動揺したのは一瞬だけだった。

その若い女性の顔つきを見るや、マックスの動揺は憤りに変わったからだ。

彼女は社交室に通じるドアから入ってきたが、マックスには誰なのかわからなかった。自分に向けられた表情以外は目に入らなかった。

それはお高くとまった、〝まあ、いやだ。くだらない！〟と言わんばかりの傲慢な表情だった。しかも、そのごくわずかな関心さえたちまち消え失せ、ひとかけらの興味も感じられない、しらけきった顔つきになった。

結局マックスの脳裏には、白い毛皮のショールと茶色い巻き毛のイメージが漠然と残っただけだった。彼女は小刻みに揺れる本棚につかまりながら、あっという間に部屋を出ていった。あの女性にひきかえ、エステル・ジア・ベイはなんていじらしくて可愛げがあるんだろう、とマックスはつくづく思った。

「ねえ、マクシー」

「なんだい？」

「わたしのブランデーはどこ？」

「ぼくが持ってるよ。さあ、身体をまっすぐにして」マックスは急に絶望感から解放された気分になった。「よし、こうなったら」ジア・ベイ夫人のお尻の位置をずらし、自分の膝に彼女の体重があまりかからないようにした。「とことんつき合うよ。一緒に酔いつぶれるまで飲もうじゃないか」

「マクシー、あなたって話せる！」

「だけどその前に、しばらく甲板で風に当たらないか？　きみが歩けるなら」

「やあね、歩けるわよ！」

「じゃあ、行こう。ゆっくりだよ」

酔っているせいか、ジア・ベイ夫人は意外に従順だった。マックスは無性に男心をくすぐられた。誰かに構ってほしがっているいたいけな女性を、放ってはおけない。二人は家具が激しく揺れる社交室を慎重な足取りで通り抜け、中央階段のあるホールまで来た。

「さっきの一杯でしゃきっとしたわ」ジア・ベイ夫人がかすれ声でささやいた。「ちょっとだけ船室へ戻ってもいい？　はおるものを取ってくるわ。お化粧も直したいし。すぐ戻るわ」

「一人で大丈夫かい？　下まで一緒に行こうか？」

「いいの、平気。あなたはここで待ってて。ほんの二、三分だから」

ジア・ベイ夫人はハンドバッグを胸にしっかりと抱き、手すりにすがっておぼつかない足取りで階段を下りていった。マックスはその後ろ姿をじっと見送った。

階段の向かい側にエレベーターが二基あり、その上の掛け時計は九時四十五分を指していた。

あたりは静まり返って、暴風と荒波の咆哮が途切れれば時計の分針が動く音さえ聞こえそうだった。

待っているあいだ、マックスはジア・ベイ夫人のことを考えてほのぼのした気持ちになった。酔っているせいか、階段で少しよろけた彼女はとても頼りなげで、なんとも言えずいとおしかった。もちろん、孤独感やさまざまな不安で自分が感傷的になっているのはわかる。それでも、彼女は乗客のなかで一番人間味があって、ほっとさせてくれる。さっきの氷みたいな顔の女の子とは雲泥の差だ。

ふと、ジア・ベイ夫人の身の上話を思い出した。彼女はいろいろなことを語り聞かせてくれた。複雑なポイントだらけの線路のように、話はあっちへ飛びこっちへ飛びしたが、どこをとっても不器用なまでのひたむきさがにじみ出ていた。彼女は半年前に離婚した二番目の夫のことを褒めたたえていた。彼とのあいだに二人の子供がいて、現在はスイスの学校に通っているそうだ。養育権は彼のほうにあるらしい。

掛け時計が時間を刻み続けている。すでに五分経過した。

ステッキに寄りかかり、救命胴衣を肩から下げたマックスは、そろそろ立っているのがきつくなってきた。突然、床が巨大な瀑布のごとく落ちこんだので、彼は思わず息を呑んだ。甲板は急降下のあといったん静止し、今度はぐらぐら揺れながらせり上がってきた。板材が苦しげにギーギー鳴る。

そばの柱につかまり、その台座に腰を下ろした。隙間風がさっと吹きこんできた。どこかでドアが開いたり閉まったりしている。

こんな晩は甲板に出ないほうがいいな、とマックスは思った。海は生き物だ。エドワーディック号を力ずくで叩きのめそうとしている。とにかく、オーバーコートがないと寒くてたまらない。ジア・ベイ夫人は三十五歳だと言っているが、本当だろうか？　ほかの乗客はどこにいるんだ？　おや、隣の社交室からなにか聞こえたぞ。椰子の鉢植えが倒れたらしい。ボーイが慌てて駆け寄っているだろう。家具が一斉にカタカタ鳴っている。

十分が経過した。

彼女はどうしたんだろう。

マックスは首をかしげた。船室で酔いつぶれているのだろうか？　階段を下りていくときは意識がはっきりした様子だったが、寝台に横たわるなり眠ってしまったのかもしれない。ラスロップとフーパーにしこたま飲まされただろうし、夕食前にもカクテルを三、四杯飲んでいた。

さらに数分待ったが戻ってこないので、さすがに心配になった。実は泥酔していたのかもしれない。船室で転んで、頭でも打っていないといいが。狭い場所だから、ありえないことじゃないぞ。ホールのゴム臭さで、気持ちが悪くなってきた。こんなところでぐずぐずしていたら、本格的に船酔いになりそうだ。

彼女の様子を見に行こう。

階段は危険このうえなかった。真鍮《しんちゅう》を張った踏み板が蛇行するように揺れている。かといって、すぐ下のB甲板へ行くのにわざわざエレベーターを使う気にもならない。

ようやく階段を下りきったときには、肩で息をしていた。目の前にはB甲板の右舷のつやつや光る白い通路が、船室沿いに奥まで続いている。船の揺れとともに通路がゆっくり前に傾いたので、マックスは背中を押されるように進んでいった。やがて二人の船室のドアが向き合うアルコーブにたどり着くと、ジア・ベイ夫人の部屋をノックした。

返事はなかった。マックスはもう一度ノックした。

「なにかご用ですか？」中央通路の角からマックスの船室係がひょっこり現われた。

「いや、いいんだ。行ってくれ」

三度目のノックのあと、思いきってドアを開けた。

室内は暗かったが、右隅の浴室に明かりがぼんやりともっていた。開いた扉がフックで固定してある。弱い光を受けて、寝室の小刻みに揺れる家具が影のように輪郭だけ見えている。

家具はどれも角張った形で、マックスの正面の壁に一列に並んでいた。左端からヘッドボードが壁に接した寝台、小さなサイドテーブル、陶製の洗面台、鏡つきの化粧机をはさんでもうひとつのサイドテーブルと寝台。

エステル・ジア・ベイ夫人の姿も、薄明かりでおぼろげに見えるだけだった。化粧机の前のスツールにこちらへ背を向けて座り、机に顔を伏せている。船の動きで揺れているのを除けば、身動きはしていない。一見すると口紅を塗っている最中に寝入ってしまったかのようだが、なぜか室内には甘ったるくて生温かい饐《す》えた匂いが充満していた。

マックスは寝室の明かりをつけた。

真っ先に目に飛びこんできたのは、化粧机の鏡に散った血しぶきだった。そのあと、あたり一面が血の海だと気づいた。匂いの原因はこれだ。

＊

マックスは部屋を出てドアを閉めた。

「船室係！」

返事はなかった。

「おい、船室係！」マックスは大声でわめいた。胃がひくひくと引きつっている。目を閉じて懸命に吐き気をこらえた。再び目を開けると、正面にさっきの船室係がいた。

「急いで船長を呼んできてくれ」マックスは言った。

あまりに大それた要求に船室係は啞然とした。目を丸くして、〝ご冗談を〟と言いたげに薄ら笑いを浮かべる顔が、通路の薄明かりに照らされた。

「船長をですか、お客様？」

「そうだ、船長だ」

「それはいたしかねます。ご存じかと思いますが、船上で船長の仕事を邪魔することはご法度ですので」

「おい、いいか！」マックスは嚙みつかんばかりの剣幕で言った。二人とも足を踏んばっていたが、縦揺れが来るとあえなくよろめいた。「ぼくは船長の弟で、本人からじきじきに頼まれていることがある。だから言うとおりにしないと、あとで船長にこっぴどく叱られるぞ。さっさと行って、至急B37号室へ来るよう伝えるんだ。じかに確認してもらわなければいけない。さあ、わかったら飛んでいけ！」

船室係が飛ぶように走り去ると、マックスはB37号室に戻ってドアを閉めた。

5

ジア・ベイ夫人は喉を掻き切られていた。

形容する言葉が見つからないほど、暴力的でむごたらしい死に方だった。それでもマックスは、凄惨をきわめる光景にあえて目を向けた。

天井の曇りガラスの電灯が、息絶えたジア・ベイ夫人の後ろ姿をくっきりと照らしている。幸いにして顔は見えない。曲げた両肘を外へ突き出して、頭を抱えるような恰好で伏せ、乱れた髪が顔のまわりを覆っている。背中が大きく開いた白いシルクのドレスから小麦色の張りのある肌がのぞき、浮き出た背骨が長く伸びている。机の上には雑多な化粧小物が置かれているが、血に染まってどれがどれなのか見分けがつかない。頸動脈から吹き出したおびただしい血は鏡に飛び散るにとどまらず、ドレスの胸もとと脇腹をぐっしょり濡らしていた。船体から伝わるスクリューの振動で遺体はすすり泣くように震えていたが、徐々に横へ滑ってずり落ちそうになった。マックスは慌てて手を伸ばした。

信じがたい状況だった。

だが、まぎれもない現実なのだ。

背後で箪笥の扉が開いたり閉まったりしている。二十秒おきくらいに聞こえるカチッという不気味な音で、頭がおかしくなりそうだ。マックスはたまらず駆け寄って扉を肘で完全に閉めた。そのあと勇気を奮い起こして、遺体のまわりを歩いてみた。

前に見た二個のトランクはどこかへしまわれ、部屋全体はわりあい整然としている。さっきまでジア・ベイ夫人が持っていた白いハンドバッグは、寝仕度の調った寝台の上に口を開いたまま転がっていた。そのかたわらには黒貂の毛皮がある。血はここまで飛んだのか、白いベッドカバーに血痕が二つ残っていた。

ジア・ベイ夫人は死んだとき酒に酔った状態だった。

壁にはブルーとオレンジ色のシルクが張ってある。室内がやけに蒸し暑い。マックスは汗ばんでいるのを感じた。めまいもしてきた。息が詰まりそうだ。隔壁のきしむ耳障りな音が間断なく聞こえる。それから五分も経たないうちにドアが開き、船長のフランシス・マシューズ海軍中佐が現われた。

船長は室内を一瞥し、素早くドアの内側へ滑りこんだ。しばらく無言で、ぜいぜいと荒い息をしていた。

「自ら命を絶ったのか?」

「いえ、そうではないでしょう」マックスは答えた。

「どうしてだ?」

「喉を横に掻き切られているし、刃物らしきものはどこにも見当たりません。せいぜい爪やすりぐらいです」

「つまり、殺人だと?」

「おそらく」

マシューズ船長は天井を仰いだ。「まさか、おまえが……?」

「そんなわけないでしょう!」

「ドアに錠を下ろせ」

マックスが言われたとおりにすると、船長は寝室の左奥にある舷窓の下の寝台へ行き、端に腰を下ろした。ひげをあたっているところだったのか、シェービングクリームのマンサクの香りを漂わせている。胃がむかむかしているときにこれほど鼻につく匂いもないな、とマックスは思った。船長はがっしりした両肘を張って腰に手を当て、まだ息を切らしていた。帽子で光る金色の樫葉章が貫禄を感じさせる。

「いったい、どういうことだ?」

マックスはわかる範囲で説明した。

「彼女は十時十五分前にここへ戻ってきたわけだな」聞き終えると、船長は言った。「そして、おまえが来たのは十時ちょうど」

「そうです」

「なにか起こるだろうとは思っていたが、こういう事態は予測していなかった。こいつはまるで——」

そのとき船が大きくかしぎ、ジア・ベイ夫人の身体は手で支える間もなく床に転がり落ちた。

遺体はスツールをひっくり返してあおむけに倒れたあと、半回転してうつ伏せになった。かたわらに、机の上から眉用の毛抜きや綿棒、マニキュアの小瓶などが次々と落下し、水色の絨毯に血の染みをつけた。さっきまで顔の向こうにあって見えなかったジア・ベイ夫人の右手に、太い金色の容器に入った口紅が握られていた。

マシューズ船長は立ち上がって遺体に歩み寄り、入念に調べ始めた。

「おとなしく殺される人間などいやしない。誰だって死に物狂いで抵抗するはずだ」船長が言った。「悲鳴や争う物音は聞こえなかったのか？」

「ぼくは気づきませんでしたが、船室係に訊けばなにかわかるかもしれません」

「後頭部にこぶができている」船長はジア・ベイ夫人の髪をまさぐって言った。「背後から近づいて殴りつけ、気絶させたんだ。それからこうやって彼女の頭を抱え上げ……」船長は真一文字に喉を切り裂く真似をした。

「真に迫ってますね」

船長はマックスをちらりと見た。

「前にヘラルディック号で似たような現場を見たからな」船長がぽつりと言った。「やったのは洗濯係だった」

「なにをですか？」

「これと同じ手口で女を殺したんだ。そいつは色情狂だった。わたしの言う意味はわかるな？ だが今回はどうやら……そういう形跡はないようだ」

「ええ、ありません」

「だが断定はできんぞ。怖くなって途中でやめたのかもしれん」

マックスはかぶりを振った。「この殺人にはきっと別の動機があります」

「わたしもそう思う。一応、過去の例を話したまでだ。起こりえないことではないからな。そうだろう?」船長は珍しく声に興奮をにじませた。再び黙々と遺体を調べ、周囲を何度も素早く見た。「おいマックス、犯人は捕まえたようなものだ! 見ろ、これで犯人がわかるぞ!」

「えっ、どれです? なにを見つけたんです?」

「指紋だよ、指紋!」

見落としようがないほど明瞭な指紋だった。白いドレスの右の肩に、親指とおぼしき血染めの指紋がべったりとついている。指紋はもうひとつ、ややぼやけているが遺体の左腰にもあった。

しゃがんでいた船長は鼻から荒い息を吐いて立ち上がり、今度は化粧机の前側についているマホガニー材の浅い抽斗を間近で観察した。ズボンのポケットからマッチを出して擦り、抽斗上部の、血の染みがついた表面を照らす。ガラスの天板の縁に近い、さっきまで遺体があって見えなかった箇所に、親指ほど大きくはない指の跡が半分だけ残っていた。

船長は首をめぐらせ、化粧机の左横にある鏡つきの洗面台を見やった。タオル掛けに、二枚あるはずのタオルが一枚しかない。もう一枚は船長が化粧机の下の屑かごから見つけた。血で汚れ、くしゃくしゃに丸められていた。

船長はつまみ上げたタオルを屑かごに戻し、静かに言った。

「うむ、読めたぞ。犯人はジア・ベイ夫人を殺したあと急に動転し、慌てて手を拭いて逃げたんだ。ふん、頭のいかれた腑抜けめ」

どこかほっとした口調だ。

「状況としてはそうですね」とマックス。

「実際はちがうと言いたいのか？」

「いえ、そんなことは」

「だったら、なぜ引っかかる言い方をする？　納得していないような顔つきだぞ」

「とんでもない。異論を唱えるつもりはありませんよ。ただ……」

「ただ、なんだ？　おい、はっきり言ってみろ」

「その……ちょっと単純すぎませんか。血のついた親指の指紋なんて、出来すぎでしょう。しかも、わざわざ目立つ場所にこれ見よがしに」

室内がしんとなった。床下からエンジン音だけが響いてくる。やがてマシューズ船長が苦笑いして言った。

「おまえは相変わらず愚にもつかぬことばかり考えつくな」

「そうらしいですね」

「いいか、しっかり現実に目を向けるんだ。わたしはこの手の事件を前にも経験している。犯人はいま頃、寝床にもぐりこんでぶるぶる震えているはずだ。なぜあんなことをしたんだろう、足のつきそうな証拠を現場に残していないだろうか。そんな不安におびえているわけだ。しかしな」船長が険しい顔つきになる。「犯人より、わたしの不安のほうがよっぽど深刻だ。この船に凶暴な殺人犯を乗せているんだからな」

「この船に殺人犯——兄さんの言うとおりですね」

「だから、この件は内密にしておきたい。わかったな、マックス」船長が厳然と言う。「警戒させないよう皆には知らせず、ひそかに犯人捜しを進める。さほど難しいことではないだろう。犯人は網にかかったも同然だ。適当な口実を設けて船内の全員から指紋を集めればいい。犯人が特定できたら、入港して警察に引き渡すまでどこかに監禁する」

「理にかなった対処だと思います。でも、兄さんは指紋のことに詳しいんですか？　照合の方法を知ってるんですか？」

そう訊かれ、船長はとまどいを見せた。

「いいや。だが、事務長のグリズワルドに任せればどうにかなるだろう」

そのあと船長は記憶を探る顔つきになった。

「なんとかいう男……そう、ラスロップだ。確か、指紋に関して専門知識があるようなことを言っていたな」

「あってもおかしくないでしょうね。ぼくら乗客の前でもそう言ってました」

「よし」船長は決然とした面持ちで力強くうなずいた。「協力を求めよう。警察の人間なら、むやみに口外することはないだろう」

「彼は警察官ではなく地方検事補ですよ、兄さん。もちろん、協力者として望ましいことに変わりはありませんが」

マックスの言葉は船長の耳を素通りした。

「おまえは秘密を守れるんだろうな？」

「もちろんですよ。事件のことをほかの誰かに知らせますか？」

船長は再び難しい顔になった。

「できるだけ少数にとどめたい。まず事務長、指紋の写真を撮ってもらう都合上、写真係もだ。あとは医者と――」

「アーチャー博士ですか？」

「アーチャー博士？　いや、わたしが言ったのは船医のことだ。なんだ、アーチャー博士がどうかしたのか？」

「ゆうべ誰かが彼の船室の前で、女の顔を描いた標的にナイフを投げる練習をしていたそうです」マックスは博士の話を伝えた。

「ひとつ言っておきたいことがあります」険しい顔つきで腰に拳を当てている船長に、マックスは続けた。「べつに兄さんを困らせるつもりはないんです。ただでさえ考えることが山ほどあるでしょうから。でも――」

「考えるのは当然だ。それがわたしの任務だからな」

「でも、この事件を変質者のしわざと考えるのは無理があると思います。本当はそのことが一番気がかりなんでしょう？　ゆうべの兄さんの話はやけに歯切れが悪かったですからね。乗客のなかに怪しい人物が交じっているような口ぶりでしたが、どんな事情があるのか教えてください。それから、九人目の乗客はいったい誰なんです？　隠したってだめですよ。乗客は九人いるはずだ。兄さんは誰かをかくまってますね？　なにか事情があるんでしょう？」

マシューズ船長は黙ったまま質問を払いのけるしぐさをした。

「兄さん、ジア・ベイ夫人が殺されたのは偶発的な出来事ではないかもしれません。そうなると、この指紋だって疑わしいじゃないですか」

「いいか、マックス。それでも指紋は指紋だ。動かしようのない、現実に存在する物的証拠なんだ。疑いの余地がどこにある？」

「さあ、どこでしょう」

「いいかげんなやつだな」

「なんとでも言ってください」

「だいたい、どうして殺されたと決めつけるんだ。わたしの忠告に従わず彼女にちょっかいを出していたようだが、これが殺しだとなぜわかる？」

「根拠はありません」

「ほら見ろ。まあいい、言い争っても始まらん。ひとつ協力して、一刻も早く殺人犯の正体を突き止めようじゃないか。さっそくだが、ラスロップを呼んできてくれ。わたしはおまえの船室係から話を聞く。この部屋に出入りした者を目撃したかもしれん。そうだな、ジア・ベイ夫人担当の船室係にも訊いてみるか。指紋があるんだから事情聴取はさほど重要とも思えんが、ひょっとしたら……」

船長は右側の寝台を鋭く見た。そこには毛皮のコートとともに口の開いた白いハンドバッグが転がっていた。それを見てマックスは、ベッドカバーに付着している二つの小さな血痕が改めて気になった。血が飛び散るにしては距離がありすぎやしないか？

「どうやら盗まれたものがあるらしい」マシューズ船長が物思わしげに言った。

「ぼくもひょっとしたらと思っていました」とマックス。

「どうしてだ？」

「彼女はあのバッグを赤ん坊みたいに大事そうに抱えてたんです」マックスの脳裏にジア・ベイ夫人の姿が次々と鮮明によみがえった。「白いバッグ、黒いバッグ、蛇革のバッグ。いま思えば、常にバッグを持っていました。肌身離さずしっかりと。必ず膝の上に置くか、手に持つかしていた。かさばるものが入っていたようで、いつも不恰好に膨らんでいました」

二人は寝台に歩み寄った。マシューズ船長がハンドバッグを持ち上げ、逆さにして振った。ベッドカバーの上に口紅、コンパクト、鍵、紙幣、硬貨、櫛、切手などがばらばらと落ちた。だが二人の目を惹いたのは、ひとつだけ重そうにどさりと落ちた物体だった。マックスが様子をうかがうと、船長は腹を殴られでもしたように苦悶の表情を浮かべていた。ともかく、エステル・ジア・ベイが後生大事に持ち歩いていたのがなんだったのか判明した。

インク瓶だ。

6

マックスはラスロップを捜しに階上へ向かった。

Ｂ37号室でジア・ベイ夫人のバッグから出てきたインクは、容器にも中身にも不審な点はなかった。なんの変哲もないアメリカ製の筆記用ブルーブラック・インクで、十セントから十五セント程度で買えるごくありふれた銘柄だった。中身は満杯で、開封された形跡はなし。マシユーズ船長とマックスは念の為インクを洗面台に垂らしてみたが、特に異状はなかった。

時刻は午後十時二十五分。猛威をふるっていた嵐はだいぶ和らいだ。縦揺れは依然として続いていたが、エドワーディック号は亡霊の歩みのごとくゆっくりと海面を滑っていた。あたりは静寂に包まれ、天候が荒れ狂っていた三十分前と変わらず重苦しい空気をはらんでいた。とはいえ、静寂のおかげでラスロップは簡単に見つかった。社交室でグランドピアノを弾きながら歌っていたのだ。

ディナージャケットの袖口からカフスをのぞかせ、両腕を右に左に派手に振り動かし、いかにも気取った様子で鍵盤を叩いていた。

「おお、ワバッシュ川にかかる今宵の月の美しさよ。刈りたての干し草の香りが野を駆け――（ポール・ドレッサー作詞作曲『遥かなるワバッシュ川の堤にて』。米インディアナ州歌）」

ラスロップはマックスに気づいて歌うのをやめたが、指はなおも鍵盤の上でせわしなく動いている。

「そこに座ってくれ」ラスロップが言った。「きみの意見を聞きたい。さっきフーパーと話してたんだ、あのフランス人はなんでまた室内でも帽子をかぶってるのかってね。探偵ならわかる。ユダヤ教徒にもたまにいる。だがフランスの軍人がやるのは、どう考えてもおかしいだろう？　で、わたしはブノワについてある結論に行き着いた。彼の正体は幽霊なのさ。あの男は――」ラスロップは話を途中でやめ、再び歌い出した。

「スズカケの木立にキャンドルの明かりが輝く、遙かなるワバッシュ川の堤よ」

野太い声とピアノの高音が、社交室の隅々までうんざりするほどやかましく響いた。マックスにそれを即刻やめさせる手立てがあったのは幸いだった。

「急いでB37号室に来てほしいんです。ジア・ベイ夫人が殺されたんですよ」

唐突な沈黙。

ラスロップは両手を鍵盤上で静止させ、マックスのほうを向いた。ねじった首の厚い皮膚にしわが幾筋も刻まれ、櫛目の入った白髪に似つかわしく顔にも年老いた表情が浮かんだ。

「例のナイフ投げと関連があるわけか」とラスロップ。

「ええ、たぶん」

「殺されたと言ったな？　自殺でも事故でもなく――なんてこった！」息を呑んだあとに続けた。「どんなふうに殺されたんだ？」

「喉を切られていました。でも、凶器は見つかっていないんです」

「関わりたくないね」ラスロップはそう言って、高音域の鍵盤を小指で勢いよく鳴らした。

「船長じきじきの指名なんです。現場であなたが来るのを待っています」

「わたしを？　なぜ？　わたしになにができるっていうんだ？　おいおい、勘弁してくれよ。どうしてごたごたに巻きこまれなきゃいけないんだ！」

「しいっ、静かに」

「理由を訊いてるんだよ、わたしは！」

「今朝、みんなの前で言ったじゃないですか。自分は指紋に詳しいって。あれは本当のことなんでしょう？」

「もちろんだ」ラスロップは短く口笛を吹いた。「じゃあ、指紋が見つかったのか？　だったら話は別だ。協力するにやぶさかではない」

マックスは質問には答えなかった。

「ラスロップさん、愚問を承知でお訊きします。たぶん、ぼくのばかげた想像だと思いますが、指紋を偽造することは可能でしょうか？」

一拍置いてラスロップは答えた。「いいや、無理だ」

「絶対にですか？　ほら、よく探偵小説のトリックにあるでしょう。無実の人間に罪を着せようとして、指紋に細工するのが」

「ああ、知ってるさ。だが現実には無理だ。指紋を複写するなら容易だがね。ただしそれだって、専門家なら化学分析にかけるまでもなく即座に看破するだろう。納得できなけりゃグロスの著書で調べてみるといい。あれが一番信用できる。確か彼は著書のなかで、偽造指紋が使われた事例は世界のどこを探してもないと述べている」*

ラスロップはいったん口をつぐんでから続けた。

「それより、こっちが訊きたいよ。なぜそんなことを考えたんだ?」

マックスは事情をかいつまんで説明した。「ただし、このことは誰にも内緒ですよ。事件について知っている人間は少なければ少ないほど――」

「しいっ!」ラスロップが急にさえぎった。

どこからか小さないびきと、むにゃむにゃ言う声が聞こえた。居眠りしていた人間が目を覚ましかけている。マックスは、はじかれたように振り向いた。

ブリストル出身のフーパーが、ブロケード張りの安楽椅子で眠っていた。薄暗い照明のもと、ずんぐりした身体を椅子に押しこむように座り、高い背もたれの前でうなだれている。そのせいで顎がシャツの襟にうずまっていた。短く刈った鉄灰色の髪は吐息に震える彎曲した口ひげより数段濃く見え、夕食後のブランデーでほろ酔いかげんなのか頬はピンクに染まり、満足げに両手を太鼓腹の上で重ねている。子供のようにあどけない寝顔だ。

「小声で頼む」ラスロップが言った。「起こしたくないんだ。だいぶ落ちこんでるからね。息子さんが重病で、急遽イギリスへ帰ることになったそうだ。なのに……」

「なのに?」

「誰かがあの女を殺すとは」

その言葉をきっかけに、自分たちは潜水艦警戒水域へ突進する船もろとも刻一刻と恐ろしい危険に近づいているのだとマックスは初めて実感した。

恐怖心を払いのけて訊いた。

「B37号室へ行ってくれますね？」

「わたしが役に立てるなら当然だ。きみも一緒に来るんだろう？」

「ぼくはあとから行きます。事務長に知らせて、写真係を呼んでもらいますので。ここだけの話ですが、指紋についてどう思います？」

ラスロップは大儀そうにピアノの前から立ち上がった。

「あえて言えば、きみの兄上の意見に賛成だ。頭のおかしなやつの犯行だろう。指紋は単純にそいつの置き土産だよ。とにかく犯人を捕まえることが先決だ。じきに全員、犯行時刻のアリバイをしつこく訊かれることになる。これこれの時刻どこにいましたか、とな」

「その必要はあまりないと思いますけどね。指紋を調べればいいんですから」

「断っておくが、わたしにはアリバイがないよ」ラスロップはおどけて言った。「ずっと甲板にいたからね。あのとおりの悪天候で、顔を合わせたのは一人だけだ。それも甲板に出た直後に。ほら、部屋に閉じこもっていた巻き毛のお嬢さんだよ。船室係に訊いたら、姓はチャトフ

＊原註　ハンス・グロス著『犯罪捜査』第三版（ロンドン・スイート・アンド・マクスウェル社、一九三四年）の一九二ページを参照のこと。

ォードというそうだ」

「白い毛皮のショールの高慢ちきな《fish-faced》女性でしょう?」

ラスロップは不思議そうにマックスを見た。

「〝さかなづら〟? 美人をつかまえて、なんて言い種だ。清楚で、なかなか品があったぞ。ゆっくり話したわけじゃないが、かなりのべっぴんさんだ」

「そうでしょうか。乙に澄ましたいけ好かない女ですよ」

マックスの辛辣な口調にラスロップは目を丸くした。マックス自身も驚いていた。舌鋒はなおも衰えず、さまざまな理由で膨れ上がっていた憤懣が捌け口を与えられてほとばしった。しまいには、わめいているのと変わらぬ状態になった。

「おい、もうそのへんにしておけ」ラスロップがあきれ顔でなだめた。「まったく、あの気の毒なお嬢さんのどこが気に入らないんだか。まあいい。そんなことにこだわってる場合じゃないからな。わたしはすぐ兄上のところへ行く」

マックスはむっつりしたままうなずいた。

〝気の毒なお嬢さん〟というラスロップの言葉を頭のなかで反芻しながら、マックスはエレベーターで事務長室のあるC甲板へ下りていった。だが事務長室の窓口は閉まっていて、木のブラインドが下りていた。マックスがドアをノックしていると、すぐ脇の机でパスポートや書類の山を前に煙草をくゆらせていた事務長秘書が言った。

「事務長でしたら不在ですよ。社交室か喫煙室、でなければケンワージーさんの部屋でしょう。

左舷のB70号室です」

最後の選択肢でようやく見つかった。B70号室の閉まったドアの向こうから、自嘲気味の陰気な笑い声と事務長の豪快な笑い声が聞こえる。マックスがノックすると、弱々しいほうの声がうめくように返事をした。

「ウォルシンガム、とっとと失せろ。スクランブル・エッグなんか食べたくない。見るだけで吐き気がする。いいか、よく聞け、ウォルシンガム。今度持ってきたら、おまえの顔になすりつけてやるからな」

マックスはドアを開けた。

グリズワルド事務長はがっしりした体格で、大きな眼鏡をかけた人の好さそうな顔いっぱいに笑みを浮かべていた。寝台のそばの安楽椅子に深々と腰掛け、のんびり葉巻をふかしている。

「どうぞお入りください」事務長がマックスに言った。「ケンワージーさんの言うことは気になさらなくてけっこうです。彼はいま、ちょっと気が立っていまして」

「気が立っているだと?」貴族の令息であらせられるジェローム・ケンワージーは、即座に食ってかかった。「おまえなんか地獄の火にくべてやる。客が瀕死の状態だってのに、よく平気でいられるな!」それから目をしばたたいてマックスを見た。「これは失礼。てっきり船室係のウォルシンガムだと思ったもので。あいつはスクランブル・エッグを、消化不良からペストまでなんでもござれの万能薬だと信じてましてね。くだらない迷信ですよ。あ、ちょっと、ドアを開けっぱなしにしないでもらえます? なかへ入って、ぼくの死にゆく魂をじっくり見届けてください」

マックスはのちに事務長から、ジェローム・ケンワージーをからかうのは絶好の気晴らしになるんだと打ち明けられた。だがこのときのケンワージー青年は本当に具合が悪そうだった。本人によると、丸一日胃がなにも受けつけないそうだ。

広々とした三人用の船室を占有しているケンワージーは、横向きに寝そべって積み上げた枕に頭をのせ、ドアのほうへ弱々しい視線を向けていた。ひょろりと痩せた青年だ。青白い顔と口もとの年寄りじみたしわは、おそらく体調不良のせいだろう。乱れた金髪が片方の目にかかっている。八角形の縁なし眼鏡で堅物な印象だが、目や口にはユーモア好きな性質がにじんでいる。もっとも、いまはとてもそれを発揮できる状態ではなさそうだが。

事務長はケンワージー青年に葉巻の煙を吹きかけた。

「おい、グリズワルド」ケンワージーが言った。「さっきはよくもやったな。いいかげんにしろ。もう我慢できない」

グリズワルド事務長の顔からふっと笑みが消えた。

「なんのことです?」

「いいか、ぼくは死にそうなんだ」ケンワージーは蚊の鳴くような声で切々と訴えた。「さっきも、立ち上がろうとして倒れてしまった。そんなときにあんな悪ふざけをするなんて、ひどいじゃないか」

「悪ふざけ? 身に覚えはありませんが」

ケンワージーは仰向けになって目を閉じた。

「グリズワルド」青年が天井を向いて言う。「夏の航海ではおまえにいくつか借りがあったが、今回はひとつもない。治ったら必ず仕返しするから、待ってろよ。ふん、こんなの二日酔いのひどいやつだと考えればどうってことない。いつもの十倍はつらいけどな」

そのあとケンワージーは急に思い出したように言った。

「ところで」再び横向きになって目を開け、マックスを見つめた。「ええっと——ぼくになにか用ですか?」

「お取りこみ中、恐縮ですが、事務長を捜していたんです。船長が呼んでいまして」

グリズワルドが急に背筋をぴんと伸ばした。

「船長がわたしを?」怪訝な顔でつぶやく。「どうしてだろう」

「詳しいことは知らないが、深刻な事態らしい。すぐに行ってください」マックスはそう答えた。

「誰かに寝首を掻かれたのかな」事務長は冗談めかして言った。「諒解! ただちに馳せ参じます」葉巻の灰を床に落としながら立ち上がり、不服そうにケンワージーのほうを向いた。

「乗客に迷惑をかけていると誤解されちゃ、こっちの面目が立ちません。はっきりさせておかなければ。さっきのは言いがかりですよ。神に誓って、わたしは悪ふざけなどしていません」

ケンワージーは目を閉じた。

「早く出てってくれ」弱々しい声でぶっきらぼうに言った。「ウォルシンガムの次はおまえをしつける必要があるな。いいか、二度とこの部屋に来るなよ。本気で言ってるんだぞ」

「はいはい、わかりました。でも悪ふざけってなんのことです？」

ケンワージーが片目を開けた。

「どこのどいつか知らないが、わざわざぽんこつ船が大揺れするときを狙って嫌がらせに来たんだ。明かりを消した部屋でぼくが死ぬほど苦しんでるときに。まったく冗談にもほどがある。ノックもせずにいきなりドアを開けて、ガスマスクの顔でのぞきこんだのさ」

事務長は目をぱちくりさせた。

「ガスマスクですって？」

「そう、ガスマスクをつけた顔がこんなふうにだ。ガーッ！」ケンワージーは骸骨よろしく全身をぎくしゃくと動かした。「あんなぞっとするものを見たのは、マイアミで酔いつぶれて意識が朦朧としたとき以来だ。豚の鼻みたいな顔が、暗がりで死人さながらにじっとこっちを見てるんだからな。誰だと訊いても身じろぎひとつしなかった」

「幻覚じゃないでしょうね」事務長が言った。

「なんだと？　くそっ、早く出ていけ！」

「とにかくケンワージーさん、それは絶対にわたしじゃ――」

「おい」ケンワージーが声を震わせる。「このぼろ船で、ぼくがわざわざ洗面所の真向かいの部屋を選んだ理由はわかってるだろうな？」彼は痩せ細った長い腕をにゅっと突き出し、てのひらを相手に向けた。「これから超特急で駆けこむはめになりそうだ。さあ、ぼくのガウンをシーツの上に置いて、すぐにドアの前をあけてくれ。まだわからないのか？　こっちは死にかけてるんだぞ。哀れだと思うんなら、とっとと失せろ！」

「しかし、ケンワージーさん――」

「つべこべ言わずに出ていけ！」

「お気の毒に。すぐ船医をよこします」

「そんなことをしてみろ、そいつにスクランブル・エッグを投げつけてやる。ぼくは一人になりたいんだ。ほっといてもらおうか！」

事務長はマックスを促して部屋を出ると、電気を消してドアを閉めた。

「いつもあんな調子でしてね」通路を歩きながら事務長が申し訳なさそうに言った。「前回もクルクシャンクと一緒にさんざんからかってやりました」

「ドアからガスマスクの顔がのぞいたって話も、毎度のことなのかい？」

がらんとした通路に沈黙が下りた。

「あの話はきっとわたしへのしっぺ返しでしょう」事務長は顔をしかめた。「探偵小説はお好きですか？」

「ああ、よく読むよ」

事務長はくすりと笑った。「八月の航海のとき、わたしはこう言って彼をからかったんです。誰かを毒殺したいときは船旅に誘えばいい。相手が船に酔うのを待って毒を盛れば、容態がどんなに悪化しても船医はのんきに消化のいいビスケットを処方するだけ。誰かが変だと気づいたときにはもう手遅れだ、とね。ケンワージーさんは青くなって震え上がりましたよ」

巧妙な手口に、マックスはぎょっとした。すると、それを察したグリズワルドが急にそわそわしだした。相手がエドワーディック号の船長の弟であることを遅まきながら思い出したらしい。彼は神妙な顔つきになって軽く咳払いした。

「あの、誤解しないでください。わたしはべつに……」事務長がおどおどと言い訳を始める。

「心配しなくていいよ。わかってるから」

「ところで、大事なことを失念していました。わたしになんの用でしょう。船長はどこにいるんですか？」

マックスが事情を説明すると、グリズワルド事務長の顔からのんびりした表情が掻き消えた。

「わかりました！」口調もきびきびしていた。「わたしのオフィスに指紋採取用のインクローラーがありますので、それと小さな座席カードを使って指紋を集めましょう。写真係にもただちに必要な道具を揃えさせます。マシューズさん、五分以内に駆けつけますと船長にお伝えください。では、失礼！」

事務長はオフィスへの階段を下りていった。

マックスはB甲板の階段ホールに一人残された。階段の反対側には売店がある。とっくに閉まっていたが、ガラスのショーケースが間接照明の黄色い光に浮かび上がっている。売店の奥にある理髪室も閉まっていた。マックスは売店の前にたたずんでショーケースの土産物を眺めた。卓上ライター、人形、ペーパーナイフ、装身具などがごちゃごちゃと並んでいる。そのとき、後ろから突然肩を叩かれ、思わずすくみ上がった。ケンワージーの気持ちがよくわかる。

「こんばんは」レジナルド・アーチャー博士だった。「熱心に見ていたね。恋人へのプレゼント探し？」

「ええ、まあ」

「驚かせてしまったかな」

「いいえ」

アーチャー博士は下の階から来たようだ。裸足にスリッパをつっかけ、厚いタオル地の白いバスローブに身を包み、濡れてトウモロコシの穂みたいになった薄い頭髪をタオルでごしごし拭いている。それでもしっかり救命胴衣を抱えていた。

「下のE甲板にプールがあってね。ひと泳ぎしてきたよ」博士が言った。「おやおや、もう十一時十五分前か。そうとは知らずに一時間以上も泳いでいたんだな」

「気分転換になりましたか？」

「それはもう！」博士は砂色の眉まで拭いて顔を茶目っ気たっぷりにほころばせ、タオルで頭髪をこすりながら続けた。「最初は難儀したが、揺れがだんだんおさまってくれてね。おかげで生まれ変わった気分だよ。実にさっぱりした。運動のあとのシャワーがこれまた格別だしね。今夜はぐっすり眠れそうだ」

ぼくもそうしたいよ、とマックスは内心でぼやいた。喉のぱっくり開いた傷口を見てしまってはとうてい無理だろうが。

「今夜はナイフ投げの練習がないといいですね」マックスは言った。

「えっ？　ああ、そうだね。そう願いたいよ」アーチャー博士はふと口をつぐみ、あたりを見回した。「もしかすると、ここはB甲板かね？」

「そうですよ」

「しまった、ひとつ余計に上がったらしい。わたしの部屋はC甲板なんだ。まったくお恥ずかしい。たまにうっかりすることがあってね」博士は大きなあくびをした。「おっと、失敬。そろそろ寝床に入る時間だ。今日はなかなか充実した一日だったよ。それでは、また明日」

「おやすみなさい」

エドワーディック号に夜の気配が忍び寄った。船首の小さな上下動は揺りかごめいたリズムを刻み、凪いだ海はささやくように歌っている。マックスは右舷の通路を自分の船室のある船尾方向へ歩いていった。

B37号室の閉ざされたドアの向こうで、複数のぼそぼそした声がなにやら言い合っていた。そしてドアの前では船室係の男性とジア・ベイ夫人の船室係の女性が、慌てて立ち聞きをごまかそうとしていた。

急に疲労を覚えた。間もなく事務長と写真係が来るから、当分自分の出番はないだろう。少しのあいだ部屋に戻って静かにしていたい。目を閉じて座っているだけでいい。数分程度の休憩なら兄も大目に見てくれるだろう。

マックスは船室に入った。散らかっていた室内は神出鬼没の船室係がいつの間にか整頓してくれていた。寝台のベッドカバーがはずしてあり、糊のきいた新しいシーツにもぐりこむばかりになっていた。明かりは洗面台の上の電球がぼんやりともっているだけ。マックスは救命胴衣を肩から下ろし、ステッキを箪笥に立てかけ、寝台の端に座った。頭がずきずきする。シーツが気持ちよさそうだ。一、二分身体を伸ばすくらいなら構わないだろう。ごろりと横になると、三十秒もしないうちに眠りに落ちた。

7

「おい、起きてくれ」誰かの声がする。

肩を揺り動かされてマックスは徐々に眠りから覚め、やがて目の前の靄《もや》が完全に晴れた。とたんに勢いよく跳ね起きた。頭がすっきりして、生まれ変わったように爽快な気分だった。照明がまばゆくともっていたが、灯火管制中の窓からでは外の様子がわからず、いま何時なのか見当がつかない。ふと見ると、枕もとにラスロップが渋い顔で立っていた。

「手順を説明するから、さっさと済ませよう」ラスロップは言った。「まずこのカードの一番上に自分の名前を書くんだ。それからインクローラーで両手の親指にインクをつけ、カードに押しつける。悪いな、勘弁しろよ。船長はきみをこのまま寝かせてやりたいだろうが、こっちは七面倒な作業で徹夜だ。誰かを道連れにでもしないとやってられんよ」

「いま何時ですか？」

「夜中の二時だ」

「二時？　よかった！　てっきり朝まで眠ってしまったかと――」

「よかっただって？」ラスロップが苦々しい口調になる。「議論に延々とつき合わされたこっちの身にもなってくれ。ああでもないこうでもないと大変だったんだ。あの場にいなかったきみが心底うらやましいよ。恨み言を並べるつもりはないが、きみの兄上と船医の頑固なことといったら。ありゃどっちも手のつけようがない石頭だな」

「目下、一斉に指紋採取ですか？」

「さあ、どうだかな。事務長と三等航海士は三時間くらい前に上等なほうのインクローラーを持って出ていったが、それきり一度も見かけない。たぶんここへもだいぶ前に来て、きみが眠ってたんで遠慮したのかもしれん。あの二人は船長から、就寝中の乗客は明日の朝にしろと指示されてる。いま時分、大勢いる乗組員の指紋集めで駆けずり回ってるんだろう。ま、理由の説明は簡単だがね。海軍からイギリス上陸前に全員の指紋を用意せよとのお達しがあったことになってる。それなら誰も文句は言えまい」

マックスは寝台の端に座った。

頭がすっきりして、気分も晴れやかだった。麻薬中毒か熱病から回復した直後のように。

「船長と船医とわたしの三人で、あれこれ推理してみた」ラスロップはマックスが署名し終えたカードに左右の指紋を手際よく採取しながら言った。「議論に議論を重ね、現場検証をおこない、最後は互いに指紋を採り合った。もうへとへとだ」

「すみません」

「どうして謝る？」

「そうとも知らずに眠りこけてたんですから。というより、気を失ってたのかな。よくわかりません。自分でも覚えてなくて。精神科医だったら、もっともらしい専門用語を使うんでしょうけどね」

ラスロップは白髪頭と対照的に黒々している眉をひそめ、射るような目つきでマックスを見た。カードに番号を振って封筒に入れ、ジャケットのポケットにしまうと、万年筆とインクローラーを片付けて籐椅子に腰を下ろした。

「いったいどうしたんだ？　悩みがあるのか？」

「ぼくはこれまで――」マックスは話し始めた。「数々の危険な仕事をこなしてきました。ロバートソン式潜水艦脱出装置の実験で、水深二百フィートの海中に沈められたこともあります。どうやら欠陥品だと判明したらしいですがね。連邦捜査官に射殺される直前のグリーザ・シュタインメッツと言葉を交わしもしました。なのにこのていたらく。あの火事を境に……」

ラスロップがうなずいた。

「きみが恐れているのは具体的になんだ？」

「火です。それと爆発。化学工場の火災でしたから」

「そうか。火と爆発か」ラスロップは床の絨毯に目を落とした。

「忘れろ、そんなもの！」彼はいきなり声を張り上げ、椅子の腕木を叩いて勢いよく立ち上がった。「とりあえず、われわれに必要なのは一晩ぐっすり眠ることだ。わたしにも明日は大量の指紋照合という難業が待っているが、きみの境遇には大いに同情する。なにしろ死体が転がっている部屋のすぐ隣で寝るわけだからな。今夜きみが熟睡できることを心から祈ってるよ。じゃ、おやすみ」

エドワーディック号は前進を続けていた。

ラスロップが部屋を出ていくとき、開いたドアの向こうにB37号室の内部が見えた。床には血痕が残っていたが、死体はもうなかった。ドアが閉まると、マックスはあくびをしてゆっくりと服を脱ぎ、ガウンをはおった。ぐっすり眠れるよう寝る前にシャワーで温まろう。そう思って浴室の扉を開けた瞬間、ヴァレリー・チャトフォードと出くわした。

マックスはその場に凍りつき、二人はしばらく無言で顔を突き合わせていた。

彼女はこちらを向いて浴槽に腰掛けていた。つんつんした感じがないのは疲れきっているせいだろう。浴槽の縁をつかんでいた指が、そこから離れたとたんわなわな震えた。鳩羽《はとば》色のイブニングドレスに真珠のネックレスといういでたちで、白い毛皮のショールと救命胴衣は浴室の床に落ちていた。ドレスと同じ灰色の、真珠と同じ輝きを放つ目が、挑みかかるようにマックスを見つめ返した。

マックスは呆然としたまま訊いた。

「いつからここに?」

「十時から」

「ええっ?」

「出られなかったんだから、しょうがないでしょ!」彼女は手首をさすりながら、むくれて言った。「ドアの前にずっと誰かがいたのよ。見つからずに出ていける方法があったのなら、教えてもらいたいわ」

「だからここで四時間も座ってたのかい？」

「そうよ。そこをどいてくださらない？　いいかげんここから出たいの」

あまりにつっけんどんな態度に、マックスは紳士らしからぬ所業と思いながらも声を上げて笑った。足がこわばっていたせいで彼女は少しよろけたが、それでも顎をつんと上げてマックスの前を通り過ぎた。毛皮と救命胴衣を拾い上げ、マックスも寝室へ戻った。

「それにしても、なんだってぼくの浴室に――」

「失礼ね。品のない想像は慎んでいただける？」

「ちがうよ。こっそり抜け出すチャンスが一度くらいあっただろうにと思って」

「なかったわ」

「それはお気の毒に。だいぶお疲れのようだね。まあ、よかったら……ひとまずそこの椅子にでも掛けたらどうだい？」

「ご親切にどうも。少しだけ休憩させてもらうわ」

マックスはこういう状況でも毅然とふるまう彼女の胆っ玉に内心舌を巻いた。取り澄ました印象は薄らいでいる。間近で見ると憔悴の色は薄く、きめの細かい透きとおった肌はクリームのように白くなめらかだ。額から後ろへ流した茶色いつややかな巻き毛が二十歳そこそこのような初々しさを感じさせる。魅力的な、はつらつとした可憐な女性と言えなくもない。

ヴァレリー・チャトフォードは唐突に言った。

「船長は、海の上では絶対的権力を握ってるのよね？」

「えっ？」

「なんでも船長の思いどおりにできるはずよ。たとえば、船長が誰かにロープを巻きつけて海中で船底をくぐらせると決めれば、まわりの人は従わなくちゃいけないんでしょう？」

「ずいぶんと極端なたとえだね。マシューズ船長をバウンティ号のブライ艦長とごっちゃにしてないか？　まあ、いいや。続けて」

「あなた、船長の弟なんですってね」

ほら来た、とマックスは思った。利用しようという魂胆だろうが、そうはいくか。簡単に丸めこめると思ったら大間違いだぞ。

だいたい、兄のフランクがそんな古くさい刑罰を命じるわけないじゃないか。荒唐無稽もいいところだ。

「誰からそれを？」

「ラス——ロップさん。確かそういう名前だったわね。さっきこの部屋に来てた人。で、あなたは彼になんでも言える立場にあるんでしょう？」

「ラスロップさんに？」

「とぼけないで。お兄さんの船長によ」

「船長どころか、大法官が相手だって堂々と渡り合えるさ」

「はぐらかしても無駄よ。隣の船室で女の人が殺されたんでしょう？　発見者はあなた。急いで船室係に船長を呼びに行かせたわよね。駆けつけた船長があなたと一緒に彼女のハンドバッグからインク瓶を見つけたことも、全部知ってるわ」

「どうして知ってるんだい？」

ヴァレリー・チャトフォードは一瞬ためらってから答えた。

「この目で見て、この耳で聞いたからよ。わたし、ジア・ベイ夫人に会おうと思って船室の前まで来たの。十時十分前くらいだったわ。でも室内で彼女が男の人と話してる声がしたから、ここに入って待つことにしたのよ。男の人はしばらくしたら出ていったわ」

「殺人犯が出ていくのを見たってことかい？」

「姿は見てないわ。こっちの部屋のドアは閉まってたから。でも出ていく足音ははっきり聞こえたわ。少ししてドアを開けたら、ちょうどあなたが来た。向こうの船室のドアを開けてのぞきこんだわね。あのとき、わたしも同じ光景を目にしたのよ。

船室係が船長を呼びに行ったあと、すぐにここを出ようとしたわ。でもドアから出たとたん今度は通路の向こうから船室係の女性が来て、仕方なく逆戻り。それ以降ひっきりなしに人が出入りして、抜け出すチャンスは全然なかった。あなたが寝てるあいだも浴室にこもったまま。隣の部屋にまだほかの人たちがいたから」

マックスは立ち上がって、相手をまじまじと見た。

「ジア・ベイ夫人と知り合いだったのかい？」

「いいえ。口をきいたこともないわ」

「じゃあ、なぜ訪ねたんだ？　彼女を殺した犯人に心当たりは？　彼女はどうしてインク瓶なんか持ち歩いてたんだい？」

「彼女はそんなもの持ち歩いてなかったわ」ややあって、答えが返ってきた。

「いいや、持ち歩いてた。船長とぼくが見つけたんだから確かだ」

「もう、わかってないのね！　わたしが言ってるのは、彼女がもともと持ち歩いてたのはインク瓶じゃないってこと。実際は手紙だか書類だかが入った分厚い封筒よ。だからハンドバッグがいつも膨れていたの。彼女を殺した犯人がそれを持ち去って、代わりにインク瓶を突っこんでおいたにちがいないわ」

「どうして犯人はそんなことを？」

「知らない。とにかく真相はそうよ。実を言うと、あなたに助けてもらいたいのはそこなの」

「助ける？」

「ええ。彼女が大事にしてたのはハンドバッグに入れてた物だけじゃないわ。事務長に預けた封筒があるの。あなたにも大きな封筒が配られたでしょう？　貴重品があればそこに入れて封をし、名前を書いて事務長に預けるようにって。そうすれば港に着くまで金庫に保管してもらえる。ジア・ベイ夫人も出航当日、事務長に封筒を預けたのよ。間違いないわ」

「それで？」

「船長の命令が絶対なら、事務長といえども逆らえないでしょう？　あなたの力で事務長からその封筒を手に入れて、わたしのところへ持ってきてほしいのよ」

再び沈黙が流れる。

あっぱれだと褒めてやりたくなるほど、身勝手で厚かましい頼み事だった。マックスは天井を仰いで照明に目を細めてから、再び彼女を見た。

「その場合、当然ながら――」マックスは言った。「きみが関わっていることは内緒で、という条件つきなんだろう?」

「ええ」

「この部屋できみが今夜なにをしていたのかも秘密にしろと?」

「そうよ」

「きみは封筒が欲しい理由さえ説明するつもりはないんだろう?」

「説明できないのよ、どうしても。でも、わかってくれるでしょう? わたしを信用してくれるわよね?」

マックスは冷ややかに言い返した。

「いいや、信用しない。こういうのは小説や映画の世界だけだと思ってたよ。まさか現実に起こるとはね。きみはこんなことがまかり通ると本気で考えてるのかい? 女が都合の悪いことは隠して一方的に要求だけ突きつけても、都合よくどこかの間抜け男が喜んで協力してくれるなんて、ばかばかしいにもほどがある。絶対にお断りだね。見くびるなと言いたい。このことは明日の朝、船長に伝えておくから、きみがフランクとじかに話をつければいい。巻きこまれるのはごめんだ」

ゆったりとした物憂げな波音と、船腹でうねっては跳ねる波しぶきの音が交錯している。大気に光が放たれる朝の訪れを待つ静寂のなか、それはいっそう大きく響いた。

ヴァレリー・チャトフォードは椅子に深くもたれていた。まばたきするたびに長いまつげが頬に影を落とす。鳩羽色のドレスの胸をせわしなく上下させながら、速い息遣いで唇をほとんど開けずにしゃべっている。

「船長になにもかも言うつもり?」

「当然だとも」

「わたしは全面的に否定するわよ」

「勝手にすればいい」

「こんなところには一歩も入らなかったと言い張るわ」

「ずいぶん意固地だな」

「あなたこそ、わたしが相手だとずいぶん意地悪なのね。休憩室ではどうだったかしら。ほろ酔い気分で、あばずれ女を膝の上に――」

「ミス・チャトフォード、悪あがきにしか聞こえないよ。だいたい彼女のことをそんなふうに言うのはおかしい。ジア・ベイ夫人は純粋な人だった。ほかの人に比べて、何十倍も愛すべき――」

「わたしに比べて?」

「この船に乗ってる客全員だ」

「あなたから見ればそうでしょうね。親切にされる資格もない女に、紳士気取りで世話を焼いてたんだもの」ヴァレリーは立ち上がって毛皮のショールをまとい、救命胴衣の紐を腕に掛けた。「それはそうと」ドアの前まで行って、振り返った。「わたしが一人前の男だったら、火が怖いなんて恥ずかしくて口が裂けても言えないわ。そう、あなたがラスロップさんに話してるのが聞こえたの。じゃ、おやすみなさい、勇敢なマックス・マシューズさん」

嫌味たっぷりの捨て台詞を残し、彼女はドアの敷居を静かにまたいだ。ドアは彼女の背後で、A甲板まで届きそうな大音響とともに閉じた。マックスの腹立ちは寝床にもぐりこんでからもおさまらず、夢のなかでも彼女に恨み言を浴びせた。

翌一月二十一日、日曜日の朝を迎えた。起床したマックスは、遅い朝食をとりに甲板をぶらぶら歩いていった。ヴァレリー・チャトフォードのことより、船内で慌ただしく進められているであろう指紋採取のほうが気にかかった。食堂にいたのはアーチャー博士だけだった。博士は出ていく際に愛想よく会釈をよこしたが、立ち止まって話しかけてはこなかった。

食堂にも日曜日らしい静けさが漂っていた。体裁を重んじて、ダーツや卓球の道具は昼食後までどこかにしまわれている。食事を終えると、マックスは再び凍てつく甲板に出た。風は弱く、寒々しい太陽が鉛色の海の上に浮かんでいる。エドワーディック号はジグザグに航行していた。船尾の向こうに、白く泡立った航跡が黒い海面に呑みこまれていくのが見える。マストの見張り台のほか、ボート甲板の手すりの前にも数名の当直が配置されていた。だが船客の姿はどこにもない。B甲板を六周しても、デッキチェアでうたた寝中のジョージ・A・フーパー以外は見かけなかった。

十一時に社交室で開かれた礼拝の席で、兄の船長とようやく顔を合わせた。あえて言うなら清教徒の牧師のほうが似合いそうな風貌のマシューズ船長が、聖書を持つ手もぎこちなく詩篇二十三篇を朗読した。兄にしては上出来だな、とマックスは思った。こぢんまりした楽団が賛美歌を二曲演奏した。祈禱はなかった。参列者の顔ぶれはアーチャー博士、フーパー、マックス、そしてヴァレリー・チャトフォード。彼女はマックスのほうを見もしなかった。

礼拝が終わると、マックスは兄のそばへ行って話しかけた。

「どんな状況です？　指紋集めはもう終わったんですか？」

「しっ！」船長は素早くあたりを見回した。今朝はいつになく深刻な面持ちだ。「さっき事務長から受けた報告によれば、フーパーと例のフランス人の指紋は昨夜のうちに採り終えた。言うまでもなく、おまえとラスロップのもな。いまアーチャー、チャトフォード、ケンワージーのところを回っている。乗組員の分も順に――」

「あとどのくらいかかりますか？」

「そう急《せ》かすな」生まれつき忍耐強いマシューズ船長が、珍しく苛立ちをあらわにした。「犯人は必ず捕まる。逃げられっこないんだからな」

「それはわかってますが、犯人を特定するまでどれくらいかかるか知りたいんです」

「ラスロップの話では、指紋の照合に丸一日かかるそうだ。こっちは黙って見守るしかない。なにかわかったら、すぐおまえに知らせる」

マックスがヴァレリー・チャトフォードのことを伝え忘れたと気づいたのは、それから三十分も経ってからだった。まあ、いいか。べつに急ぐ必要はない。指紋で犯人がわかれば、彼女がつかんでいるらしき情報はただのおまけだし、彼女の話が全部嘘っぱちだという可能性も大いにあるのだから。

昼食の時間になっても、船長から連絡はなかった。

食堂に現われたのは、マックスを除くとアーチャー博士とブノワ大尉、それからフーパーだけだった。船長のテーブルでは会話が湿りがちで、話題はもっぱら掲示板に貼られた無線ニュースの内容や、護衛艦がつくか否か、到着する港はどこか、といったことだった。入港先については、アーチャー博士はサウサンプトンと予想し、フーパーはリヴァプールだと断言した。ボーイも意見を求められ、自信ありげにグラスゴーと答えた。

お茶の時間になったが、やはり知らせはなかった。

マックスはだんだん焦れてきた。船内を歩き回ったが、ラスロップも事務長も見つからない。ラスロップの船室がC42号室だとわかったので行ってみたが、不在だった。事務長室の窓口も閉まっていて、その脇にあるドアを繰り返しノックしたものの、返事はなかった。

夕暮れになると風が強まった。社交室や休憩室をさまよった末に喫煙室へ行ったマックスは、片隅に『風と共に去りぬ』が置き忘れられているのに気づいた。本の見返しに〝ピエール・マリー・セレスタン・ブノワ〟とゴム印が捺してある。図書係のボーイがいなかったので（いたためしがない）、マックスは休憩室の本棚から無断で数冊拝借して椅子に掛けた。が、どうにも気が乗らず、読書はあきらめて憂鬱な気分で甲板に出た。すると、電灯の赤っぽくにじんだ光のなかに事務長の姿があった。

「よかった。ずっと捜していたんですよ」グリズワルド事務長が咳払いして言った。「クルクシャンク三等航海士が、船長を呼びにいまブリッジへ上がりました。あなたもすぐにわたしのオフィスへ来てください」

「で、わかったのかい？」

「ええ、わかったことはわかりました」

厚地のオーバーコートの下でマックスの肌に寒気が走ったのは、冷たい風のせいだけではなかった。光の加減か、グリズワルド事務長の顔がひどくやつれて土気色に見えた。

「で、誰だったんだ？　彼女を殺した犯人は」

「とにかくオフィスへ」事務長が急かした。

C甲板にある事務長室のドアは施錠されていた。事務長が鍵を開けると、室内には明かりがまぶしいほどともり、煙草の煙がたちこめていた。ワイシャツ姿のラスロップが壁際の机に向かってせっせと作業をしている。彼の前には大きく引き伸ばした黒々とした親指の写真が置かれ、指紋の線の一本一本に番号が振ってあった。かたわらにカップの受け皿ほどもある大きな拡大鏡とメモ帳。ラスロップの後ろでは若い事務長秘書が、急ごしらえのボール紙のファイルを金庫の上段にしまっているところだ。

「ああ、船長。どうぞこちらへ」再びドアの開く音がして、ラスロップは回転椅子をきしませて振り向いた。慌ただしく入ってきた船長がマックスを押しのけ、ラスロップに歩み寄った。

「照合が終わったとクルクシャンクから聞い――」

「ええ」ラスロップが落ちくぼんだ目を拳でこすり、両腕を大きく広げた。「あの指紋が誰のものか早くお知りになりたいでしょう。簡略にお伝えします。わかりませんでした」

ラスロップはこうつけ加えた。

「この船に乗っている、誰のものでもありません」

8

意表をつく衝撃的な報告の直後、四人が同時にしゃべりだした。最終的に発言権をもぎ取ったのはマシューズ船長だった。

「それは冗談のつもりかね？」

「そんなはずがないでしょう」ラスロップが仏頂面で言い返した。「こんなときに冗談を言うほどわたしは非常識ではありませんよ」閉じたまぶたを押さえて続ける。「グリズワルド事務長もそうです。いいですか船長、詳しく説明しますからよく聞いてください」現場で採取された指紋の拡大写真を手に取った。「これは遺体に付着していた左右の親指の指紋です。それからあれが――」事務長秘書がボール紙で作った間に合わせのファイルを指した。「この船に乗っている生きた人間全員の親指の指紋です。しかし、あのなかに写真の指紋と一致するものはひとつもありません」

「本当なんです、船長」横からグリズワルド事務長が真剣に言う。

「いいや、そんなことはありえん！」

「事実なんですから、しょうがないでしょう」ラスロップも負けじと言い返した。

「なにかの手違いでは？」

「いいえ、船長」事務長がウシガエル顔負けの膨れ面で言った。「ラスロップさんとわたしで二度見直したんです。手違いなど絶対にありません。口幅ったいようですが、一応わたしも指紋の専門家です。職務のうちですから」

マシューズ船長は肩をそびやかして白い壁の室内を横切り、金庫にもたれて腕組みした。

「これは熟考を要する問題だ」船長の威厳のある口調に全員が黙りこくった。しばらく考えこんだあと、船長はふさふさした眉と帽子のひさしの下から鋭い眼光を放ち、おもむろに口を開いた。「そうなると、現場の指紋は偽造されたものにちがいない」

「いいえ、船長」とラスロップ。

「ありえません」事務長がラスロップに加勢した。

「ありえないだと？　なぜそう言いきれる？　ゴム印かなにかを使えば……」マシューズ船長は再び考えこんだ。「待てよ。乗客のなかにゴム印製造業者がいなかったか？」

ラスロップはすぐさま口をはさんだ。

「偶然にも、昨夜あなたの弟さんから同じことを訊かれたんですよ」ラスロップはマックスに目配せした。「指紋の偽造は可能なのかと。そこでグリズワルド事務長ともう一度注意深く調べました。しかし現場に残された指紋に怪しい点はありませんでした」ラスロップは指紋の拡大写真を軽く叩いた。「とはいえ、念には念を入れなければならない。幸い、この船には重宝な乗組員がいる。バンクスという名前だったかな。ああ、合ってますね。そう、船医の助手のバンクスが化学分析の資格を持っているので、さっそく彼に依頼したわけです」

「化学分析？」マシューズ船長がおうむ返しに訊いた。「写真の指紋に化学分析はできないぞ」

「おっしゃるとおりですが、例の御婦人のドレスについていた血染めの指紋ならできます。決定的な証拠になる検査法がありましてね。指紋が作り物でなければ、汗腺から分泌された皮脂を含んでいるはずです」

ラスロップはいったん言葉を切ってから続けた。

「その検査の結果もとっくに出ています。遺体から採取した左右の親指の指紋は、正真正銘本物でした。生きた人間の指が直接触れたものです。船長、この事実から目をそらすわけにはいきませんよ」

しばらくのあいだ全員が黙っていた。煙が室内に充満しているのに、おとなしく吸いこむだけで扇風機のスイッチを入れることすら誰も思いつかなかった。

「少し考えさせてくれ」船長は頭を振った。「わけがわからん」

「船長」ラスロップが遠慮がちに切り出した。「この際はっきりうかがいたいのですが、密航者はいないんでしょうね？　ああ、いや、公認の密航者以外に、ですよ。あなたがボート甲板にかくまっている九人目の乗客は別です。彼の指紋なら採取してありますし、それが現場にあった指紋と一致しないことも判明しています」

マックスは驚いて船長を振り返った。やっぱりそうか！　九人目の乗客は現実に存在していて、兄のフランクが用心深く周囲の目から遠ざけていたのだ。それにしても、その人物とはいったい誰だ？　なぜかくまってるんだ？

「要するに、わたしは」ラスロップが念を押す。「誰にも知られず船内に潜伏している人間はいないのか、と言いたいのです。該当する指紋がないとなれば、理由はそれ以外に考えられませんからね。どうです？　密航者は本当にいないんですか？」

「いない」

マシューズ船長がこういう口調のときは絶対確実だ。

「船長、こんなことありえません！　あるはずがないんです！」事務長がたまりかねて叫んだ。

船長は興奮する部下に噛んで含めるように言った。「グリズワルド、否定しても始まらんだろう。実際に起こったんだから。しかし起こった以上は必ず説明がつくはずだ。もっとも、わたしが思いつくのは二つだけだがな。おまえか誰かが指紋カードをごちゃ混ぜにしたか、どこかに手違いがあったか。グリズワルド、すまんが指紋採取を最初からやり直してくれ」

ラスロップがさもうんざりした顔でうめく一方、グリズワルド事務長は黙ってうなずいた。いまの事務長は、船酔いのジェローム・ケンワージーをふざけてからかっていた、昨夜の快活な二重顎の男とは別人のようだった。

「わかりました、船長。ただし密航者についてはわたしも船長と同様、絶対にいないと請け合えます」

船長は思案顔で言った。「指紋を採取する際、誰かがいかさまをした可能性はないか？　カードをトランプ代わりにもてあそんだ者や、指紋をきちんと採らせなかった者は？」

「いません」とグリズワルド事務長。

「本当だな?」

「指紋カードは、四枚を除いてクルクシャンクとわたしで直接集めました」事務長が説明した。「ちなみに例外の四枚は、船長、ラスロップさん、船医、それからマックス・マシューズさんの指紋です。クルクシャンクもわたしも、自分たちが採取した分は誰にも手を触れさせませんでした。断言できます。ラスロップさん、あなたが採取なさった四枚はどうですか?」

「わたしも断言できるよ」ラスロップが答えた。「ほら、ほかにも船長に報告することがあるだろう? きみとクルクシャンクとわたしの三人で、互いの指紋をもう一度採り合ったじゃないか」

「船長、ラスロップさんがおっしゃったとおりです」事務長が改めて報告した。

長い沈黙になった。

事務長が壁際へ行って扇風機のスイッチを入れた。扇風機はゆっくり首を振りながら不気味な音でうなり始めた。灰皿にたまっていた灰が風で散ったが、誰も気に留めなかった。

「船長、追い討ちをかけるようで恐縮ですが」事務長が悪びれたふうもなく言った。「例の指紋は被害者本人のものでもありません。そもそも彼女が自分の親指でつけたにしては不自然な位置ですけれど、念の為調べたのです」

マシューズ船長は腕組みをしたまま、まだ望みを捨てていない口調で言った。

「ここで確認しておこう。現時点では三つの点が明らかになっている。一つ目、犯行現場にあった血染めの指紋は偽造ではなく本物、生身の人間が残したものだった。二つ目、密航者は存在しない。よって、船内の人間についてまだ採取していない指紋は皆無。三つ目、指紋の採取および照合の作業において、不正行為や手違いは一切なし。全員が指定のカードにきちんと指紋を採らせ、指紋カードはすべて血染めの指紋の写真と厳密に照合された*。以上、どこか間違っている点は？」

「すべて合っています」ラスロップが答えた。

船長は金庫にもたれていた背を起こし、帽子を脱いだ。額に帽子の跡が赤く残っている。彼はハンカチを出して額をぬぐい、こわい黒髪の生え際をこすり上げた。

「しかし」船長は吐き捨てるように言った。「絶対に誰かの指紋でなくてはならんのだ！」

「あいにく実際はそうじゃない」ラスロップが言う。

「ラスロップさん、あの女性が幽霊に殺されたとでもおっしゃるんですか？」

「さあ、どうでしょうね」ラスロップの声が小さくなる。

船長は再び帽子をかぶった。「これは現実の殺人事件だ。われわれは探偵になったつもりで対処せねばならん。なんとも奇妙な状況だな。では――親指の指紋のことはひとまず措《お》いて、別の手がかりについて検討しよう」

事務長が口火を切った。「船長、実は昨晩、妙なことがありました。あのフランス人のことです」

全員が一斉にグリズワルドを見た。

「ブノワ大尉か？」

「はい。クルクシャンクとわたしは十一時過ぎに指紋採取を開始しました。船長の命令どおり、起きている乗客だけです。あのフランス人はたまたま起きていました。船室は右舷のB71です。足を踏み入れた瞬間、わたしは〝犯人はこいつだ！〟と思いました。見るからに後ろめたそうな態度だったからです」

一同の関心がぐんと高まった。

「彼は床に座りこんで、寝台をテーブル代わりにしていました。寝台の上にゴム印が四つか五つと、スタンプ台がありました」

「またしてもゴム印か！」ラスロップがうなる。

「彼は何枚かの大きな紙に自分の住所の判を押していました。ところで、彼の英語は片言で、わたしは逆にフランス語がさっぱりです。クルクシャンクはフランス語が得意だと自分で言っていますが、わたしが聞いた範囲では相手の話にもっともらしく相槌を打っているだけです。当然しゃべるほうも怪しいわけで、クルクシャンクが『ムッシュー、あなたの指紋を採らせてください』とフランス語で話しかけても、ブノワ大尉はまったく理解していない様子でした。しかも、興奮してなにやら猛然とまくし立てる始末。クルクシャンクは、『Ah, oui.（ええ、そうですね）』と相槌を打っていました。しばらくして、ブノワ大尉はようやくわれわれが来た理由を察したようでした。すると今度は青くなって脂汗を浮かべ、しきりに口ひげをひねっていました。われわれが再度促すと、ブノワ大尉は寝台のスタンプ台に親指を押しつけようとしました。本人

＊原註　のちに判明するとおり、この時点でマシューズ船長が指摘した内容はきわめて的確である。

のスタンプ台にです。

自前のスタンプ台を使ってはいけない理由は特にありません。インクはインクですから。しかし彼を怪しんでいたせいか、われわれには不審な行動に映ったのです。犯人はこいつだと確信しました。クルクシャンクはブノワ大尉の手首をつかんで、『だめです、ムッシュー。こちらで用意したインクローラーを使ってください』とフランス語で言いました。そしてクルクシャンクとわたしでブノワ大尉の両手首を左右から持ち、われわれのインクローラーを使わせたわけです。そのあいだもブノワ大尉はのべつ幕なしにしゃべっていましたが、クルクシャンクが例の調子で『ええ、そうですね』と相槌を打つと、ひどく驚いたようでした。われわれが部屋を出ていくときも、なんとも不思議な表情でこっちを見ていました。あれはどう表現したらいいか――」

「やましいところのありそうな顔か?」ラスロップが訊く。

事務長は頭を掻いた。

「うーん、いえ、そうではありません。残念ながら、うまい言葉が見つからなくて。あとでクルクシャンクに、あのフランス人はさっきなんと言ったんだと訊いたら、よくわからなかったとのことでした。われわれはその足で写真技師のテディのもとへ行き、犯人はわかったも同然だから現場にあった指紋の現像を大至急頼むと言いました。ところが、実際にでき上がってみれば……」事務長は不服そうにつけ加えた。「血染めの指紋はブノワ大尉のものではなかったわけです」

期待していただけに、失望が重い沈黙となって垂れこめた。

「そんな話は少しも手がかりにならんぞ、グリズワルド」マシューズ船長が腹立たしげに言った。

「すみません、船長。奇妙に思えたものですから。それにしても、ブノワ大尉のあの不可解な態度はいったいどういうことなんでしょう?」

「まあ、一考の余地はあるかもしれんな。マックス、フランス語は得意だったな?」船長が訊いた。

「ええ、まあ」

「では、あのフランス人のことはおまえに任せる。さてと」船長が続けた。「グリズワルド、ほかに変わったことは?」

「ありません。残りの者は全員、羊のように従順でした」事務長は再び口ごもった。「ただ……さしつかえなければ、いくつかうかがいたいのですが、船長は殺人犯に関してどのような手がかりをお持ちですか? 現場近くに目撃者はいましたか? 船室係たちはなにか見ていないんでしょうか?」

マシューズ船長は首を振った。

「なにも見ていないと本人たちは言っている」船長はラスロップを一瞥した。「だが参考までに話しておこう。ジア・ベイ夫人担当の船室係によると、夫人がハンドバッグに入れて持ち歩いていたのは、インク瓶ではなく手紙らしき紙の束が入った封筒だった。ジア・ベイ夫人が着替えているとき一度だけ目にしたそうだ。ああ、それからもうひとつ。夫人の所持品に、もともとインク瓶はなかった。荷ほどきを手伝ったから間違いないと船室係は言っている」

「インク、インク、またしてもインク！」事務長がうめく。「ということは、殺人犯はわざわざインク瓶を持って被害者の船室へ行ったわけですか」

「そういうことになるな」

「それを封筒とすり替えたんですね？」

「おそらく」

「なぜでしょう」事務長が独り言のように尋ねた。「なぜインク瓶なんでしょう」

「ちょっといいかね」ラスロップがネクタイを直し、ジャケットに手を伸ばしながら言った。「こっちとしては一刻も早く食事にありつきたいが、その前に話しておくことがある。この一件は全体的に風変わりだ。ニック・カーター（米国で多くの作家によって書き継がれた架空の探偵、スパイ）が登場する小説を地で行く、血染めの指紋に謎めいた手紙の束。お次はインディオの毒矢に見せかけた皮下注射器か？　こういう状況だけに、是が非でも船医に検死をやってもらったほうがいい。要するに遺体の解剖だ。喉を切り裂かれて死んだことはわかっているが、慎重に進めないと裁判で面倒なことになりかねない。これは法律家としての助言だ。さて、ほかに情報はあるかな？」

「ええ、あります」マックスはヴァレリー・チャトフォードの大胆な行動について一部始終を語った。

「これは驚いた！」ラスロップが短く口笛を吹いた。「きみはやけに女性と縁があるなあ」

「縁のうちに入りません。ああいう女性は好みじゃないので」

マシューズ船長は怪訝な表情になった。「彼女は小柄だな」ヴァレリー・チャトフォードの体格を思い浮かべているらしい。「おまえはどう思う？　彼女にやれただろうか」そう言って、喉を掻き切るしぐさをした。

「さあ、どうでしょう」マックスは答えた。「なんとも言えませんね。ちなみに、彼女の服に血痕は見当たりませんでした。はっきり覚えています。もし犯人なら、相当返り血を浴びているはずですが」

「それなんだよ！」ラスロップが苛立たしげに口をはさむ。「裁判ってのは厄介でね。殺人犯は裸で犯行に及んだのだから服に返り血がないのは当然、なんて具合にもつれないといいがな。現にそういう例がいくつもあるんだ。クールヴォワジェ事件、ボーデン事件、それからウォレス事件」ラスロップは指折り数えた。「いずれも、犯人全裸説がなんの根拠もなく持ち出された。それによって、殺人犯は従来考えられていたように血まみれの恰好で歩き回ったりはしない、という主張がまかり通ってしまった」

「マシューズさんはチャトフォードさんが裸だったとはおっしゃっていませんよ」事務長が指摘した。想像をたくましくしてつけ加える。「もしそうだったら、なかなかの眺めだったでしょうがね！」

「グリズワルド！」

「すみません、船長。ですが――」事務長は船長の渋面にもひるまず、うっとりして言った。

「憶えておいででしょう？　以前、本職の牧師さんが社交室で執りおこなった夕方六時の礼拝に、ユーゴスラヴィアの伯爵夫人が一糸まとわぬ姿で現われました。チャトフォードさんがそこまでするとは思いませんが」

「グリズワルド、いいかげんにしろ」船長が不吉な雷鳴並みの声を轟かせた。「心配しなくても、あんなことは二度と起こらん。そもそも問題は殺人犯が服を着ていたかどうかではない。現場で見つかった生身の人間による二つの親指の指紋が、一体全体どうやってつけられたかだ。乗船者のなかに指紋の持ち主はいない。残るは被害者本人……」

船長は身体をねじって親指の腹を腰や肩の後ろにくっつけようとしたが、すぐにあきらめ、腕をだらんと下ろした。

「残念ながら不可能だ。そうなると、次はどういう手段を講じるかだな」

「わたしだったら、迷わずあの手で行きますね」ラスロップが言った。

「あの手とは？」

「ヘンリ・メリヴェール卿に相談するんですよ。面識はありませんが、評判はかねがね耳にしています。数多くの複雑怪奇な事件を鮮やかに解決してきた才人だと」

マックスはラスロップの落ち着き払った顔を穴があくほど見つめた。

「ヘンリ・メリヴェール卿ですって？」世界がひっくり返ったかというほどの衝撃に、マックスは思わず素っ頓狂な声を上げた。「あの人なら知ってますよ！　七、八年前イギリスの新聞社に勤めていたときに知り合ったんです。でも卿は遠い海の向こうにいるわけですから——」

「いいや」ラスロップが淡々と答える。「ボート甲板の船室にいる。船長室の隣だよ」

「えっ、H・Mがこの船に乗ってるんですか？」

ラスロップのほうも驚いた顔だった。「じゃあ、兄上から聞いてなかったのか？　どうやらそうらしいな。九人目の乗客というのは卿のことなんだ。なぜ極秘なのかは見当もつかないがね。船内にいる全員の指紋を採取することになったんで、船長はやむなく存在を明かしたわけだ」

「あのH・Mが！　だったら、まさに恵みの雨ですよ。こういう状況でH・Mほど頼りになる人はいません。で、いまはどこに？」とマックス。

マシューーズ船長は腕時計を見やった。

「もうじき夕食か。ということは、理髪室でひげでもあたってもらっているだろう。この時間帯なら、ほかの乗客と顔を合わせる心配はないとお伝えしてあるから」船長はにやりとした。

「マックス、あの御仁と知り合いだと言ったな」

「当時、週に二回は先方のオフィスへ押しかけてました。毎回放り出されましたが」

「よし、依頼するのはおまえの役目だ。わたしでは歯が立たん。まったくあれほど扱いにくい相手はいないよ」船長はかぶりを振った。「マックス、事件の経緯を話してやってくれ。あとは成り行きに任せよう。H・Mがどんな意見を聞かせてくれるか、大いに興味をそそられる」

9

「いいかげんにせんか!」怒鳴り声が聞こえてきた。「いつまでくだらん御託を並べる気だ。わしがジュリアス・シーザー並みの禿げ頭だってことは百も承知だよ。だがな、毛生え薬なんぞに用はない。ひげを剃ってもらいに来たんだからな。わかるか、ひげだよ、ひ、げ! まったく、ごちゃごちゃ宣伝ばかりしおって、いつになったら取りかかるつもりだ!」

「いい薬なんですがねえ」理髪師はまだ粘っている。「これをつければビリヤードの球にだってひげが生えるってもんです。ねえ、悪いことは申しません、ひとつお試しになっちゃいかがです? かくいうわたしの伯父も——」

マックスはドアの隙間から理髪室をのぞきこんだ。

そこにあるのは度胆を抜く光景だった。

体重二百ポンドに及ぶH・Mの巨体が、理髪用の椅子ごと後ろへ急角度に傾いている。これでは船が大きく揺れたとたん床へ頭から真っ逆さまだ。身体は椅子全体を覆う白い布に顎まですっぽりと隠れ、見えるのは頭から上だけだった。表情はというと、言い表わしようのないほどすさまじい憤怒に満ち、拷問を耐え忍ぶ殉教者のごとく、鼻までずり落ちた大きな眼鏡越しにぎらつく目で天井をにらみつけている。

かたわらでは、白いうわっぱりを着こんだ小男が、フリート街の殺人理髪師スイーニー・トッドよろしく巧みな手つきで熱心に剃刀を研いでいた。

「実はわたしの伯父も、こう言っちゃ失礼かもしれませんが、旦那に劣らぬ見事なつるっ禿げでしてね。待てよ。旦那の場合は、ここにまだちょっとばかし……」理髪師はH・Mの片方の耳たぶを押さえ、その後ろをのぞきこんだ。

「伯父に言われましたよ、『なあジャック、おまえがくれた薬はほんとにすごいぞ。いったいどこで手に入れたんだ?』とね。わたしは『ウィリアム伯父さん、喜んでもらえて光栄です。少しは効いたようですね』と答えました。伯父の返事はこうでした。『ジャック、少しどころの話じゃないぞ。最初の一回で翌日には毛が生えてきたんだからな。一夜にして開く花を高速度撮影した動画みたいだよ。しかも六十三歳だってのに黒々とした毛が』。ねえ、どうです?お見受けしたところ、旦那もちょうどそれくらいの年齢じゃありませんか?」

「うるさい! 毛生え薬なんぞ、いらんと言ったらいらんのだ。わしはただ――」

「そうですか、ではお好きなように。ほかでもない、旦那ご自身の将来ですからね」理髪師は剃刀をH・Mの顔に近づけながら、椅子の下のペダルを踏んで背もたれをさらに倒した。座っている者が思わず悲鳴を上げずにはいられない角度だ。「ところで、いい付け鼻があるんですよ。興味ございませんか、旦那?」

「付け鼻だと? おい、どういう魂胆だ!」H・Mががなる。「きさま、わしの鼻をそぎ落とすつもりか? 待て、その蒸しタオル、熱すぎやしないだろうな? わしは肌が弱いんだ。気をつけ――」

「心配ご無用です！」と理髪師。「かすり傷ひとつつけません。なにしろ、かつて風速百マイルの悪天候で十四人のひげをあたって、手もとが狂ったことは一度たりともなかったほどですからね。付け鼻ってのは仮装舞踏会用ですよ。もっとも、乗客がこんなに少ないんじゃ、今回は開かれないかもしれませんがね。あれは最高ですよ。実に愉快な催しだ。旦那だったら、このわたしが立派な山賊に仕立ててみせます。顎を突き出して小さな帽子をおつむにのっければ、ムッソリーニも充分いけそうですよ」

「そんなことはどうでもいいから蒸しタオルに気をつけろ！　おい、こら、気をつけろと言ってるのがわから――」

「だめですよ、動いちゃ」理髪師はH・Mの眼鏡を手早くはずし、さかんに湯気を立てているタオルで顔全体を包んだ。そのときになってようやく、理髪師はマックスの存在に気づいた。「あ、どうぞお入りください。このお客さんが終わるまで、お掛けになってお待ちを！」

「いや、ぼくは客じゃないんだ。そちらの紳士に話があってね」マックスは答えた。

それを聞いて、椅子に横たわっている人物が突然息を吹き返した。白い布がもぞもぞ動き出すや布の下から片腕がにゅっと伸び、顔からタオルをむしり取った。H・Mの顔は茹で上がったロブスターのように真っ赤だった。敵意むき出しの恐ろしい形相で振り向くと、マックスをねめつけた。

「けっ、新聞屋の登場か！」H・Mががなり立てる。「やっとこさ落ち着けると思ったのに、こんなところまで押しかけおって。おい、おやじ、わしの眼鏡を取ってくれ！」

「しかし、旦那――」理髪師はためらった。

「いいから眼鏡をよこせ！」H・Mが怒鳴る。「気が変わった。ひげはもう剃らんぞ。顎ひげをここらへんまで伸ばしてやる！」H・Mは身振りを交えて大げさに言うと転がるように椅子から下り、理髪師に代金を突きつけて眼鏡をかけた。軍艦の船首像のごとく突き出たH・Mの太鼓腹には、懐中時計の金鎖のほかにニューヨークで誰かにもらったらしい大きなヘラジカの歯がぶら下がっていた。


H・Mは巨体を揺すりながら壁際へ行くと、フックに掛けてあったレインコートを着て、大きなツイードの縁なし帽を耳まで深くかぶった。なんとも形容しがたい珍妙ないでたちの出来上がりだ。

「あの、ちょっと！」マックスが呼び止める。

だがH・Mはしゃちほこばって歩き、さっさとドアを出ていく。マックスも慌ててあとを追った。人形やらなんやらの土産品がぎゅうぎゅうに並んだ売店の前で、H・Mが急に立ち止まった。

「ここまで来ればいいだろう。で、話というのはなんだ？」H・Mは不機嫌そうに鼻を鳴らした。「あのおやじの前でなにか言おうものなら、十分も経たずに船内中に知れ渡っちまうからな」

マックスの心中を安堵感が駆けめぐった。

「お久しぶりです、H・M。相変わらずお元気そうでなによりです。あれからちっとも歳を取ってませんね。それにしても、どうしてこの船に乗ってるんですか？　乗ってるのを秘密にしてた理由も教えてくださいよ」

「たわごとはたいがいにしろ」H・Mの口調は暗澹としていた。「わしはいやというほど歳を取った。近頃じゃ消化不良に悩まされる始末だ。ほれ、これを見ろ」H・Mはレインコートのポケットから白い丸薬の入った大ぶりな瓶を取り出し、くんくん匂いを嗅いだ。「どうせ老い先短い身だが、生きている限りは最善を尽くさんとな。ま、わしがあの世へ行けば――」H・Mは最悪の不幸を予言するぞとばかりに不吉な視線を送ってよこした。「まわりの連中も少しはこの老いぼれを気にかけてくれるだろうよ。ところで、わしがこの船に乗っているわけは訊かんでくれ。それ相応の事情があってのことだ」

「アメリカにはどれくらい滞在なさったんですか？」

「五日間だ」

それ以上の質問はやめにした。戦争が始まって以降、H・Mがイギリス政府でどんな立場にあるのかは知らないが、これだけは確かだ。今後H・Mの後釜として陸軍省情報部長の地位に誰がおさまろうと、頭脳の面でH・Mに太刀打ちできる者は一人もいない。

それはともかく、火急の問題に取りかからねばならない。すでに夕食の時刻を過ぎていたが、マックスは乗船してから初めて空腹を忘れていた。

「ご存じでしょうか」と話を切り出した。「この船でなにが起きているかを」

その問いにH・Mから返ってきたのは低いうなり声だけだったので、マックスは事件についてかいつまんで説明した。じっと耳を傾けていたH・Mの小さな鋭い目が、眼鏡の奥で次第に大きく見開かれていった。

「なんてこった！」H・Mはため息をついた。「やれやれ、まいったな、こりゃ――」絶望感のにじむ打ちひしがれた表情で、ごつい両拳を天井に向かって突き上げた。「またしても不可能犯罪のお出ましか！」

「残念ながらそのようですね。これまでに遭遇なさった難解な事件に勝るとも劣らない怪事件ですよ。殺人犯が密室から抜け出した謎*や、犯人が雪の上に足跡を残さずに逃げた謎**など、数数の難問を解いてこられましたが、今回のはさしずめ実体なき殺人犯が残した実体ある指紋の謎といったところでしょうか。H・M、あなたが力を貸してくだされば船長にとっては百人力です。兄のフランクは人一倍責任感が強いんです」

「その責任をわしにも押しつけようってのか？」

「いえ、そういうわけでは。でも兄とちがって、あなたは難問に取り組むのがいわば生き甲斐でしょう？」

マックスは言ったそばから後悔した。これはまずい。H・Mが片目でぎろりとにらんだので、恐れをなしたマックスは雷を落とされずに済むうまいお世辞はないかと必死で考えた。すると、

*原註　『ユダの窓』、ウィリアム・モロー社、一九三八年。
**原註　『白い僧院の殺人』、ウィリアム・モロー社、一九三四年。

H・Mの唇の端に余裕綽々の不敵な笑みが浮かんだ。

「新鮮な空気を吸いたい。それもたっぷりとな。甲板に出て、詳しい話を聞かせてもらおう」

日没と同時に灯火管制が施された真っ暗な水密区画を、手探りで通り抜けた。闇に等級があるとすれば、今日はこれまでの二日間に比べてわりあい軽度だ。少なくとも顔の前にかざした手をかろうじて認識することはできた。

二人はB甲板の風下、周囲を帆布で覆われていない場所へ行った。甲板がゆっくり上下に揺れ、ぽつぽつと数えるほどしか出ていない星も不安げにまたたいて見える。氷点下に近い冷気がマックスのシャツの下に忍び寄ってきた。寒さで胸もとがしびれ、頭皮や手の皮膚がぴりぴりしたが、いまはその澄んだ冷たさがかえって心地よかった。

手すりの前に立って、二人は真下に横たわるほのかに明るい海面を見下ろした。まわりが闇に沈むなか、舷側に当たった波しぶきだけが白くちかちかと輝いている。なにも反射しないどんよりした光。海に棲むと言われる人魂のようだ。波は幾筋もの線を描いて螺旋状に、あるいはジグザグに動き、やがてほつれたレース糸のように広がっていく。そこに目が吸い寄せられ、耳がざわざわした音にふさがれた。マックスは次第に頭がぼんやりして、眠ってしまいそうになった。

「よし、話してもらおうか」すぐ横から暗闇越しにH・Mの声が聞こえた。

マックスは重油のように黒々とした遠くの海原を見つめ、一部始終を語った。些細な点も省かなかったことが、のちに明らかなとおり大いに功を奏した。

話が終わると、H・Mはしばらく無言だった。マックスは不吉な予感に襲われ、時間の感覚を失った。海も大地も空もない、冷たくうつろな空間に閉じこめられてしまったようだ。波しぶきの単調な音だけが耳の奥で絶え間なく続く。

「ふむ」H・Mのつぶやきがやけに遠く聞こえた。「気に入らん話だな。そうは思わんか?」

「思います」

「で、おまえさんはこう考えておるな?」暗闇の向こうでH・Mのどら声が響く。「殺人犯は金曜の晩、アーチャー博士の船室の前でジア・ベイ夫人とおぼしき女の顔の絵にナイフを投げていたやつだと」

「はい」

「さらに、偶然だか故意だか知らんが、ガスマスクをつけてケンワージー青年の船室をのぞきこんだ者とも同一人物だと」

マックスはためらいがちに答えた。「それについては、真に受けていいものか迷っています。ケンワージーさんはよくからかわれるみたいなので、事務長の悪ふざけかもしれません」

「なるほど、一理あるな。そういえば、あの事務長……ああ、いや、なんでもない。おまえさんはそれでもガスマスクの一件が今回の事件に関係ありと考えておるようだな」

「あるかもしれないし、ないかもしれない、というところですね。ただ、どうしようもなく嫌悪感を覚えるんです。はっきりした理由はわかりませんが」

「わしが代わりに教えてやろう」自信満々の声が返ってきた。「それはな、子供じみた行動のせいだ。だから気に食わんのだ。いいか、今回の事件の端々に子供じみた性質がにじみ出ておる。発育不全の大人を相手にしている感じだ。子供ならではの大胆な発想と大人の警戒心や悪知恵が同居しているとすれば、最悪の組み合わせだな。すでに調査を始めたそうだが、犯行時刻の昨夜九時四十五分から十時までのあいだ乗客たちがどこにいたか、わかっているのか？」

「乗客のなかに殺人犯がいるとお考えなんですか？」

「まだわからん。乗客かもしれんし、乗員かもしれん。ひょっとするとコックの飼い猫か？なんにせよ、取っかかりが必要だろう。乗客の事情聴取は済んだかね？　犯行時刻に全員がどこにいたか把握しているのか？」

「いいえ」マックスは脳裏の記憶を探った。「ぼくが知っているのは数人だけです。まず、ヴァレリー・チャトフォードはぼくの船室にいました。アーチャー博士は下の階のプールで泳いでいたそうですし、ラスロップさんは甲板をぶらついていたとのことです。それ以外の人については わかりません」

「例のフランス人は？」

「なにもわかっていません。十一時過ぎに船室にいたことは確認されていますが、それはなんの証拠にもなりませんので」

「それにしても、フランス人将校があんなものをかぶるはずは……」H・Mはうつろな声で言いかけ、急に口をつぐんだ。がらんとした静寂に波音が反響した。そのとき、木の手すりを拳骨で叩く音が聞こえた。「こんちくしょうめ！　どうしたというんだ？　土曜日の救命ボート訓練のことがなぜ引っかかる？」

「あのフランス人が事件に関わっているとお考えなんですね？」

「そいつはなにか知っている」H・Mの声は真剣そのものだった。「昨夜、船室へ事務長と三等航海士が指紋を採りに行ったとき、なにやらまくし立てていたそうだな。その内容をぜひとも知りたい。それから――」

「それから？」

返事はなかった。沈黙が長引いたので、マックスはH・Mが手すりにもたれて居眠りを始めたかと心配になった。目を凝らしたが、見えるのは聖堂の屋根から身を乗り出す肥満体のガーゴイルみたいなレインコート姿の人影と、大きな眼鏡に反射する鈍い光だけだった。

やがて、H・Mの苛立たしげな声が響いた。「こんなことにかかずらってる場合か！」本人は決して認めないだろうが、どうやら暗礁に乗り上げたらしい。「わしは余計なことに首を突っこんどる暇はないんだ。まったく、どこへ行っても事件が決まってわしを見つけ、待ってましたとばかりに飛びついてくる」

マックスは静かに言った。「今度の事件はあなたの領分かもしれませんよ」

「どういうことだ？」

「スパイのしわざとは考えられませんか？」

H・Mは再び黙りこんだ。もちろん暗闇で顔の表情は見えないが、たとえ照明があったとしても、相手はディオゲネス・クラブで鍛えたポーカーの名手だ。表情を読み取るのは無理だったろう。

エドワーディック号はゆっくりと横に揺れていた。インクを流したような空でまたたく小さな冷たい星々も、甲板のひさしの向こうを行ったり来たりしている。闇に慣れてきた目にさえ、海は相変わらず広漠とした、白い筋状の波に磨かれているどす黒い油にしか見えなかった。

「そうだな」H・Mがしばらくして言った。重々しい、どことなく不安げな声だった。「昨今の情勢を鑑みれば、スパイがらみの可能性もあながち否定はできまい。われわれを取り囲むこの海と同じで、諜報活動の範囲はめっぽう広くて深い。二十五年前の戦争のときより、うんと身近なものになっておる。昔のような語り種になる華々しい人物もいなければ、取り立てて重要な任務があるわけでもない。いまどきの敵のスパイってのはな、どこにでもいる平凡な連中だよ。会社員に職人、若い娘も中年女性もいる。報酬を求めない代わりさほど優秀でもないが、揃って理想主義の熱狂的な信者ときておる。そんな者を何人銃殺刑にしたって一向に埒は明かん。ネズミの群れみたいなもんだからな。しかし群れの一匹一匹が、われわれにとって潜在的に恐るべき死の象徴になりうるんだ。

この船を例にとれば、筋金入りの理想主義者なら自分の船室の窓を開けて夜通し明かりをつけっぱなしにするかもしれん。そういう誰にでもできる簡単な行動ひとつで済み、命がけで敵の中枢に潜入する必要などない。それでも舷窓の灯は五マイル先からも見えるわけだから、結果的にわれわれにゆゆしき事態をもたらすには充分だ」

「本気でそんなことをするでしょうか。船ごと自分自身も吹き飛ばされるのを覚悟のうえで」

Ｈ・Ｍは荒々しくため息をついた。

「いいか、おまえさんがその手の理想主義者だったら、味方の潜水艦が魚雷を発射するのは標的の船の全員が救命ボートに移ってからだと信じて疑わんはずだ」

「そうなんですか？」

「ああ、そうだとも」

「この船ではボート甲板にも見張りを立ててますよ。窓から明かりが漏れれば、気づかれるんじゃないでしょうか」

「まあな」Ｈ・Ｍがそれまでと変わらずぶっきらぼうに答えた。「それでも、やってみて損はなかろう。現にニューヨークを出港する前、この船に敵方の女スパイが乗っているという通報があった。むろん信頼できる情報かどうか定かでないし、わしも派手に騒ぎ立てるつもりはない。船内の掲示板で注意喚起くらいはすべきだと思うがな。〝いかさまトランプ師にご用心〟の貼り紙みたいに。だが、あいにくおまえさんの兄上に反対された。船長は彼なんだから逆らうわけにもいくまい」Ｈ・Ｍの声はだんだん辛辣さを帯びてきた。「ふん、どうせわしは耄碌《もうろく》した役立たず。イギリスの小役人にすぎん」

マックスは四十フィートほど下の海面でちかちか反射している波しぶきを見つめた。

「女スパイですか。まさかジア・ベイ夫人のことじゃないでしょうね？」

「わからんよ、誰のことかは。船長とて同じだろう。その情報を受け取ったのは、わしではなく彼だがな。仮に本当だとしても、わしはジア・ベイ夫人だとは思わん。むしろ女の船室係のほうが可能性は高い。狂信者ってやつは自分が偉大な功績を残せると思いこんでおる。しかもそれを射撃部隊に入ってではなく、ヘアブラシを握って実行しようとするから厄介なんだ」

「それであなたはこの船に？」

「冗談じゃない！」H・Mは吐き捨てるように言った。「そんなわけがないだろう。幸いにして、わしには料理すべき魚がほかにある。それにな、この船に女スパイが乗っているとしても、そいつはマドモワゼル・ドクトゥール（第一次世界大戦時にドイツ陸軍が開設した近代的スパイ養成学校の校長で哲学博士）ではなく単なる阿呆だ。まあ、阿呆の最たるものが殺人者なんだから、奇妙な符合と受け取れなくもないがな」

H・Mの口調はますます険しくなっていく。難しい表情から察するに、毛糸玉にじゃれつく猫さながら、頭のなかであれこれ考えを転がしているのだろう。

「今回の殺人事件は用意周到に仕組まれている。そこが一番気に食わん。その裏にいる犯人は、子供じみていながら目的を果たすことにかけてはすこぶる有能かつ機敏だ」H・Mは指をぱちんと鳴らした。「こうなると、犯人が気まぐれに犯行を重ねないよう祈るほかないな」

「気まぐれに？」

「たとえばだ、わしはいますぐおまえさんを手すりから海へ突き落とすことができる。隙をついて後ろから脇腹を抱え上げれば、おまえさんは海へ真っ逆さま。一巻の終わりだ」

マックスは不安に駆られて肩をこわばらせた。この真っ暗闇では敵も味方も見分けがつかない。ふと後ろを見たら、思いも寄らない人物が立っているかもしれない。

「冗談にもそんなことはよしてくださいよ」マックスは言った。「でも、ぼくの体重はそう軽くないですし、肺活量には自信があります。水泳は得意中の得意です」

「あいにくそれでも助からんよ」H・Mが静かに言う。「一巻の終わりと言ったのはな、海に落ちたら誰にも見つけてもらえんからだ。甲板の下は地獄の底なし沼のごとき漆黒の闇。一条の光すらない。おまえさんは溺死するか凍え死ぬかのどちらかだ。たとえ六百人が悲鳴を聞きつけようとも、誰一人おまえさんを救出できん。サーチライトを照らすわけにはいかんからな。灯火管制は殺人犯にとってこのうえなく好都合な舞台設定だよ」

マックスは背筋がぞっとした。

「たとえあなたが海に落ちても、サーチライトは使わないんですか？」

「ああ、そうだ。軍の命令だから、きみの兄上も逆らうわけにはいかん。ほかの多くの人命を危険にさらさずに済むなら、一人を見殺しにするのもやむをえん。それが戦争というものだ」

暗黒の海の残酷さをマックスは初めて思い知らされた。光を失った船は、かすかな悲鳴を頼りにむなしい捜索を試みるしかないのだ。

「脅すつもりはないが」H・Mのぎこちない含み笑いが聞こえる。「それが事実だからな。ロープを投げ入れたところでどうせ見えんし、まさか救命ボートを下ろすわけにもいかん。それに――」

「あ、ちょっと！」マックスは耳を澄ました。

一陣の風とともに、潮騒を作り上げている小さな無数の音が流れこんできた。風が吹くまで、まわりがいかにやかましいか気づかなかった。

風はさらに、B甲板の船首方向の暗闇から人がもみ合うような音を運んできた。マックスが振り向くのと同時に閃光が見え、リボルバーの発射音が轟いた。悲鳴にならない苦しげなうめき声がそれに続き、重い物が海に落ちた。それを聞きつけた甲板の監視員たちが一斉に走り出す。そのあとは舷側に当たって砕ける波の音しか聞こえなくなった。

10

その出来事の少し前、ヴァレリー・チャトフォードは社交室へ行こうと中央階段を上っていた。

踊り場で立ち止まり、壁の大きな鏡で自分の姿を眺めた。八日間、あるいはもっと長引くかもしれない航海中、たった二着のイブニングドレスを六着分に着回すことが彼女にとってひとつの課題だった。それに加え、どうしてもやらなければならない重大な使命もある。初日の晩はひどい船酔いに悩まされた。二日目の晩も気分がすぐれず、それを押しのけようと我ながら驚くほど横柄にふるまった。もっとも、B37号室に死体が転がっているのを見たときはそれが大きな支えになったが。

今夜は顔の色つやがいい。鏡の前で右を向き、左を向き、最後に顎をつんと上げた。なめらかな素肌と豊かな巻き毛。彼女は鏡に向かってほほえみかけた。もしマックス・マシューズがこの場面を見たら、きっと目を丸くするだろう。笑った顔には、生気あふれる輝きがランプの火のようにともったのだから。今夜のイブニングドレスはピンクだった。

内心では、まだ動揺して決断に行き着けずにいた。昨夜は不手際からもう少しで台無しになるところだった。二度と失敗は許されない。一族の者たちをがっかりさせるわけにはいかないのだ。よくやったと皆に褒められたい。

でも、例の男の気を惹くにはどうすればいいんだろう。

それがヴァレリーにとって一番の難題だった。

掲示板に出ていたとおり、社交室では専属の楽団による演奏が九時少し前から始まっていた。軽快な調べが階段まで流れてきた。ヴァレリーは社交室へ入り、座り心地のいい大きな椅子に掛け、チャンスをうかがった。

どういっためぐり合わせか——ヘンリ・メリヴェール卿なら、運命ってのは意地悪なひねくれ者だ、とさらりと言うだろうが——エドワーディック号はまさしく皮肉な運命に舳先《へさき》を向けていた。

そんなわけで、ちょうどこのときジェローム・ケンワージーは社交室に向かって甲板を歩いていた。彼が公共の場に姿を現わすのはこれが初めてだった。船の揺れがほぼ丸一日おさまっていたおかげだ。最初は喫煙室のバーへ行くつもりだったが、ふと耳にした音楽に心がなごみ、気が変わった。神経を和らげてくれる酒は社交室でも飲める。彼は社交室へ入って、椅子に腰を下ろした。

ヴァレリーの目が待望のチャンスを捉えた。

視線の先にはひょろりと瘦せたブロンドの青年がいる。広い額に不安そうなしわが寄り、口もとにもえくぼのような短いしわが何本か刻まれている。細面の顔に金色のつるがついた八角形の縁なし眼鏡をかけ、食事時でもないのにディナージャケットを着ていた。口をぱくぱくさせて、なんだか魚みたいだ。彼はボーイに注文を告げると、大きく伸びをして椅子に沈みこみ、両目を閉じた。

ヴァレリーはさっとあたりを見回した。楽士とケンワージー以外は誰もいない。

この青年に接近する作戦を彼女はこれまで繰り返し練ってきた。今回が初対面だが、どういう人物かは詳しく聞いている。見たところ好感が持てるので、思ったより簡単にいくかもしれない。

それでも興奮と緊張でヴァレリーの胸は高鳴った。めまいがしそうだ。彼女は少し間を置いてからすっくと立ち、サテンにレースを重ねたピンクのドレスの裾をつまんだ。ケンワージーのそばにあるマホガニーのカード用テーブルへ滑るように近づくと、彼の正面に腰を下ろし、フェルトを張った天板にふっくらとした両肘をのせた。

「もう安心よ」彼女はジェローム・ケンワージーの目をのぞきこんだ。「わたしが助けてあげる。だって、あなたとわたしはいとこ同士なんだもの」

航海三日目にして最初のウイスキー・ソーダを口へ持っていきかけたケンワージーは、びっくり仰天した。

「ええーっ？」調子はずれの声が漏れた。突然鳴り出した電話にぎょっとして、全身の骨が一斉に震えたような感じだ。ケンワージーは慌てて気を取り直し、背筋を伸ばしてヴァレリーを見つめ返した。

「それはご親切に」彼は言った。「お申し出は大変ありがたいが、きみはいったい――？」

「あら、他人行儀なのね」ヴァレリーは言った。「わたし、ヴァレリー」

ケンワージーは記憶をたどった。

「失礼かとは存じますが」彼はかしこまって言った。「あなたにお目にかかった覚えは全然ないんですよ。どちらのヴァレリーさん？」

「ヴァレリー・チャトフォードよ。でもそんなことはどうでもいいの」彼女は真剣な口調で言った。「ゆうべ、あの女性が喉を切られて亡くなったことはご存じでしょう？　心配はいらないわ。例の手紙は殺人犯が全部持ち去ったから。それは確かよ」

ジェローム・ケンワージーは彼女をじっと見たあと、ウイスキー・ソーダのグラスを静かにテーブルに置いた。

「かつぐ気だな？」

今度はヴァレリーのほうが面食らった。

「かつぐ？」

「失礼、ついアメリカ式の表現が。とにかく、どうせまたグリズワルドの悪ふざけだろう？ガスマスクで脅かすだけでは飽き足らず、今度はきみを送りこんでくるとはね。ということは、部屋に来て指紋を採っていったのもいたずらかい？」

「グリズワルドって、どなた？」

「あっはっは！」ケンワージーが高らかに笑う。「まるで毒ニンジンでも飲まされた気分だよ。頭がずきずきして、手足がしびれてきた。毒ニンジンか。じゃあ、こいつもだ」彼はグラスの中身を一息に飲みほすと、顔をしかめて再び椅子に沈みこんだ。「どうも話が嚙み合っていないようだね。収拾がつかなくなる前に整理しておこうじゃないか。きみはぼくを誰だと思ってるんだい？」

「ジェローム・ケンワージーさんよ。そうに決まってるじゃないの！」薄暗い室内にワルツが流れている。「あなたのお父様はアブスデール卿。イギリスの政府機関で仕事をしていらっしゃるのよね。確か——」

「そうだよ、海軍省でね」

「あなたは以前オックスフォードシャーのセトランド・パークのお屋敷に住んでいた、あるいは現在も住んでいる。わたしも昔よくあそこへ行ったの。あなたのお母様はわたしの伯母のモリーよ。つまり、あなたの叔母のエレンはわたしの母で——」

ジェローム・ケンワージーはようやく思い当たった。約十五年前のおさげ髪の少女の面影が、脳裏にうっすらよみがえる。屋敷の芝生でよく一緒に遊んだ。たまに派手な口げんかもしたが、オランダ式庭園のそばのブランコで仲良く遊んだっけ。

ウイスキーが頭に染み渡ったせいか、彼は急に感傷的な気分になった。苦しかった三日間のあとだけに、セトランド・パークはもちろんのこと、大嫌いな頑固親父にさえ愛着を覚えた。戦争が終わったら、あの広大な領主館に落ち着いて、のんびり暮らすのもいいかもしれない。

「いやあ、驚いたなあ！」ケンワージーは言った。「うん、思い出したよ、はっきりと。ヴァレリー……ええと、結婚後の姓はなんていうのかな？」

「わたしは独身よ」

「きみじゃなくてお母さん、エレン叔母さんのだよ。そうか、チャトフォードだったね。いやあ、なんだか晴れ晴れした気分だ。よかったらきみ、祝杯をあげないか？」

「ええ、ぜひ。グランマニエをいただける？」

ケンワージーはボーイに注文した。「それにしても、いまどこに住んでるの？　これまでどこでどうしてたんだい？」

ヴァレリーは両手を軽く握り合わせた。黒いまつげに縁どられた、間隔がやや広い灰色の目が、テーブルの表面を見つめた。マックス・マシューズが高慢ちきだと評した彼女の顔は、いまや繊細な愛らしさに満ち、小さな唇がつややかに輝いていた。

「どこって、いろんなところ」彼女は答えた。「両親はわたしを連れてバミューダに移住したの。そのことはご存じ？」

「ああ、確かそんなことを聞いた覚えがあるよ」

「一年くらい前にニューヨークの北の郊外へ引っ越したけれど、戦争が始まったでしょう？だから、その、母国のために少しでも役に立ちたいの」彼女は視線を上げてほほえみ、再びうつむいた。「あなたのお父様——フレッド伯父様に勤め口を世話してもらえたらありがたいんだけれど。といっても、伯父様にはいままで手紙一通出したことがないの。伯父様とわたしの両親は仲たがいしたきりでしょう？　それを知ってるだけに、伯父様の性分を考えたらどうしても手紙を出す勇気が湧かなくて」

二杯目のウイスキーが運ばれてくると、ケンワージーはさも嬉しそうだった。

「わかるよ。でも心配することはないさ。仲たがいなんて遠い昔の話。親父はきっときみの仕事を見つけてくれるよ。というより、きみをがっちりつかんで離さないんじゃないかな。ぼくもすっかり手綱を握られてるんだ」

ケンワージーは酒を口に運んだ。

ヴァレリーはテーブルの縁をぎゅっとつかんだ。「実は、ほかにも聞いてもらいたいことが……」

「なんだい？　いとこ同士なんだし、遠慮はいらないよ。じゃ、プロージト！」

「えっ、いまなんて？」

「プロージトだよ。ドイツ語で、〝きみの健康を祝して乾杯〟だ」

「まあ、あなたって陽気ね、ジェローム」ヴァレリーも小さなグラスを持ち上げた。「思いきって告白するわ。どうしても言わずにはいられなくて」彼女はテーブルのグラスを前後に小さく滑らせた。「あのね、あなたは幼い頃からわたしのヒーローだったの」はにかむように笑う。「本当よ。モリー伯母様はあなたが通ってる学校の校内誌をずっと送ってくれてたの。あなたは優等生で、たくさん賞をもらってたわ。卒業後は政府で外交関係の仕事に就いたそうだけれど、そこは辞めたんですってね」

「そうだよ」ケンワージーが答えた。

彼の顔に赤みがさしてきた。

「そのあとのことも知ってるのよ。あなたがニューヨークにいらしたこととか。新聞によく載ってたもの。最初の頃は社交欄、ゴシップ欄でも何度か見かけたわ。それから、例の女性との交際も人づてに聞いて……」

「例の女性？」

ヴァレリーはテーブルに身を乗り出した。ドレスの衣《きぬ》ずれの音に彼女の真剣さがにじみ出ているようだった。

「実を言うと、これが一番話したかったことなの」彼女は声をひそめた。「例の女性というのは、昨夜B37号室で殺された人のことよ。わたしたち乗客には詳しく知らされていないけれど、ジェローム、あなたが前におつき合いしてた女性なのよ。喉を掻き切られてたわ。見るも無残なありさまだった」

「へえ、そいつは驚いたね。なんて名前の人？」

「しーっ！　声を小さくして」

「なんて名前？」

「エステル・ジア・ベイよ。彼女のハンドバッグに手紙の束が入ってたの。こんなに分厚いのよ」ヴァレリーは身振りで示した。「きっと強請《ゆすり》の種にするつもりだったんだわ。いろんな人からの手紙が交ざってたんでしょうね。わたしにとってはあなたの手紙以外はどうでもいいけれど」

ケンワージーは頭をせわしなく働かせた。「ちょっと待ってくれ、ヴァレリー。なんのことやら、ちんぷんかんぷんだよ。はっきり言おう。ぼくはエステル・ジア・ベイなんて名前の女性は知らない」

「ジェローム！」

「本当だ」

ヴァレリーにとっては予想外の展開だった。

ここで明確にしておくべき事柄がひとつある。ヴァレリー・チャトフォードと名乗る娘には悪いことをしている自覚はなく、やり遂げなければならないと信じる使命のため必死に行動しているだけだ。なかなか複雑な性格の持ち主で、如才なさ、純真さ、誠実さ、ひたむきな情熱、豊かな想像力、もろさや危うさといった面が冷静沈着な態度の裏でごたまぜになっている。彼女の計画はそれまでおおむね順調だったが、ここへ来てケンワージーの断固たる否定という思わぬ壁にぶつかった。

彼女にはジェローム・ケンワージーは殺人犯ではないという確信があった。なぜなら（やむをえず真実をここで明かすと）犯行現場で犯人を目撃したからである。自分で得たその情報は今回の計画に積極的に活用するつもりだが、ほかから得た伝聞情報もすべて正しかった――これまでは。

ヴァレリーはケンワージーに懇願口調で言った。

「そ、そんなはずないわ！」思わず口ごもるほどうろたえていた。「トリマルキオっていうナイトクラブをご存じでしょう？　ニューヨークの東六十五丁目の」

「ああ、トリマルキオね。知ってるとも。この船で働く知ったかぶりの連中から、アメリカの土を踏んだらすぐに行けと勧められた」

「そのお店は——品のない言い方をすると——あの女が根城にしていた場所なのよ。それも昼間から」

ヴァレリーが過去形で言いきったことにケンワージーは目を丸くした。

「それが本当なら、どうして彼女と顔を合わせたことがないのか不思議だよ。あの店にたむろする女性はほとんどが知り合いなんだけどな。もしかしたら、彼女は別の名前を使ってたのかもしれないね。とにかく、大事なことだからはっきり言っておこう。ぼくはその女性宛にいざこざを招くような手紙は一通も書いたことがない。十五歳のときうちの顧問弁護士から処世術を教わって以来、手紙を書くときは常に節度を保つよう心がけてきた。だから——」ケンワージーは不意に言葉を切った。「ところで、どうしてトリマルキオのことを知ってるんだい？」

ヴァレリーはケンワージーから目をそらした。

「ごめんなさい」蚊の鳴くような声で言った。「あなたを助けたい一心だったの」

「うん、それはわかったけど」

「わたしがばかだったのよ。彼女のところへ……直談判に行くなんて。まるで兄を慕うあまりとんでもない行動に出る無分別なティーンエイジャーの妹ね。結果的に抜き差しならない状況に陥ってしまったわ」

「抜き差しならない？」

「トリマルキオへよく行く友人がいて、その人たちからあなたが困ってると聞いたの。それに、うちの母がいつも言ってたわ。あなたはいずれきっと心を入れ替えて、真人間になると。だからジア・ベイ夫人と会って、手紙を返すよう説き伏せるつもりだった。場合によっては盗んででも」

「そんな手紙は書いてないと言ってるだろう！」

ヴァレリーは投げやりな口調になった。「なにかの役に立てれば、あなたが喜んでくれると思ったのよ。フレッド伯父様も多少は目をかけてくださって、海軍省の仕事を世話してもらう話がスムーズに運ぶかもしれないし。でも、もういいの。忘れてちょうだい。すべてはわたしの愚かな幻想だったんだわ。こういう独りよがりな思い込みはわたしの悪い癖ね」

ケンワージーはたちまち深い悔恨の念にとらわれた。

ヴァレリーは内心自分の巧みな話術に快哉を叫ぶ一方で、お人好しの青年を騙そうとしていることに後ろめたさを覚えた。相手がジェローム・ケンワージーではなく、世界中の重荷を一人で背負っているような顔つきの、陰気で鼻持ちならない男だったらよかったのに。なによ、火が怖いだなんて猿じゃあるまいし。ヴァレリーはマックス・マシューズが大嫌いだった。

「ヴァレリー、ぼくの懐かしい思い出の光」ケンワージーが言った。「きみは頼もしい人だね。行かないで、座りたまえ。もう一杯おごらせてくれ。で、きみは進んでお国のためになる仕事をしたいわけか。だったら――」

「どうしても、というほどではないけれど」

「偉大なる祖国、国王陛下のイギリスを救うのが我が使命なり！」ケンワージーは空きっ腹にウイスキーを流しこんだせいで酔いが回っていた。「どうだい、ぼくが担っているその種の仕事について聞きたいかい？」

「ええ、聞きたいわ。どんなお仕事なの？」

「その前に大事な話がある。ぼくはいま、ものすごく罪深い気分なんだ。きみが陥っている抜き差しならない状況とは、いったいなんだい？」

「気にしないで、ジェローム。大したことじゃないから」

「いいから、話してごらん」

「言いたくないの！」

「そんなに意地を張らないでくれよ。どうやら、ぼくの身辺で卑劣な悪巧みが進行しているらしい」八角形の眼鏡の奥で目が細くなった。ケンワージーは口の横のえくぼのようなしわを深くして、空のグラスを見つめた。

「殺人とはね！　凶暴きわまりない！　一応ぼくも被害者の顔を確認しておいたほうがよさそうだ。グリズワルドに言って、取り計らってもらおう。それにしても、あいつめ、どうしてこのことを黙ってたんだ？　少しくらい話してくれてもよかったのに。犯人の目星はもうついてるのかな？」

「たぶん、まだだと思うわ」

「きみはどういう役回りなんだい？」

「わたしは――ええと――犯行現場と隣り合った船室に隠れてたの。マックス・マシューズっていう、いけ好かない人の部屋。彼は兄の船長に、わたしのことをいろいろ告げ口したわ」ヴァレリーは泣きべそをかきながら、いきさつを説明した。といっても、マックス・マシューズに話した以上の内容ではなかったが。

ケンワージーは身震いした。

「それを全部、ぼくのためにしてくれたのかい？　ああ、ぼくはなんて罪作りなんだ！」

「あなたのせいじゃないわ、ジェローム。わたしが勝手に浅はかな幻想を抱いただけ。でも、船長に問いただされたら困ったことになるわ。わたしはいったいどうすればいいの？」

「なにを心配しているんだい？」

「実は、ジア・ベイ夫人は事務長に封をした包みを預けたの。事務長室に保管されてるわ。わたし、そこにもあなたの書いた手紙があるかもしれないと思って、マックス・マシューズにそれをこっそり持ってきてほしいと頼んだの。断られたけれど。いま頃はそのことも船長の耳に入ってるにちがいないわ」

ケンワージーは目をぱちくりさせた。

「まいったな。だったらヴァレリー、きみにできることはひとつだけだよ。事務長のグリズワルドはぼくの友人だ。きっとわかってくれる。彼にありのままの事実を話すんだ。船長にもそうするしかない」

「わたしも真っ先に同じことを考えたわ。でも、そうしたらあなたが困らない？」

「ヴァレリー、さっきから何度も言っているけど、ぼくの書いた手紙なんかないんだ。名誉にかけて誓う。絶対にない」

ヴァレリーは深いため息をついた。しばらく考えこむように澄んだ灰色の目をマホガニーの柱に向けたあと、再びケンワージーを見つめた。

「わかったわ、ジェローム。でも、あちらはどう思うかしら」

「どう思う、とは?」

「彼らはそういう手紙が存在すると信じるかもしれないわ。ジア・ベイ夫人の部屋へ行った理由を訊かれたら、わたしは手紙についても説明しなくちゃいけない。トリマルキオでは、あなたが彼女にぞっこんで、手紙を書き送っていたという噂が立ってた。あのお店をあなたに教えたここの船員たちも、当然あなたの関与を疑うわ。そうなれば、あなたもこの事件に否応なく引きずりこまれて事情を訊かれるのよ。ねえ、ジェローム」鼻筋の通った小さな鼻の上で眉根が寄せられた。顔全体が熱っぽさを帯び、うめくような声はせつなげに響いた。「あなたのことが心配なの。イギリスに上陸したとたん、殺人容疑で警察の取り調べを受けることになったらどうするの? お父様のことを考えて」

その殺し文句で勝負は決まった。

楽団が名曲のクライマックスに近づき、二人の感情もそれぞれ別の形で高揚していった。やがて演奏はステンドグラスの天井をびりびり震わせて華麗なフィナーレを迎え、そのあと完全な静寂が訪れた。

そのとき、出し抜けに大きな拍手がうつろに響いた。ヴァレリーもケンワージーもぎくりとして振り向いた。ジョン・E・ラスロップだった。いつの間に入ってきたのか、二人から離れたテーブルで葉巻をふかしている。ヴァレリーと目が合うと、ウインクした。続いて部屋の隅の薄暗い席から、もっと場慣れした感じの軽快な拍手が聞こえた。レジナルド・アーチャー博士だ。

ヴァレリーとケンワージーも拍手に加わった。楽士たちが楽器の片付けにかかる横で、指揮者が満場の喝采を浴びているかのように恭《うやうや》しく一礼した。拍手は少しのあいだ宙を漂ってから消え、さっきまでの賑やかな演奏が嘘のように静まり返った。社交室に再び小さな夜の雑音が忍び寄り、床がきしみながら振動した。

時刻は九時三十七分だった。

ケンワージーは動揺を抑えこもうとするように大きな声で話し始めた。

「ああ、わけのわからないうちに深みへどんどんはまっていく気がするよ。賛美歌を奏でる天使のお導きがあらんことを！　ヴァレリー、きみは船長や事務長に事実以外のなにを話すつもりなんだい？」

ヴァレリーは肩をすくめた。

「まず、マックス・マシューズの話を全面的に否定するわ。そのことはゆうべ本人に言い渡したの」

「否定したあとは？」

「あなたと一緒だったと証言するわ」

彼はヴァレリーをまじまじと見た。「無理だよ！　今回のいまわしい犯罪がおこなわれた時刻を考えてごらん。昨夜の九時四十五分から十時にかけてだよ。ぼくの船室で、洗面台にかがんでるぼくを介抱してたとでも言うつもりかい？　そんなのだめだ」

「なぜ？　あなたがどこにいたか、誰が知ってるの？」

「事務長が知ってる」ケンワージーはきっぱりと答えた。そのあと視線を上げて言った。「おっと、噂をすれば影だ。グリズワルドのお出ましだよ」

事務長は中央ホールに続くドアから人目を忍ぶように入ってきたが、社交室の全員がそれを見ていた。ただならぬ気配を誰もが感じ取った。事務長はアーチャー博士の前を目礼して通り過ぎ、目当ての人物を見つけると、きびきびした歩調に変わった。彼が向かうのはヴァレリーとケンワージーのいるテーブルだった。グリズワルドの肉づきのいい顔に真剣な表情が浮かび、青白い額とは対照的に頬が紅潮しているのが遠目にもわかった。鼻息も荒い。

なにかあったんだわ、とヴァレリーは思った。

11

雰囲気に敏感なヴァレリーはたちまち身体がこわばって、呼吸をするのさえ苦しくなった。ケンワージーの視線をなんとか自分に惹きつけておきたい。せっかくうまくいきかけていたのだ、ここで逃すわけにはいかない。不信感を持たれたら、なにもかも水の泡。ヴァレリーは会話に戻った。

「事務長はゆうべ九時四十五分から十時まで、あなたの部屋にいたの？」

ケンワージーは記憶を探る顔になった。「それが、正確な時刻は覚えてないんだ。いや、待てよ。グリズワルドが船室に来たのは十時を回ってからだった気がする。うん、そうだ、間違いない。ガスマスクの怪人と同一人物でないとすればね。あれのほうが先だったから。だけど問題は、昨夜のぼくが女の子といちゃつけるような状態じゃなかったことをグリズワルドが知ってる――」

「しーっ！　黙って」

「こんばんは、チャトフォードさん」グリズワルド事務長が二人の前にぬっと現われ、わざとらしく節をつけて言った。見上げるヴァレリーの目には、シャツの襟から垂れ下がった顎や顔がひどく恐ろしげに映った。グリズワルドはなれなれしい調子で続けた。「おや、ケンワージーさんもご一緒でしたか。起きて歩き回れるようになったとは、なによりです」

「ありがとう。飲み物は？」

「いえ、いまはけっこうです。よろしければ、少しのあいだチャトフォードさんと二人きりで話をさせていただきたいのですが」

事務長の息遣いが二人の耳にはっきり聞こえた。ラスロップが部屋の反対側にあるピアノへのんびり近づいていくのを、ヴァレリーは目の隅に捉えた。耳の奥で船のエンジンの重い衝撃音がやかましく響いている。

「グリズワルドさん！」ヴァレリーは切羽詰まった調子で言った。「彼はわたしの従兄ですから、気にせずなんでも話してください」

「は？　あなたのなんですって？」

「従兄よ。ケンワージーさんはわたしの従兄なの」

「冗談をおっしゃっている場合ではありませんよ」やや間があってから事務長は言った。

「本当なんだ！」ケンワージーが確信に満ちた口調で言った。「ぼくは彼女をずっと前から知ってるんだ。おさげ髪の彼女が牧羊犬にまたがって遊んでた頃から」

事務長が椅子に腰を下ろした。

「初耳ですね。従妹がいるなんて、これまで一度も話してくれなかったじゃありませんか」事務長は非難がましく言った。

「ああ、そうだよ」とケンワージー。「きみだって、ぼくの前でホメロスの叙事詩に出てくる船団よろしく自分の係累の名前をどっさり並べたことは一度もないだろう？　つまらない言いがかりはよせよ、グリズワルド」

「しかしですね」事務長は納得しかねる顔つきだ。「昨夜あれほどじっくり話をしたのに、なぜこの船に親戚が乗っていることを黙っていたんです？　ましてやこのような見目麗しいお嬢さんですよ。あなたらしくもない」

ケンワージーは反論しかけたが、すぐに事務長がさえぎった。

「はいはい、そこまで。あなたがなにを企んでいるのか知りませんが、おふざけにつき合っている暇はないんです。用件に戻りましょう」グリズワルド事務長は言葉を切って、自分の膝をぴしゃりと叩いた。「チャトフォードさん、船長命令であなたにいくつか質問します。事態が事態だけに、乗客の皆さんから直接お話をうかがうしかないと船長が判断しましたので」事務長はケンワージーを見た。「実は昨夜、船内で殺人がありました。女性の船室係が言いふらしたので、すでに知れ渡っているでしょうがね」ヴァレリーに視線を戻して続けた。「あなたもお聞き及びですか？」

「ええ、聞いています」ヴァレリーは身震いした。

「ほう、人づてに知ったわけですか」

事務長はおもむろにジャケットのポケットから幅広で長さ十インチほどの淡い黄褐色の封筒を取り出した。分厚く膨らんでいる。開封された跡はあるが、蓋に〝エステル・ジア・ベイ〟と書かれた封印紙がついたままだ。

「先ほど」事務長の話が続く。「マックス・マシューズさんから事情を詳しくうかがいました。その際にこの封筒の件も出てきたわけです。チャトフォードさん、彼に封筒の存在を教えたのはあなただそうですね。封筒はわたしのオフィスで保管していました。船長命令により開封してあります。ご覧ください、これがあなたがお望みの貴重品ですよ！」

事務長は身体をひねって封筒をテーブルの上へ持っていくと、逆さにして振った。落ちてきたのは、大きな鋏で無造作に切ったとおぼしき新聞紙だった。

「煙幕だったのです」事務長は言った。「チャトフォードさん、船長はあなたがこの封筒を手に入れたがった理由をぜひとも知りたいそうです。なぜマックス・マシューズさんにこれを取ってきてくれと頼んだのか、ご説明いただけますね？」

ヴァレリーは鼓膜に自分の激しい動悸が響くのを感じた。ここまでは順調に運んできた。なにを隠そう、計画完遂は目前——あと一歩だ。もう少しの辛抱よ、と彼女は自分に言い聞かせた。

「いったいなんのお話かしら」

「船長が知りたがっていることはほかにもあります」と事務長。「ジア・ベイ夫人が手紙の束をハンドバッグに隠していたことや、それを殺人犯が盗んでいったことを、あなたはなぜご存じなのですか？」

「おっしゃる意味がわかりかねますわ」

「船長はあなたが昨晩マックス・マシューズさんの船室でなにをしていたのかも教えてほしい

そうです」

「そんな場所にはいません！」

「では、どちらに？」

「従兄のケンワージーさんと一緒でした！」

三人ともかがみこんで、ひそひそ話していたが、不意にグリズワルドだけが膝から肘を離し、上体を起こした。額に蛇腹のようなしわを寄せ、ふさふさの濃い眉を吊り上げると、コメディアンのジョージ・ロービーそっくりに見えた。〝思ったとおりだ〟と言いたげな勝ち誇った表情が浮かんでいる。

「ほう、なるほど。本当にケンワージーさんと一緒だったんですね、チャトフォードさん？」

「ええ」

「船長はきっと、それが何時頃だったのか訊きたがるでしょう」

「ケンワージーさんの船室へ行ったのは九時半くらいです。十時までそこにいました」

「確かですか？　その時刻に相違ありませんか？」

「ええ」

事務長の顔には〝いいかげんにしろ！〟と書いてあったが、口には出さず、黙ったままたるんだ顎の肉をウシガエルのように膨らませたりしぼませたりした。そのあとケンワージーをひたと見据えて訊いた。「では、あなたのご意見もうかがいましょうか」

「待て！」ケンワージーの声はピアノの前にいるラスロップがさっと顔を上げるほど鋭かった。

ピアノはさっきからぽろんぽろんと小さく鳴っていた。

ケンワージーは大きく息を吸って言った。「グリズワルド、厳しい尋問にさらされる前に確かめたいことがある。それにはきみの協力が必要だ。質問をはぐらかすつもりはない。正しいと思うことをやろうとしているだけだ。ぼくが正しいと思うことをね。まず、殺されたジア・ベイという女性を見たい。彼女の遺体を」

事務長の眉が再び吊り上がった。

「構いませんよ。まさか彼女と知り合いだったんじゃないでしょうね」

「いいや、そういう名前の女性は知らない。ここが肝心だ。グリズワルド、ニューヨークのトリマルキオという怪しげなナイトクラブのことは知ってるね？」

事務長が面食らった顔になる。

「はあ、知ってます。長らく行ってませんがね。イギリスのクラブみたいな雰囲気で、同国の海軍予備兵や海軍兵の行きつけの店になってます」短く笑ってつけ加えた。「スパイのたまり場だっていう噂もありますよ。で、それがどうかしたんですか？」

「きみはジア・ベイ夫人を前から知っていたか？」

事務長は肩をすくめた。「名前は聞いていました。ちょっとした有名人でしたから。すれっからしだが気立てはいいと評判でした」

「そういう情報をどこで仕入れたんだい？　トリマルキオ？」

「さあ、覚えていません。なにをおっしゃりたいんです？」

「つまりだね」ケンワージーは両手を握ったり開いたりしながら続けた。「ジア・ベイ夫人が――」

「ジェローム!」ヴァレリーが慌てて止めたが、ケンワージーの真剣な細い顔はぴくりとも動かなかった。

「――特定の男と交際しているという噂を聞いたことはないか?」ケンワージーは最後まで言った。

「艶聞には事欠かない女性だったんでしょうが」事務長は難しい顔で考えこんだ。「相手が誰なのかまでは知りませんね。羽振りのいい男とつき合っていると小耳にはさんだことはありますが。建築家だか医者だか、専門職の男らしいですよ」グリズワルドはさらに顔をしかめた。

「で、それがどうしたんです?」

「いや、ただ――おや?」言いかけてケンワージーは耳をそばだてた。「あの音はなんだろう」

彼は黙って片手を挙げた。小刻みだが急激な船の揺れで、社交室ではカタカタ鳴る音や甲高くきしむ音がますます大きくなった。三人の身体も揺れに合わせて動いていた。

「なんだか」ヴァレリーが言った。「女性の悲鳴みたいだったわ」

「そうかもしれないよ」とケンワージー。「ジア・ベイ夫人の亡霊がさまよってるんじゃないだろうね」

「やめてください、そういう話は」事務長はぴしゃりと言った。柱の照明を反射して額がバターのようにてらてら光っている。彼は気を取り直して職務の続きにかかった。「いいですか、わたしは船長の代理でここへ来たんです。ですから必要な質問をさせてもらいます。チャトフォードさん、女性の悲鳴みたいだったとおっしゃいましたね」

「ええ。下の階から聞こえた気がするわ」

「チャトフォードさん、社交室にはどれくらい前からいらっしゃるんですか?」

「さあ、どれくらいかしら」

「よく考えて、思い出してください」

「ええと、ここに来たのは楽団の演奏が始まって間もなくだったわ。もちろん一曲目の演奏よ。覚えているのはそれくらいね」

「その前はどこにいらっしゃいましたか?」

「自分の部屋よ。夕食後の着替えをしていたわ」

「あなたはどうですか、ケンワージーさん」

ケンワージーは顎をさすりさすり答えた。「あまり細かいことは覚えていないが、社交室へ来たのは演奏が始まってからさほど経っていなかった頃だと思う。着替えて、一杯やろうと部屋を出たんだ。初めは喫煙室のバーへ行くつもりだったが、ふと気が向いてここへ」

「演奏開始は九時でした」事務長は言った。「その数分後ということですね。わかりました。よくわかりました」それから時計を見た。「お二人とも、先ほど悲鳴らしきものをお聞きになりましたが、九時を回った頃、ご自分の船室からここへ上がってくる途中で人の叫び声に気づきませんでしたか? あるいは騒がしい物音を?」

「いいえ」ヴァレリーとケンワージーは揃って否定した。

「確かですか？　外のB甲板で争うような音はしませんでしたか？」

「聞いていません」

ヴァレリーが腰掛けている背もたれの高い椅子の後ろから、長身の人影が近づいてきた。片手に葉巻を持ったその人物は、ヴァレリーの真後ろで止まった。振り向いて見上げると、ラスロップがにやにやしている。これまではラスロップに好感を持っていたが、ヴァレリーは急に激しい嫌悪感を覚えた。図体だけ大きくなった白髪頭の高校生を前にしている気分だ。それはヴァレリー自身が思いつめて死に物狂いになっているせいかもしれないが。

椅子の背に覆いかぶさるようにして立つラスロップが、葉巻の煙を下へ吐いた。そのあと上体を乗り出し、漂う煙をヴァレリーの顔の前から払いのけた。

「争うような音？　なんだね、それは？」ラスロップが訊いた。

「なんでもありません」グリズワルド事務長は答えた。

「だったらいいが。気の毒なフーパーさんの身になにかあったのかと思ったんでね」

「フーパーさん？」事務長が鋭く訊き返す。

「そうだよ。ここで待ち合わせて一緒に演奏を聴く約束だったんだ。なのに来なかった」ラスロップは事務長を見つめ返し、真剣なまなざしで続けた。「甲板から海へ落っこちたりしてなきゃいいんだが。彼にはナポレオンというゲームを教えてもらうことになっていた。彼がダーツだけでなくナポレオンも得意なら、こっちはお手上げだな。すでに一ドル六十五セント負けてる。まったくいいカモだよ。向こうは笑いが止まらんだろう。じゃ、皆さん、おやすみ」

「ラスロップさん！」事務長が呼び止めた。室内の空気が一段と熱を帯びた。

数歩進んでから、ラスロップはもったいをつけるようにゆっくりと振り返った。

「なんだね？」

「あくまで形式上ですが、船長の命令でうかがいたいことがあります。今夜九時頃、どこにいらっしゃいましたか？」

「九時頃？」ラスロップはそっけなく訊き返した。「自分の部屋だが」

「あなたもですか」

「ああ、わたしもだよ。なにが言いたいのか知らんがね。ここへ音楽を聴きに来たのは、九時十分くらいだった」それからラスロップは、質問というより結論を下す口調で言った。「また何事か起きたようだね」

「はい」事務長はそう答えてすっくと立ち、部屋の反対側に向かって呼びかけた。「アーチャー博士！」

ドアの脇に並んだ椰子の鉢植えのそばで、椅子にもたれていた人影がぴくりと動いた。間もなくアーチャー博士が本の読みかけのページに指をはさんで立ち上がり、壁際に敷かれた通路代わりの灰色の絨毯をたどって皆のほうへ来た。足取りは軽快できびきびしていたが、つやのある顔で唇だけがひび割れそうなほど乾いて見えた。普段どおり、博士の物腰は診察室で患者の訴えに優しく耳を傾ける親切な医者そのものだった。ヴァレリーに温かいまなざしで笑いかけ、ラスロップ、ケンワージーの順に会釈した。肉厚の手はずっと本をきつく握り締めていた。

「なにかご用かな、事務長」アーチャー博士は訊いた。

グリズワルドは恐縮した様子で答えた。「船長の命令で調べておりまして。今夜九時頃、どこにいらっしゃったか覚えておいでですか?」

「覚えているとも」

「どこです?」

「船室だよ。なぜ顔をしかめるんだ。わたしの言ったことはそんなに変かね? 夕食後はほとんどの者がすぐ自室へ戻った。上着や本を取りに。ほら、このとおり」本を掲げて続ける。「九時十分だったかな、船室を出てこの甲板へ上がってきた。まず喫煙室で一杯飲み、演奏を聴きたくて社交室へふらりと入った。こう言ってはなんだが、この船にはほかに娯楽と呼べるものがないからね」

声も表情も変えずに、アーチャー博士は淡々とつけ加えた。

「なにが起きたのか話してもらおう。昨夜のことは船に乗っている全員が知っている。いまさら隠し事はやめてくれ。さあ、いったいなにがあったんだ?」

事務長は深呼吸した。

「いいでしょう、お答えします」観念したように言う。「またしても——不幸な出来事があったのです。ただし、慌てる必要はありません。どうか船長を信頼して、公明正大なふるまいを心がけてください。そのほうが不快な思いをせずに済むと船長はお考えです」

「二つ目の殺人かね？」アーチャー博士が鋭く切り返した。

「はい、おそらくは。どうか、くれぐれも慌てないでください」

ラスロップは荒い息をつき、沈痛な面持ちで言った。「まさかわたしが心配していたフーパーさんのことが現実になったんじゃないだろうね」

事務長はラスロップを見やった。

「フーパーさんのことだなんて一言も言ってませんよ。あの方はぴんぴんしています。被害者はフランス人のブノワ大尉です。約四十五分前に、B甲板で後頭部を撃たれたのです」グリズワルドの顔が怒りで赤黒く染まった。「彼が昨夜なにを必死に訴えていたのかわかっていれば、命を救えたかもしれないのに」

12

右舷の甲板の手すりでマックス・マシューズとH・Mが銃声を聞いたとき、時刻は九時一分前だった。

H・Mが身につけている大きな砲金製の懐中時計は、文字盤の数字に蛍光塗料が塗ってある。それがジャケットとレインコートの下からのぞいているのが暗闇でもマックスの目に留まった。風にあおられてふわふわと揺れるさまは、特殊撮影の映像のようだ。二人して銃声の方向へ駆け出すと同時にそれが消えたのは、チョッキのポケットにしまわれたからだろう。

「こりゃただごとじゃないぞ」H・Mのしゃがれ声が聞こえた。「いいか、おまえさん、くれぐれも足もとに気をつけろ。転ばんようにな！」

マックスはステッキの先端で前方を探りながら、足を引き引き進んだ。暗闇が顔の前に実体を持った壁のごとく立ちふさがり、気がつくとH・Mの姿を見失っていて、それきり見つからなかった。視界に捉えられるのは、船の横揺れに合わせて動く黒い手すりと、それを支える鉄柵だけだ。

やがて進行方向——船首のほうらしい——に黄色い光がちらついているのが見えた。それはマッチの小さな炎だったが、カンテラの明かりに等しい心強さを感じさせた。氷のように冷たい風にも打ち勝てそうな威力だ。

「明かりを消せ！」誰かが怒鳴った。

その声はマックスの耳もとで聞こえた。彼はいつの間にか小さな人だかりに囲まれ、うごめく人々のあいだから緊迫した気配が伝わってきた。そのとき、左の肩胛骨の下に誰かの肩か腕が勢いよくぶつかり、たまらず前につんのめった。寒さで膝がこわばっていた。手からステッキが飛んで、音を立てて落ちた。次の瞬間、横揺れで海面のほうへ大きく傾いた甲板の手すりが見えた。燐光を発する泡立つ波が眼前に迫り、マックスは恐怖に襲われた。

すぐ前方の暗闇に誰かの手がさっと現われ、別の誰かの手からマッチをはたき落とした。それと同時にあたりは真っ暗になったが、マックスは火が消える間際、甲板が反対側へ傾いた拍子に手すりから飛びすさりながら、おぼろな炎に浮かぶ光景をはっきりと目にした。

マッチを持っていたのはジョージ・A・フーパーだった。マッチを耳の高さまで掲げ、背中を丸めていたので、灰色の髪を短く刈りこんだ丸い頭と、きょろきょろ動く光る眼《まなこ》が見えた。フーパーは手すりから少し下がった位置に立ち、足もとに蛇でもいたかのように視線を急に手すりから甲板へ落とした。マッチが消えたのはその直後だった。

「甲板で明かりをつけるとはどういうことです！」クルクシャンク三等航海士の叱責が飛んだ。

「まったく、なんて真似を――」

フーパーはなにも答えず、二本目のマッチを擦った。

「ちょっと、お客様、気でもちがったんですか？　マッチをよこしなさい！」

もみ合う音がして、風のせいか三等航海士のせいか、火は再び消えた。フーパーが悲痛な声で食ってかかる。危険などお構いなしで、突き上げる興奮に我を忘れ、憑かれたようにふるまっていた。

「誰かが落ちた！」フーパーがもどかしげに怒鳴った。「頭の後ろを一発撃たれて、海にザブンと落ちたんだ。後生だから、そこに突っ立ってマッチのことをああだこうだ言うのはやめてくれ。人が一人、海に落ちたってのに！」

「落ち着いてください。確かですか？」

「いまの話のとおりであります、サー」暗闇から別の声が返った。「自分は第四監視員です。ボート甲板で見張りに立っていたところ、男性が海へ落下するのが見えました。すぐに大声で異状を知らせ、ブリッジにつながる非常ベルも鳴り出しました。船は速度を若干ゆるめただけのようですが」

　語尾は質問調だった。

「第四監視員が、なぜこんなところにいる？　さっさと持ち場へ戻れ！」クルクシャンクが叱りつけた。

「落下地点を特定せよとの命令で、確認に来ました。第三監視員とビリングスさんによれば、その人は――」

「なんだ？」

「自分で撃ったそうです。自殺と思われます。顔がくるりとこちらを向いてから、ちかちか光る波に呑みこまれました。リボルバーも一緒に落ちて沈みました」

「死んだのか？」

「当たり前だろう！」フーパーが癇癪玉を破裂させた。「後頭部を撃ち抜かれたんじゃ、生きてるわけがない。軍服を着てたよ。きれいな軍服を。間違いなくあのフランス人だ。後頭部をまともに撃たれるとは、まったく気の毒に。だが、やったのは本人じゃない。断じてちがう！　わたしはこの目で見たんだ。撃ったやつもな。そいつがフランス人を海へ突き落としたとしか――」

「ちょっと待ってください」クルクシャンクが鋭い口調でさえぎった。「彼は本当に死んだんですか？」

「後頭部をズドンだぞ」

「ただちにブリッジへ報告しろ」クルクシャンクが第四監視員に命じた。暗闇で姿は見えないが、声には安堵がまじっているように聞こえた。「いや、待て。わたしが行く。フーパーさん、あなたはここにいてください。マッチはお預かりしておきますよ。うん？　誰だ？」

　重い足音が近づいてきて、人だかりに加わった。

「グリズワルドだ」野太い声が響く。「なにがあった？」

「ああ、事務長か。大変なことになった。ブノワ大尉が撃たれて海へ落ちたそうだ。このへんにフーパーさんがいるから、あとを頼む。わたしはブリッジへ事態を知らせに行く」

「船長は停船するだろうか？」

「しないと思うね。たとえ息があったとしても、海から引き揚げられる可能性は限りなくゼロに近い。あまりに危険だ」

「そうだな。わかった、ここはわたしが引き継ぐ。おや、向こうにいるのは誰だ？」

「おい！　早く彼を助けてやってくれ！」声からすると、フーパーは半狂乱になっているようだ。自分が目にしたことの重大性を改めて認識したのだろう。「何度言えばわかるんだ！　海へ落ちたんだよ！」

グリズワルド事務長はぶっきらぼうに言った。

「ちょっと、落ち着いて！　ほら、足がふらついてるじゃありませんか。気絶しないでくださいよ」

ぜいぜいと荒い息をしながら、フーパーは蚊の鳴くような声で訴えた。

「胸が苦しい。興奮したせいで心臓が……ああ、もうだめだ。心臓が！」

「わたしにつかまってください。なかへ入りますか？」

「ああ、そうする。その前に救命胴衣を取ってこないと。そのへんのデッキチェアにあるはずだ」

事務長が再び険しい声を放った。「どなたか手を貸してください」

そのやりとりを、フーパーと同じく神経が張りつめたあとの放心状態で聞いていたマックスは、我に返ってあたりを手探りした。奇跡的にステッキが見つかった。そのはずみで誰かのズボンに触れ、相手がぎくりとして飛びのくのがわかった。誰もが極度の緊張を強いられている証拠だ。そこへ、H・Mの声がマックスに先んじて事務長の呼びかけに応じた。

「ここはわしの出番だな」

「サー・ヘンリですか？」事務長が尋ねた。

「さよう。この季節にしてはわりあい快適な天候じゃないか」

「さっそくですが、フーパーさんをなかへお連れ願えませんか？　ここにいますので、腕をつかんでやってください。足もとを探ると、甲板を横切っている細い鉄板がありますから、そこをたどっていけばドアに行き当たります。いいですか、鉄板の上を進むんですよ。では、お願いします」

マックスはH・Mかフーパー、どちらかのコートをつかんで、二人のあとに続いた。三人ともおぼつかない足取りでじりじりと進み、無事ドアにたどり着いた。そこをくぐって、やはり真っ暗な水密区画を抜け、ようやく甲板内に入った。ぼんやりした明かりさえ、暗闇にいた彼らには目がくらむほどまばゆく感じられた。

行く手には白い壁の狭い通路が延びていた。突き当たりで右舷の船室に沿った中央通路と直角に交わっている。赤いゴム張りの床はさっきまでいた露天甲板とちがって滑りにくく、はるかに歩きやすかった。中央通路まで来ると、右手にきれいな黒い字でB71と書かれた船室のドアがあった。マックスは記憶の糸をたぐり寄せた。確かブノワ大尉の部屋だ。

「ここらへんでよし」H・Mが言った。「さあ、詳しく話してくれ。いったいなにがあった？おまえさんはどういう具合に、なにを見たんだ？」

フーパーは話そうとしたが、すぐには言葉が出てこない様子だった。白い壁にずり落ちそうな姿勢でもたれ、両脚を広げて踏んばっている。ずんぐりした身体が呼吸に合わせてゆっくりと動く。視線は床に注がれたままだ。右手はジャケットの下にもぐりこんで左胸を軽く叩き、だらんと下ろした左手から救命胴衣がぶら下がっている。鉄灰色の口ひげの上で、てかてか光る頬にうっすら赤みがさしてきた。

「母国に帰ってこの話をしたら、みんなびっくりするだろうよ」フーパーはなおも左胸をとんとん叩きながら、大きく息をした。「このジョージ・フーパーは、あの男が哀れにも銃で撃たれて海へ突き落とされるのを見たんだ。彼の帽子はてっぺんが赤くて金色の飾りがついてた」

「ふむ。状況をもっと具体的に」

「わたしは」フーパーは薄青色の目をさっと上げた。「新鮮な空気を吸おうと甲板に出た。そして、ドアのすぐ脇にあるデッキチェアに座った」

不自然ではないな、とマックスは思った。今朝、B甲板をぶらぶらしていたとき、フーパーが同じデッキチェアで居眠りしているのを見かけた。

「毛布をかぶって、静かに休んでいた」フーパーは呼吸を整えながら続けた。「十分か十五分くらい経って、そろそろ引き揚げようかと思った頃、突然ドアが開いた。すぐそばのドアだ。そこから人が甲板へ出てくる足音が聞こえた」

「人数は?」

「二人だ」フーパーは記憶を探る顔つきで答えた。「姿が見えなくても、足音でわかる。彼らは手すりのほうへ歩いていった。ところが、見えたのは――」もともと話し好きらしく、親指と人差し指で円を作って、大げさなしぐさで目の前に掲げた。「肩から上だけだった。そのときわたしが考えたこと？　なにも。実際に事が起こるまで、頭にはなにひとつ浮かばなかった。間もなく争うような音が聞こえたかと思うと、閃光とともにガイ・フォークスの晩の花火みたいなばかでかい音がした。誰かが気の毒なフランス人の後頭部に銃口を突きつけて、ぶっ放したんだ。わたしはびっくりしてデッキチェアから飛び上がった」

フーパーはここでも飛び上がってみせた。気持ちが高ぶって、故郷の広大なサマセット州のことを思い出したらしい。怒りを含んだ口調で続けた。

「おい、なんてひでえことをしやがるんだとわたしは怒鳴った。そうしたところで、どうにもならないとわかってたがね！　哀れな男の悲鳴が聞こえただけだ。手すりに駆け寄ると、ちょうど真っ逆さまに落ちていく彼の足が見えた。革のブーツを履いてたよ。とっさに手を伸ばしたら、かろうじて片足に触れたが、間に合わなかった。もう一人のやつは、わたしが海面をのぞきこんでるあいだにこっそり逃げていった。

フランス人は光る泡状の波間に頭から突っこんだ。そして仰向けになり、排水口に吸いこまれるみたいな勢いであっという間に船尾へ流れ去った。二秒後には消えていて、白く泡の浮いた波しか見えなかった。かわいそうに。無念でならんよ」

フーパーは急に黙りこんだ。

再びチョッキ越しに左胸を軽く叩いて、荒くなった息を落ち着かせた。いかにも悔しそうだが、自分が重大な出来事の目撃者になったという興奮を抑えきれないようだ。

一方、H・Mは難しい顔つきで口をへの字に曲げ、太い鼻の先までずり落ちた眼鏡越しにフーパーを見つめていたが、話を聞き終わると帽子を脱いだ。かぶっているときよりは人間らしい風貌になった。それから鼻をふんと鳴らして両手の拳を腰に当て、珍しく穏やかな表情でほかの二人を見やった。

「どうやら」H・Mはつぶやくように言う。「われわれはまたしても一杯食わされたな。おまえさん、発砲した人間をはっきり見たのか？　今度会ったら当人だと見分けがつくかね？」

「爺さん、そんなことできるわけないだろう？　できたら奇跡だよ」

H・Mは〝爺さん〟呼ばわりされたのは初めてなので不快げに口をゆがめたが、ぐっとこらえて次の質問に移った。

「背は高いか、低いか？　太っていたか、痩せていたか？」

「わからない」

「そいつが逃げていった方角は？　船首と船尾、どっち側だ？　あるいは甲板内に入るこのドアのほうかね？」

「それがわかりゃ苦労しませんよ。わたしは海に落ちた哀れな男のことで頭がいっぱい――」

通路の突き当たりの灯火管制を施されたドアが勢いよく閉まった。薄い防水服姿のマシューズ船長が薄暗い通路を手探りで進んでくる。まったくの無表情だった。三人に向かって小さくうなずき、B71号室のドアをちらりと見た。

「ブノワだったようだな」船長が言った。

「乗客がまた一人犠牲に」マックスはつぶやくように応じた。

「肝心なことなので、よく聞いてください」船長は三人にきっぱりと言い渡した。「彼は自分で自分を撃ちました。まことに不幸な出来事と言わざるをえません」

フーパーがぱっと背中を起こした。

「乗組員のためにも」マシューズ船長は続けた。「船が港に入るまで、彼は自殺したことにしておきたいのです。ボート甲板にいた見張り二名が、リボルバーも一緒に海へ落ちたのを目撃しています。ブノワはおそらく正気を失ってジア・ベイ夫人を殺害し、自ら死を選んだのでしょう。よって、これで危険は去りました。よろしいですね？」

船長が口をつぐんで一同を見回していると、彼の背後のドアからクルクシャンク三等航海士が入ってきた。

「わたしの任務は」船長は再び口を開いた。「本船を安全に目的地へ到着させることです。むろん自信はありますが、いたずらに危険を冒すわけにはいきません。ご理解いただけますね？」

フーパーはゆっくりとうなずいた。薄青色の目を妙にすばしこく動かしてあたりをうかがったあと、床を見つめた。

「英断だよ。さすがは船長」H・Mが言った。「わしの耄碌した頭ではとうてい考えつかん。で、乗客にはどう対応するつもりだね？」

「事実を伝えることになるでしょう」船長が答えた。「そうするほかありませんので。どっちみち、ジア・ベイ夫人のことはすでに乗客全員が知っています。乗組員も然り。実は、それにはわけがありまして。今朝から乗組員のあいだで相互監視体制を敷いているのです。ブノワが海へ落ちた五分後に当直の航海士全員に報告させたところ、発砲があった時刻、下級船員は残らず持ち場についていたか、アリバイを立証できる状況にあったことが判明しました」

マシューズ船長の口調は相変わらず淡々としているが、通路の空気は露天甲板と同じくらい冷えきっていた。

「これがどういうことかおわかりですね？　念の為、言葉にしましょう。殺人犯は七人の乗客のなかにいます。さもなくば上級船員、つまりわたしの直属の部下の一人です。率直に言って、後者の可能性はまずありませんが」

船長は顔色ひとつ変えずに右手を挙げ、てのひらを通路の白い壁に叩きつけた。その振動でB71号室のドア枠がカタカタ鳴った。

「罪を犯した乗客は袋の鼠です。それが誰であろうと、どこにも逃げ道はありません。乗客全員が繰り返し厳しい尋問にさらされ、常に監視され、最後は追いつめられて捕まるのです。話は以上です。クルクシャンク！」

「はい、船長！」

「事務長を呼んできてくれ。それからヘンリ・メリヴェール卿、折り入ってお願いしたいことがあります。あいにく探偵役はわたしの領分ではありません。代わりにお引き受けいただけませんか？」

船室の閉じたドアにけだるげに巨体を寄りかからせたH・Mは、レインコートのポケットから黒いパイプを取り出した。鉛筆の先端を差しこむ余地もないほど、火皿に煤《すす》がたまっている。そのパイプをH・Mは口の端にくわえた。普段とちがって、朝食の席で腐った卵の臭いでも嗅いだようなさげすんだ表情は見当たらない。パイプの吸い口をしゃぶりながら、大きな眼鏡の奥で細い目を左右にせわしなく動かした。

「ふむ、よかろう」H・Mは答えた。

「船が目的地に着く前に、卑劣な犯人を見つけ出してくださいますね？」

「いや、約束はできん」H・Mは意外な返事をした。「そんな約束ができるのは頭のおかしな人間だけだが、わしはこのとおり正気だからな。気を引き締め、手に唾して苦境に立ち向かうのみだ。船長、あんたと同じようにな」

「現時点でのお考えをお聞かせください。犯人の目星はついていますか？　動機はなんでしょう。あの指紋はどうやってこしらえたんですか？」

「うむ……まだわしの考えを話す気はない」H・Mは慎重な言い方をして、パイプを口の反対側へ移した。「マックスから事件のあらましを聞いて、いくつか気にかかる点はあったがな。まずはブノワの所持品を調べるか。船室をじっくり見たい。入っても構わんだろう？　どこだ、やっこさんの船室は？」

「あなたの真後ろですよ」船長はドアのほうへ顎をしゃくった。「手伝いが必要なときは、遠慮なくお申しつけください」

Ｈ・Ｍはうめきながら振り返った。禿げ頭の後ろが、ぼんやりした明かりでもぴかぴか光った。理髪師は見落としたようだが、革製品を思わせるうなじのしわに白髪まじりの黒い毛が数本固まって生えている。Ｈ・Ｍは肩をいからせて再びうめき、ドアを押し開けた。

13

Ｂ71号室の天井には明かりが煌々とともっていた。倹約家のフランス人らしく、ブノワ大尉はこの船で一番小さいタイプの部屋を選んでいた。

奥に向かって細長い室内は、真っ白な独房をのぞきこんでいる気分にさせた。ドアを入って左の壁際に寝台が縦に置かれ、ヘッドボードは奥の壁に接している。化粧机と洗面台も同じ壁に横一列に並んでおり、入口から見て右側の壁の深いアルコーブには、はめ殺しの舷窓がある。ほかには扉に鏡がついている箪笥と椅子が一脚、ドアの右手に置かれていた。

狭い船室はＨ・Ｍ一人でいっぱいなので、ほかの者はドアの外で待機した。Ｈ・Ｍはしかめ面でのしのしと歩き回った。調査を進めるに従って表情は一段と険しくなった。

壁のフックにウールのガウンが掛けてあり、その下にスリッパが揃えて置いてある。椅子の上には救命胴衣と毛布と箱に入ったガスマスクが、きちんと積み重ねられている。それらを調べ終えると、Ｈ・Ｍは化粧机に取りかかった。

折畳み式の革製写真立てには二葉の古い写真が納められていた。一方は豊かな口ひげがぴんとはね上がった年配のフランス軍人、もう一方は柔和そうな中年の婦人――おそらくブノワ大尉の両親だろう。彼らの写真が亡き男の部屋に家庭的な雰囲気を添えている。化粧机にはそれ以外に、身だしなみ用の鋏、ブラシ、櫛といった道具が整然と並んでいる。ボタン磨きの〈クリーン・オー〉や革ブーツ用靴墨の缶もある。洗面台横のフックには洋服ブラシと靴ブラシが、上部の壁にしつらえられた棚にはひげ剃り道具一式と歯ブラシ、歯磨き粉が置いてある。

H・Mは化粧机の抽斗をすべて開け、舷窓のあるアルコーブも注意深く眺めた。それから巨体を窮屈そうに曲げて寝台の下を探り、平べったい船室用トランクを引きずり出した。蓋を開けると、使用済みの肌着が数枚入っているだけだった。

H・Mはトランクを元の場所に戻し、簞笥の扉を開けた。

瓢簞形の肩章に大尉の階級を示す金の三本線が入った替えの軍服が一着と、平服のスーツ二着が吊してあった。棚にはネクタイ数本のほか、膝丈ブーツ一足と短靴二足がしまってある。

H・Mは派手にずり落ちていた眼鏡を直し、軍服の袖部分をしげしげと観察した。そのあと最後の手段とばかりに伸び上がって簞笥のてっぺんを手探りしたが、残念ながら収穫はなかった。

「なんてこった！」H・Mがぼやいた。

空のパイプをしゃぶりながら落胆の色を深めるばかりだったH・Mは、いまやすっかり意気銷沈した様子だ。

「どうしました？」マックスが戸口から声をかけた。「なにを探してるんですか？」

H・Mは寝台の端に腰を下ろした。

クルクシャンク三等航海士が事務長を連れて戻ってきた。マシューズ船長は二人にぼそぼそと低い声で指示を与え、自分は職務があるのでと一同に断って立ち去った。クルクシャンクは船長がいなくなったのをいいことに、ふざけて事務長に耳打ちした。

「酔いつぶれたフクロウって感じだな」

「うるさい、考え事をしておるんだ！」H・Mが片目を開け、不機嫌そうにクルクシャンクをねめつけた。「思案中のわしはいつもこうなんだよ。さて、と」

H・Mは大儀そうに立ち上がり、再び化粧机へ歩み寄った。上段の抽斗にはきれいに畳んだシャツや靴下がしまってあり、その上に小さなボール箱が載っていた。H・Mは箱を寝台まで持ってくると、逆さにして中身をシーツの上に落とした。木製の握りがついたゴム印五個と、ブリキ缶に入ったスタンプ台だった。

「おい、そこの二匹の警察犬ども」H・Mは三等航海士と事務長に向かってゴム印を振った。「おまえさんたちは昨夜、この部屋へ来たんだったな？　ブノワ大尉の指紋を採りに」

「はい」クルクシャンク三等航海士が不安げに身じろぎする。

「そのときブノワ大尉は、ここに座ってゴム印やスタンプ台をいじっていたと聞いたが」

「はい、そのとおりです」

「これと同じゴム印か？」

クルクシャンクは恐る恐る室内に入り、ゴム印を二、三個手に取って眺めた。「たぶん同じだと思いますが、じっくり見たわけではありませんので」

「おまえさんたちがブノワ大尉に用件をやっとこさ理解させると、彼はすぐさま自分のスタンプ台で親指にインクをつけようとした。だが寸前で止められ、結果的におまえさんたちのインクローラーで指紋を採らせた。それで間違いないな？」

クルクシャンクがうなずいた。

「間違いありません」

「おい、ちょっと！」たまりかねたような声が割って入った。

フーパーだった。それまで全員が彼の存在を忘れていた。後ろに下がって今夜の冒険の回想に浸ったり、ときおり船室を興味津々にのぞきこんだりしていたフーパーが、ゴム印を認めたとたん引き寄せられるように窮屈な室内の集団に加わった。そしてゴム印を一個ずつ手に取り、鋭い目つきで調べ始めた。有無を言わせぬ玄人《くろうと》然とした態度に気圧《けお》され、誰も口をはさまない。

「これは我が社の製品だ」フーパーがきっぱりと言った。「ブリストルのブロードミードにあるフーパー社の」

誇らしげな口調だったが、ゴム印を押してみようとスタンプ台の蓋を開けた瞬間、はたと手を止めた。フーパーの注意を惹いたのは、ゴム印ではなくスタンプ台のほうだ。矯《た》めつ眇《すが》めつし、指の腹で触れ、目の高さまで持ち上げる。小作りな顔に驚きの表情が広がっていった。

「けったいなこった」フーパーは言った。「あの哀れな男、ひどい抜け作だな。ということは、彼の持ち物にインク瓶があるはずだが」

「インク瓶だと！」H・Mがにわかに奮い立つ。

「ええ、半分くらいまで減ったインク瓶が」フーパーはスタンプ台のインクパッドを指した。

「どうです、別段変わったところはないでしょう？」

「ああ。それがどうかしたのかね？」

フーパーはくすくす笑った。「無理もありません。だが、わたしにはちゃんとわかる。これは新品です。おろしたての真新しいスタンプ台です。なのにあの男、なんとも妙ちきりんなことをやってましてね。充分インクが染みてるスタンプ台に、わざわざ筆記用インクを流しこんだんですよ！　それもたっぷりと。おかげでインクパッドは膠《にかわ》みたいにべちゃべちゃだ。これじゃ使い物になりません。人間ってのは不思議とこういう愚かな真似をするもんですがね」

達観した見解で締めくくってから、フーパーはスタンプ台を寝台の上に戻した。クルクシャンク三等航海士、グリズワルド事務長、マックスの三人は、互いに顔を見合わせた。

「どうしてそんなことをしたんでしょう？」三等航海士がたまりかねたように口を開いた。

「おいおい、わたしに訊かれたって困るよ！」フーパーは両手を叩いて埃を払った。

そのあと腕時計を見やった。「おっと、もう九時半か！　演奏会を聴き逃しちまったな。きれいさっぱり忘れてた。あのフランス人が海へ突き落とされた姿は、目に焼きついて一生忘れられないだろうがな。ほかに用がなければ、わたしはもう行きますよ」

「ちょっと待った」H・Mが無表情で呼び止め、グリズワルド事務長に尋ねた。「さっき船長からなにか命じられておったな？」

「あなたの指示どおりにしろとのことでした」

「ほう、そうか。じゃあ、ひとつ教えてくれ。亡きジア・ベイ夫人はおまえさんのオフィスに封印した封筒を預けていたそうだな？」

事務長は指をぱちんと鳴らした。「危うく忘れるところでした。はい、おっしゃるとおりです。船長の命令で開封しました。これがそうです」彼はポケットから分厚い封筒を取り出した。「ご覧のとおり、新聞の切れ端ばかりです」

H・Mは封筒を受け取って、中身を全部出した。封筒をてのひらに載せて重さを量り、ふんと鼻を鳴らす。それきりいつまで経っても口をきかないので、ほかの者たちがそわそわして咳払いを始めた。しばらくして、H・Mはようやく封筒を事務長に返した。

「よろしい。ところでおまえさん、相手をすくみ上がらせるのは得意か？」

グリズワルド事務長はジョージ・ロービーそっくりに顔をしかめてみせた。なかなか鬼気迫る表情だった。

「よし、ひとつ任務を与えよう。わしは表立って行動したくない。いいか、チャトフォードという娘にこの封筒を突きつけて、容赦なく問いただすんだ。彼女が昨夜マックス・マシューズ君の部屋で本当はなにをしていたのか、徹底的に調べてくれ。まあ、簡単には口を割らんだろうが、動揺させるだけで充分だ。仕上げはわしがやる。ほかの乗客と顔を合わせたら――そっちはさりげなく丁寧に訊いて――今夜九時頃どこにいたか確認してくれ。わかったか？」

「はい」

「以上だ。すぐ行動に移ってくれ。さて、次はおまえさんだが」H・Mはクルクシャンク三等航海士のほうを向いた。「ここにいてくれ。あんたもだ。ええと、名前はなんだったかな……」

「フーパーですよ」本人が答えた。

「うむ、フーパーさんも特に急ぎの用がなければ、ここにいてもらいたい。一緒にのんびりくつろごうじゃないか」

長いこと空のパイプを吸っていたH・Mは、ようやく防水布の煙草入れを出して火皿に葉を詰め、レインコートの裾をまくってアメリカ製の大きな台所用マッチをズボンの尻で擦った。パイプに火がつくと、満足げに鼻をひくつかせながら寝台によじのぼり、回復期の患者よろしく積み上がった枕にもたれた。ひどい臭いの煙草だったが、H・Mはうまそうに吸って、うっとりした顔で煙を吐き出した。そのあとパイプの柄をクルクシャンク三等航海士に突きつけた。

「おまえさんは事務長と昨晩ここへ来たとき、ブノワ大尉とフランス語で話したんだったな」

H・Mが尋ねる。「白状してもらおう。彼の言うことをどのくらい理解できた？」

「残念ながら、あまり理解できませんでした」

「ふむ、正直でよろしい。じゃあ、彼がなにを言おうとしていたか、わかった範囲で教えてくれ」

クルクシャンクは躊躇したあと慌てて答えた。

「ええとですね、フランス語を理解するには、おおよその筋をつかめれば事足りるのです。要するに、発言の冒頭さえわかれば、あとは聴き取れた単語を手がかりにして全体を推測できます。ところが、冒頭の理解が不充分ですと、先へ進めば進むほどわからなくなります」再び躊躇した。「そんなわけで、実を言いますと、彼がある女性について話しているようだとしかわかりませんでした」

「ほう」

「Elle（彼女）という言葉をしきりと口にしたのです。わたしは最初、殺人の告白だと思い、尋問することを考えました。ですが……フランス語が通じなくてグリズワルドの前で恥をかくのはいやだったので、やめにしました。ほかには traître という単語も何度か聞きました」

H・Mが目を細め、考えこむ表情になった。

「英語にすると traitor（裏切り者）だな。しかし、確かなのか？　頼むから慎重に思い出してくれよ。traité（取り決め）や、traiteur（飲食店のあるじ）だったとは考えられんか？」

三等航海士はますます浮かない顔つきになった。

「無理です、わかりません」しょんぼりしたあと、急につけ加えた。「いえ、やっぱり初めに言ったとおりです！　〝裏切り者〟で間違いありません。きっとそういう者がいるんですよ。もうひとつ、お伝えしておきたいことがあります」顎をこわばらせて続ける。「笑わないで聞いてください。グリズワルドにはばかばかしいと言われましたが、どうしても気にかかって。あのですね、ひょっとしたらブノワはフランスの諜報員だったのかもしれません」

H・Mの顔には笑いなどひとかけらも浮かばなかった。大きな煙の輪を吐き出し、それが広がりながら白い天井へ消えていくのを見つめた。面白がるどころか、困惑した表情だ。

「わしも一時はそう考えたよ」申し訳なさそうに言い、小さな鋭い目をクルクシャンクに向けた。「しかしだな、フランスの諜報員なら、英語がわからんわけない」

「その件ですが」とクルクシャンク。「いまにして思えば、本当に英語がわからなかったのかどうか疑問です」

とたんにH・Mはパイプを口から抜いた。

「なんだと？　その根拠は？」

「法廷で証言できるほどの根拠はありません。あとになって思い当たっただけです。どういうことかと言いますと、昨夜わたしはこの部屋で、『この男、ゴム印でいったいなにをするつもりだろう』とグリズワルドに言ったんです。それも、ぼそぼそと」

「ふむ、それで？」

「そうしたら、あのフランス人の目に、わたしの言葉を理解した表情がありありと浮かんだんです。おまけに、ゴム印に伸ばしかけた手を急に引っこめました。もちろん、これは後知恵ってやつでしょう。グリズワルドもわたしも気持ちが高ぶっていました。しかし、もし英語がわからないなら、彼はアメリカでいったいなにをしていたんでしょう？　フランス語で道を尋ねながらブロードウェイをさまようなんて、わたしだったら絶対にごめんです」

「なるほど、それも道理だな。すまんが、寝台の下からトランクを出してくれんか。もう一度調べたい」

クルクシャンク三等航海士は言われたとおりにして、トランクをH・Mのほうに向けてひっくり返した。それまで裏になっていた面には、〝エドワーディック号B船室〟と書かれた荷札のほかに、ニューヨークのペンシルヴェニア・ホテルとワシントンのウィラード・ホテルの荷札が貼られていた。

「ワシントンか」クルクシャンクがスーツケースを元の場所にしまうあいだ、H・Mはそうつぶやいて再び枕にもたれた。「やつの素姓と渡航目的なる問題を解かんとな。乗客のパスポートはおまえさんたちが預かっておるんだろう?」

クルクシャンクの顔が安堵にほころんだ。

「はい、まだ返却していませんので、事務長室に保管して――」三等航海士は急に言葉を切った。「おやっ、フーパーさんはどこに?」

目立たないゴム印製造業者の姿はいつの間にか消えていた。ドアのそばに立っていたマックスでさえ、まったく気づかなかった。H・Mがうなりながら起き上がる。

「フーパーが船長の命令を正しく理解しておればいいが」H・Mは言った。「まったく、なんで出ていったんだ? たぶん自分の大冒険を吹聴したくて辛抱しきれなくなったんだろう。こうなったら、秘密を打ち明ける相手に話し好きな船室係を選ばないことを願うほかないな」

三等航海士が心配げな顔つきに変わった。

「追いかけましょうか?」

「ああ、それがいい。絶対に口をつぐんでいなくちゃならんと、頭に叩きこんでやってくれ。船内がパニック状態に陥ったら収拾がつかん」

クルクシャンク三等航海士が部屋を出ていくと、H・Mは失意のどん底から脱したらしく再び狭い室内を歩き始めた。手近な物を手に取っては戻すのを繰り返し、櫛を置いたあと、ひげ剃り用の乾いたブラシを何気なくいじりながら眺めた。ブノワが使っていたのは質実剛健と言うべきか、折畳み式の直刃の剃刀だった。H・Mはそれに目を留めると突然低くうめき、剃刀を手にして開いた。照明の下で鋭利な刃がぎらりと不吉に輝いた。

マックス・マシューズは突き上げてくる吐き気を感じた。

「もしかして」彼は言った。「それが喉を掻き切った凶器でしょうか？」

「わしはそう考える」

「でも、指紋は一致しなかった。ブノワの犯行ではありません」

「確かにな」H・Mはおもむろに剃刀で宙を切り裂いた。「ブノワの犯行でないことははっきりしている。しかも……」

突如、部屋の入口で悲鳴が上がった。危うく左手の親指を切り落としそうになったH・Mは、肩を大きくいからせて悲鳴の主をにらみつけた。戸口にいるマックスの背後から、ブノワ担当の船室係が現われた。引退した牧師のような年配の男で、繊細な顔立ちにはすでに落ち着きが戻っていた。

「呼び鈴を鳴らされましたか？」船室係は静かに尋ねた。

「いいや」H・Mはそう答えたきり黙りこんだ。

H・Mが再び剃刀を振りかざしているあいだ、室内には不穏な静寂が下りた。床のずっと低いところから重いエンジン音が響いてくる。隔壁のきしむ音が、船室係の体内で筋肉と骨が引っ張り合う音のように聞こえた。

「お客様、ひとつうかがってもよろしいでしょうか」船室係がH・Mに尋ねた。

「いいとも。なんだ?」

「本当でしょうか、ブノワ大尉が銃で自殺されたというのは」

「残念ながら本当だ。なぜそう訊く?」

船室係は乾いた唇を湿らせた。「では、わたくしはお詫びしなければなりません。あの方の遺書を廃棄してしまったようです」

完全な沈黙。

H・Mは剃刀の刃を畳み、洗面台の上の棚に戻した。

「屑かごに入っていたものですから!」船室係は静かな声に興奮をにじませて申し開きを始めた。「夕食の時間に室内を掃除し、寝台を整えました。その際、屑かごで見つけました」彼は化粧机の横に置かれたごく普通の屑かごを指した。「破いてあったわけではありませんが、紙屑として処分するのが妥当と判断しました。なにしろ屑かごに入っていたのですから」

「ちょっと待った!」H・Mが威厳たっぷりの声を放ち、火が消えたあともくわえたままだったパイプをポケットにしまった。「どんなものだったか詳しく説明するんだ」

「一枚の便箋です、船室に備えつけの。ブノワ大尉の署名がありました」

「その便箋をおまえさんが見つけたんだな?」

「はい。ですが、なんと書いてあるかは読めませんでした。フランス語でしたので。わたくしにわかったのは、その手紙が船長に――マシューーズ中佐に宛てたものだということだけです。一番上に〝エドワーディック号のムッシュー・キャプテン〟と大きく書いてありました」

「それが屑かごに……」

Ｈ・Ｍは無表情で樽のように大きな胸を上下させていたが、その動きがはたと止まった。視線が室内をさまよい、やがてドア脇の一点に釘付けになった。そこへ大股で近づくと、扇風機のスイッチを押した。

扇風機は蜂の羽音のような低い音とともにゆっくりと動き出し、首を振って部屋の隅々へ風を行き渡らせた。Ｈ・Ｍはブノワのゴム印が入っていたボール箱から紙を一枚取ると、化粧机の端に置いた。扇風機の風が机の上を勢いよく往復し、紙がぱたぱたとなびいた。心臓の鼓動と時計の秒針とが重なり合い、永遠かと思われるほど長く感じられた六十秒が経過したとき、紙は皆の目の前で机から滑り落ちた。空中で一瞬静止したあと、屑かごの縁をかすめて床の絨毯に着地した。

「なるほど」船室係がつぶやく。全員、かかしのように突っ立って床の紙片を見つめていた。

「これと同じことが起こったならば、あの気の毒な紳士の遺書は床に落ちていたでしょうに」

「遺書か！」Ｈ・Ｍはあざけるように言ってから、口をつぐんでうめいた。「で、問題の便箋はいまどこにある？」

「焼却炉だと思います」

そのとき、通路のずっと奥から女性の悲鳴が聞こえた。

Ｈ・Ｍは苦虫を嚙み潰したような顔になった。「あれがなんなのか断言はできんが」とマックスに向かって言った。「わしの予想が的中した可能性は大だな。やはりフーパーは、自分の冒険譚を披露せずにはいられなかったんだろう。それが船員のあいだに広まり出したとすれば……」Ｈ・Ｍは途中で言葉を切り、船室係のほうを向いた。「もう行ってよろしい。おまえさんのせいではないから気にするな。口をつぐんでなきゃならん理由もない。あのフランス人が遺書を残して拳銃自殺し、遺書は廃棄された。このことは秘密でもなんでもない。さあ、早く行った！」

それからＨ・Ｍはマックスを室内へ招き入れた。

二人は耳を澄ましたが、悲鳴はもう聞こえなかった。海は再び荒れてきて、船の横揺れが激しくなった。舷窓に下りている派手な色のカーテンが、船体の傾きに合わせて風をはらんだ旗のように膨らんだりしぼんだりしている。Ｂ71号室全体が歯を鳴らすようにカタカタと音を立てた。

「真相は」Ｈ・Ｍが屑かごを示して腹立たしげに言った。「十中八九さっきの実験のとおりだろう。ブノワが入念に書いた、われわれの手に渡るはずだった手紙は、ちょっとした誤算で横からかっさらわれてしまったわけだ。そうそう、やつが読んでいた本の題名はなんだった？」

「『風と共に去りぬ』です」マックスが答えた。この船に乗ってから初めて笑いがこみ上げた。

エドワーディック号は前進を続けていた。

14

それから二晩のち、エドワーディック号は潜水艦警戒水域に入った。

天候は月曜日の早朝を境に荒れ始め、突風が次第に冷たさを増して北東から激しく吹きつけるみぞれ交じりの嵐に変わった。救命ボートはすべて甲板に引き揚げられ、帆布でしっかりと覆われた。そうしなければ三十フィートにも達する大波で浸水するか打ち砕かれるかしていただろう。グリズワルド事務長は自分の体重で壊れた回転椅子に座り、破損した陶磁器の数をまとめた。もっとも、乗客に食事を提供するうえで支障はなかった。月曜日の晩に食堂に姿を見せたのはラスロップとマックスだけで、火曜日にはとうとう誰も現われなかったからである。

嵐の勢いは水曜日に近づくにつれて弱まった。船の揺れも、船室から通路へ出る気力さえあれば、多少ふらつきながらでも歩ける程度には和らいだ。水曜日の明け方は暗く凍てつき、海面では波が緩慢にうねっていた。カモメたちの甲高く鳴き騒ぐ声が空に響いた。午前八時頃、一マイルほど離れた海上にエドワーディック号を追い抜いていく別の定期船が見えた。やはり船体は鉛色に塗られ、それよりも濃い灰色の海を背景に幽霊船のごとく輪郭がかすんでいた。ブリッジの横でモールス信号の白い光が点滅し、ホワイト・プラネット社が誇る高速船アンダルシア号であると伝えてきた。甲板の手すりから双眼鏡で見ていたエドワーディック号の乗組員たちは、アンダルシア号の船尾に六インチ砲一門が搭載されているのを確認した。それにひきかえエドワーディック号にある武器といえば、船長のリボルバーと二等機関士の二二口径のライフル銃だけだった。

嵐に見舞われた丸二日間、マックス・マシューズの頭は思考をまったく受けつけず、血なまぐさい殺人事件のことすら閉め出していた。きっとほかの乗客も同じだろうと彼は思った。船酔いのせいで複雑なことは考えられないうえ、情けないほど気分が悪かった。周囲のものからことごとく遠ざけられている感覚をおぼえた。

船室の縦揺れから少しでも逃れようと寝台に枕を積み上げ、ずっと横になっていたマックスは、まどろみと過去の回想とのあいだを行ったり来たりした。回想といっても、チャンスを逸したこと、泥酔したこと、判断を誤ったことなど、後悔ばかりがよみがえる。何百ものうつろな船室を抱えたこの巨大な幽霊船が、自分の全世界に感じられた。そして、ときおりヴァレリー・チャトフォードの顔が脳裏をよぎった。

ヴァレリー・チャトフォード。

彼女にはっきりとした疑惑を抱くようになったのは、いつからだろう。

思い起こせば、ジェローム・ケンワージーの何気ない言葉がきっかけだった。月曜日の朝、天候が悪化し始め、ほかの大半の乗客と同様、ケンワージーが再び船室に引きこもる直前の出来事で、場所はボート甲板だった。マックス、ケンワージー、アーチャー博士、ラスロップの四人でシャッフルボード（長い棒で木の円盤を突いて得点が表示された部分に入れるゲーム）をしていたとき、ケンワージーはこんな話題を持ち出したのだ。〝ヴァレリーに言わせれば、好き嫌いは別としてヒトラーは才気煥発な人間だから、彼に心酔するドイツ人たちを一方的に責めるわけにはいかないそうだ〟と。大した意見でもないので、マックスは聞き流してすぐに忘れた。ところが月曜日の晩に船酔いが始まったとき、それが突如悪夢のなかに舞い戻ってきたのだ。ヘンリ・メリヴェール卿の発言も影響したのだろう、マックスの無意識が活潑に働いて、強烈な生々しい場面を描き出した。ヴァレリー・チャトフォードがナチスドイツの鉤十字の腕章をつけ、女性集団の真ん中で行進していたのである。

そのあとにはなはだしく刺激的な場面が続き、マックスは熱に浮かされて目が覚めた。なんと一糸まとわぬヴァレリー・チャトフォードを自分が抱き締めようとしたのだ。

彼は覚醒した頭で次のように分析した。夢の発生源は何日か前に事務長室で交わされた、過去に裸で犯行に及んだ殺人犯云々の会話にちがいない。さらに直感でぼんやりとこう悟った。自分は彼女に強く惹かれていながら、神経がまいっているため逃げ腰で、嫌いだと思いこもうとしている、と。

鉤十字の腕章をつけた彼女の姿は、火曜日に船酔いが悪化してからもマックスを執拗に悩ませた。

ところが水曜日の朝を迎え、海がいくぶんおとなしくなると、目覚めた瞬間から驚くほど元気になっていた。身体はふわふわしていて、あまり力が入らなかったが、歩くと気持ちよかった。マックスは上機嫌で身仕度に取りかかり、鼻歌を歌いながら入浴した。けれども、用心してトーストとコーヒーしか口にしなかったにもかかわらず、朝食後は調子が逆戻りして、気分が重たくなった。

それは殺人の脅威にさらされているという、夢から覚めて再び直視させられた疎ましい現実のせいだった。二日間死んだようだったエドワーディック号が息を吹き返し、不安もよみがえったのだ。ヴァレリー・チャトフォードへの疑念——殺人犯だとは思わないにしても、捉えどころのない性格に不信感を覚える——で新たな憤りが湧いた。言うまでもないが、鉤十字の腕章をつけて夢に現われたせいではない。疑うだけのれっきとした根拠がいくつもあるのだ。まず、事務長の前で自分はケンワージーの従妹だと主張したこと。ばかばかしいにもほどがある。にもかかわらずケンワージーが話を合わせたので、なおさら癪に障った。また、ヴァレリーは土曜日の夜九時四十五分から十時までケンワージーと一緒だったと事務長に言い、ケンワージーもそれを肯定したが、真っ赤な嘘であることは誰よりもこのぼくが知っている。

なんていまいましい女だ!

そのいまいましい女が、マックスが正午近くに甲板へ出て最初に見かけた人物だった。ヴァレリーはA甲板の広々とした船尾にいた。風雨よけの砂袋が積まれた昇降口の脇にデッキチェアが数脚わびしげに並んでいる。そこに黄褐色のコートの襟を立て、風に巻き毛をなびかせて立つ彼女の後ろ姿があった。海面に引かれていく白いジグザグの航跡を見つめている。

「おはよう」軽率だとは思ったが、マックスはこうつけ加えずにはいられなかった。「ヒトラー、万歳!」

その声は外の冷気にまがまがしく響き、二人ともぎくりとした。ヴァレリーは数秒間凍りついてから、ゆっくりと振り返った。

「おはようございます」彼女は唇をこわばらせて挨拶を返してきた。「いまのは冗談のおつもりかしら？」

マックスは余計なことを言ったと内心後悔した。自分自身が裏切者のスパイであるかのように聞こえる。

「きみは顔を合わせるたび、話をはぐらかすんだね」マックスは言った。

「いつ顔を合わせたの？」ヴァレリーが切り返す。

やっぱり文句なしに魅力的な女性だな、とマックスは思った。ヴァレリーが振り向いた瞬間、胸がどきりとした。彼女の顔に疲労の色はもうなかった。目の下にうっすら隈《くま》が残ってはいるものの、潮風に当たって血色がよくなっている。マックスと向かい合ったとたん冷ややかな表情に変わったが、内面では興奮がたぎっているようだ。

「いつ顔を合わせたの？」彼女はもう一度言った。

「従兄を調達して、急に強気になったらしい」

「あら、ジェローム が本当の従兄じゃないみたいな言い方ね」

「土曜の夜九時四十五分から十時まで、きみが彼の船室にいなかったことは事実だ」

ヴァレリーのまなざしは憎らしいほど落ち着いていた。「そんなこと、どうしてあなたにわかるの、マシューズさん？　あなたがわたしを見たのは夜中の二時になってからでしょう？」

確かにそうだ。

マックスははっとした。ヴァレリーのことだから、例によって言葉巧みに言い抜けるつもりなのだろう。

「だが、きみは言ったじゃ――」

「いったいなんのことかしら、マシューズさん？　わたしはあなたになにも言わなかったし、会ってさえいない。船長と事務長にはそう話してあるわ。あなたもこれまで反論しなかったじゃないの」

どんなにおっとりした性格の男でも、ときには癪に障る女の尻を膝の上でひっぱたきたい衝動に駆られるものだ。マックスはいまほどそうしたいと願ったことはなかった。ヴァレリーについてなにが一番気に障るかというと、謎などひとかけらもないにもかかわらず、わざとらしく謎めかすところだ。その戦法で相手を手玉にとろうとする。ところが、マックスとの対決でほぼ確実になっていた勝利を、なぜか彼女は自らあっさり手放した。

「さっき、『ヒトラー、万歳』と言ったのはなぜ？」

「きみがあの男を称賛にふさわしい人物だと考えているようだから」

「マシューズさん、変な言いがかりはやめていただけません？　せっかくの機会だから忠告してあげる。敵を過小評価するのは浅はかな行為よ。彼をただのちょびひげを生やした小男だと見くびったら、あとで泣きをみるわ」

「その意見には賛成だが、現実問題としてフランス人もイギリス人も彼を過小評価してなどいないと思うけどね」

ヴァレリーはむきになって顔を紅潮させた。「そうよ。ドイツ人が本気になったら形勢はがらりと変わるわ」

マックスは平然と構えていた。

「なんとでも言えばいいさ。ここはイギリスの領土と同じだから、きみはいつでも好きなことが言える。『ヒトラー、万歳』と叫ぶのも自由だ。いっそのことマストのてっぺんの見張り台に登って、ナチスドイツの国歌を大声で歌ったらどうだい？　軍需品を積んだ船に乗ってるんだから、みんな覚悟はできてるよ」

ヴァレリーは激しい剣幕で言い返した。「そう！　じゃあ、好きなように言わせてもらうわ。わたしは――」

言葉の続きはラスロップの静かな声にさえぎられた。喫煙室の甲板に面した船尾寄りのドアが開いている。窓も二カ所開け放たれ、そのひとつからラスロップが顔を出していた。

「しーっ！　ちょっと、そこのお二人さん、声が大きいぞ。少しは場所柄をわきまえたらどうだ？」軽くたしなめる口調だった。

ラスロップは窓から頭を引っこめ、ドアから出てきた。

「シャンパンを半パイントばかり飲んだよ」ラスロップは薄手のコートのポケットに両手を突っこんだ。コートの裾と白髪が風になびいている。彼は深呼吸してから続けた。「きみたち、シャンパンの四十年前の呼び名を知ってるかい？　〝ボーイ〟だ。ふらついてる胃袋にはやんちゃな坊やがめっぽう効くね」ヴァレリーに向けた目がきらりと光った。「法律家として助言しよう。ここでは『ヒトラー、万歳』を叫ぶのは控えたほうがいい。言論の自由があろうとなかろうと、わざわざ自分の身体にぶっとい針を突き刺すようなもんだ。それともうひとつ。お嬢さん、きみはいささか真面目すぎる」

「人生は真面目が肝心ですから」ヴァレリーが言い返す。

ラスロップはなだめる身振りをした。「まあ、それは解釈次第だな。ひたすら四角四面に生きるのが最善だと考えているんなら、それは間違いだよ、お嬢さん。たまには気晴らしも必要だ。というわけで、さっそく実行に移そうじゃないか。ボート甲板に上がってデッキテニスかシャッフルボードでもどうだね?」

ヴァレリーは頭のなかで言い訳を探した。

「お断りします。シャッフルボードはしません。ガラガラヘビみたいな信用ならない人と一緒になんて」

「この青年のことかね?」ラスロップは意外そうな素振りもなくマックスを親指で指した。「なんだ、彼なら心配いらないよ。これで断る口実はなくなったろう? さあ、ついて来たまえ」

ヴァレリーが唐突に言った。

「お酒を飲むことは気晴らしじゃないとお考えなのかしら?」

「へえ」マックスはあきれ顔でヴァレリーを見た。「チャトフォード女史が節酒についてありがたい説教を垂れてくださるらしい。ところで、口実といえばアリバイについても――」

ヴァレリーが赤くなり、場に冷たく険悪な沈黙が漂った。それを払いのけたのはラスロップだった。「やれやれ、きみたちが仲直りするのはいったいいつになるやら」うんざりした口調で言うと、両手で二人の腕を片方ずつつかんだ。「喧嘩じゃなくて議論だと言いたいんだろうが、ともかく口じゃなくて身体を動かすんだ。行くぞ」

長い昇降口階段を上がってボート甲板に出ると、三人の顔に強風がまともに吹きつけた。波しぶきが目に沁みて、横揺れが大きく感じられる。迷彩色の爆撃機が列をなす後方に広い空間があり、ネットを張ったデッキテニス用のコート二面とシャッフルボード用の細長い競技台が設けられていた。左舷と右舷にベンチが並んでいるが、その端にぽつんと座っているのはヘンリ・メリヴェール卿だった。

大きな靴を履いたH・Mは股を広げ、ツイードの帽子を耳の後ろまで引き下ろしていた。六フィートばかり前方に、木製の台座に立てられた輪投げ用の棒があり、それに向かって小さなロープの輪を一本ずつ投げているところだった。低い声でぶつぶつ言いながら没頭し、周囲に誰がいようと一向に気に留めない様子だ。別の惑星にでもいるつもりなのだろう。

「あの男、英語がわかるなら、なぜそう言わんのだ？　おっと、右へそれた……剃刀の革砥《かわと》も引っかかる……ほいっと！　なんだ、今度は上へ行きすぎた。あとはインクだな。インクでべたべたのスタンプ台……ちぇっ、またはずしたか！」

「H・M！」マックスが呼んだ。

「第一、なぜあんなにゴム印が？　それも似たようなものばかり……やけに揺れるな、この船は。うむ、あれに然るべき理由があるならば……」

マックスはそばへ行って鋭く口笛を吹いた。

とたんにH・Mはぎょっとしてマックスをにらみつけたが、物思いから醒めると状況が呑みこめたらしく、ぼやくように言った。

「ああ、おまえさんか。やっとこさ寝床を出て、歩き回れるようになったんだな」

「あなたは船酔いしなかったんですか？」

「船酔い？　わしが？」H・Mがさも心外だとばかりに訊いた。「そんなもの、生まれてこのかた一度もない。そもそも、船酔いなんてものは単なる思いこみにすぎん。なぜかというとな、以前わしは危険なことで有名なハッテラス岬を船で通ったんだが――」

「あのう、ここでなにを？」

「思案しておる」H・Mは小鼻を掻いた。「相手は幻の指紋を残す幽霊めいた殺人者だ、一筋縄では行かん。熟考あるのみ」

「チャトフォードさんとラスロップさんとは初対面ですよね？　それとも、もう挨拶されましたか？」

ラスロップが感激した様子で恭しく手を差し出すと、H・Mはたちまち上機嫌になった。ヴァレリーのほうは相変わらずつんけんしている。H・Mは立ち上がって彼女に丁寧にお辞儀をし、甲板に散らばっている輪を拾い集めてベンチへ戻った。

「サー・ヘンリ、あなたはアメリカでも大変な有名人ですよ」ラスロップが言った。「まさかアメリカにいらしていたとは夢にも思いませんでした。そうと知っていたら、ニューヨーク市当局は盛大な歓迎会を開いたでしょうに」

「だろうな」H・Mは申し訳なさそうに言った。「それもあって、こうして隠密裏に行動せねばならん。わしはアメリカが大好きだ。毎度の手厚いもてなしは感謝に堪えん。しかしな、その結果アメリカに二週間も滞在すると、帰りは決まってアルコール漬けで乗船するはめになる。わしはこのとおり年寄りだ。社交界の飲めや歌えやのどんちゃん騒ぎにはいいかげん辟易しておる」

「それにしても」ラスロップがわざとらしく片目をつむってみせた。「こういうときにあなたが本国を離れるとは、誰も想像していないでしょうね」

「ふむ、まあな」H・Mは輪投げを再開した。

「新聞記事によると、じきに貴族院の議員になられるとか」

「そんなのは嘘っぱちだ！」H・Mが気色ばんだ。「鵜呑みにしてはいかん。あくまで向こうの勝手な目論見にすぎん。こっそり待ち伏せして、わしを貴族院へ無理やり放りこもうって魂胆だ。厄介払いしたくてな。ふん、そうは問屋が卸さんぞ。すでに二度あいつらを出し抜いてやった。そう簡単につかまってたまるか。それ！」H・Mはかけ声とともにまたひとつ輪を投げたが、的から数フィートそれた。「ところで、諸君も事務長から聞いておるだろう？　ここで殺人事件について簡単な話し合いが開かれると」

H・Mは顎をしゃくって、甲板昇降口階段を示した。ちょうどフーパーとアーチャー博士が、船酔いの抜けない冴えぬ顔色で甲板へ上がってきた。二人の後ろにグリズワルド事務長とクルクシャンク三等航海士もいる。

誰も口をきかなかったが、マックスは場の雰囲気がにわかに変わったことを感じ取った。グリズワルド事務長は見るからに不安げだった。粋なかぶり方をした帽子の下、どことなく落ち着かない表情だ。

「おはようございます」グリズワルドが緊張した面持ちで言った。「全員お揃いでしょうか」

「いいや、まだだ」H・Mが言った。「船長はどうした?」

少し間を置いて、グリズワルドがそっけない口調で答えた。「船長は今朝は顔を出せません。その……おそらく丸一日無理ではないかと」

H・Mは輪を途中まで持ち上げて急に止め、鋭い小さな目で事務長の顔を探った。甲板の横揺れで、H・Mの座っているベンチが白波の立つ灰色の海を背景に上下動した。風も鞭打つように激しく吹きつけてくる。

「ほう、そうか」H・Mが投げた輪はまたしても的を大きくはずれた。船長の話題はそれきりになったが、誰もが事情を察していた。ボート甲板を見渡せば、普段と様子が異なるのは一目瞭然だった。

手すりの前に立つ見張りの人数が倍に増えている。目下、エドワーディック号は潜水艦警戒水域を航行中なのだ。

ヴァレリーはラスロップに食ってかかった。「じゃあ、最初からシャッフルボードをやる気なんかなかったのね？　あなたはここで尋問がおこなわれるのを知ってたんだわ！」

そこへH・Mが割って入り、事務長に尋ねた。

「乗客分の八枚の指紋カードは、誰も触れられない場所にしまってあるんだろうな？」

「はい、わたしのオフィスの金庫に鍵を掛けて保管してあります。あそこなら天下の奇術師フーディーニだって手は出せません。ただし、大量にある乗組員のカードは金庫の外です。全員、土曜の晩のアリバイがはっきりしていますので。もっとも、見方を変えればかえって困った事態なわけですが」

H・Mは口をへの字に曲げてむっつりしたまま、次の輪を投げようと慎重に狙いを定めた。この重苦しい空気にマックスの神経はだんだん逆立ってきた。

「ひとつ訊きたい」甲板がせり上がって皆が足をふらつかせている横で、H・Mは片目で輪を物憂げに眺めた。「殺人犯、もしくは殺人に関与したことが明らかな者を捕まえた場合、どうするつもりだ？　船底の監禁室にぶちこむのか？」

三等航海士のクルクシャンクが乾いた笑い声を立てた。

「まさか、とんでもない。前にも同じことを訊かれましたが、それは小説のなかだけの話ですよ。監禁室に入れるのは港で酔って暴れた船乗りだけです。乗客には決して使いません」

H・Mはなおも尋ねた。

「では、そいつをどうする？　殺人事件の容疑者を」

三等航海士は肩をすくめた。

「おそらく船長は、港に着いて警察に身柄を引き渡すまで当人の船室に閉じこめておくでしょう」

「監視つきで?」

「外側から施錠して、室内に一人きりにすると思います。救命ボートが使えない状況では逃げ道はただひとつ、海へ飛びこむことだけですので」

「なるほど。ブノワ大尉のようにな」

H・Mはうなずいてから、改めて慎重に狙いを定め、輪を放り投げた。今度は棒から二フィート離れた場所に落ちた。H・Mの表情は穏やかで、動作もゆったりと落ち着いていたが、マックスはかえって不吉な予感を覚えた。H・Mは勢いよく息を吸いこみ、ヴァレリー・チャトフォードを見つめた。

「さっそく実行に移すとしよう」とH・Mは言った。「この娘さんを船室に閉じこめて、一歩も外へ出さんように。港に入ったら、彼女の身柄はわしが責任を持って警察に引き渡す」

15

沈黙が下りた。

ヴァレリーは数歩あとずさった。甲板が揺れてもしなやかな動きで器用にバランスをとったが、襟足の巻き毛が乱れるほど強い風を受けると、たまらず目を伏せた。彼女の顔に恐怖の色がくっきりと浮かんでいた。

「どういうことなのか、さっぱりわからないわ！」ヴァレリーの甲走った声はたちまち風に掻き消された。「閉じこめるですって？　わたしを？」

「そう、あんただ」H・Mが答えた。「いいか、よく聞きなさい。船長、機関長、ブリッジの航海士たち、そしてここにおる二人は――」H・Mはクルクシャンク三等航海士とグリズワルド事務長を指した。「余計なことにかまけている暇はない。それぞれ重要な任務があるんでな。念の為言っておくが、この二日間のような悪天候のもと爆薬を積んだ船を航行させるのは、決して容易な仕事ではない。それは乗組員全員よくわかっておる。よって、あんたの気まぐれで彼らの手を煩わせるわけにはいかん」

H・Mの静かな声に漂う不気味さに、ヴァレリーはさらにあとずさった。

「それから、もうひとつ」H・Mが再び口を開く。「この船にはあいにく指紋検出用の灰色の粉はないが、代わりに白チョークを粉末にして柔らかい刷毛《はけ》でまぶした。すると、ジア・ベイ夫人の船室であんたの指紋が面白いように採れた。照明のスイッチの金属部分やら、部屋中にべたべた残っておったよ。化粧机の白粉の容器からも見つかった。クルクシャンクは昨夜それらを採取し、グリズワルドがすでに集めてあった指紋カードと慎重に照合した。そうだな？」

クルクシャンク三等航海士がにこりともせずうなずいた。

グリズワルド事務長は苦い顔で甲板に視線を落とした。

皆が黙りこくっているなか、突然フーパーの手から救命胴衣が滑り落ち、H・Mが腰掛けているベンチの脇でどすんと大きな音を立てた。アーチャー博士はとっさに片手を伸ばし、ベンチの背もたれをぎゅっとつかんだ。

「嬢ちゃん、くだらん芝居はそろそろやめにしちゃどうかね？」H・Mが輪を手にして静かにため息をついた。「これまでの与太話はいますぐ取り消すんだ。はっきり言っておく。これが最後のチャンスだ」

「信じないおつもり？」ヴァレリーが言い返す。「わたしが——」

H・Mは彼女の言葉をさえぎった。「あんたの名前がヴァレリー・チャトフォードか否かや、ジェローム・ケンワージーの従妹か否かを疑っておるのではない。ケンワージー家は世に知られた名家で、ジェロームは間違いなくアブスデール卿の息子だ。わしはアブスデール卿がフォークランド諸島に駐在中の海軍少将だった頃から知っておる。実を言うとな、今朝、船長と一緒にアブスデール卿と連絡を取って確認したのだ」

「連絡を取ったですって？」ラスロップが驚いた。「いったいどうやって？　この船では無線電話の使用が禁止されています。簡単に許可は下りない。われわれは周囲から隔絶された状況に置かれているんです」

「公式の用件なら例外だと考えて、船長と相談のうえ無線電話を使った」H・Mはそう答え、再びヴァレリーをひたと見据えた。「アブスデール卿にはエレン・ケンワージーという妹がいる。彼女の最初の夫はジョシー・バーナードといって、外務省に勤務していた。二人の一人娘がヴァレリーだ。ジョシーがまだ健在だった十八年ほど前に生まれた。その後、夫に先立たれたエレンはチャトフォードという校長と再婚したが、これには困難が伴った。チャトフォードが上流階級の出身ではないこともあって、アブスデール卿に猛反対された。もっと大きな障害は、チャトフォードがフォーゲルという家政婦と夫婦同然に暮らしていたと噂されていたことだ。それでもエレンは彼の妻になり、娘のヴァレリーを連れて三人でバミューダへ移住した。その結果、アブスデール卿はかんかんになって妹に絶縁状を叩きつけたというわけだ。おい、そこの若造、わしが言ったことに間違いはあるか？」

H・Mは輪を投げようとする体勢のまま振り向いた。

ちょうどジェローム・ケンワージーが甲板昇降口階段をよろけながら上ってくるところだった。ぶかぶかのツイードのコートを着て襟に耳までうずめ、肩から背中へ救命胴衣を掛けている。彼はベンチまで来るとフーパーを押しのけ、H・Mの隣に腰を下ろした。

「この若造も」H・Mが続けた。「無線電話で父上とじかに話し、そこの娘さんは自分の従妹だと断言した。ということで、この件はもういい。ただし、彼女が並べ立てた嘘のほうは放置しておけん。嬢ちゃん、あんたは土曜の晩、問題の十五分間ケンワージー君と一緒にいたと主張したが、本当はジア・ベイ夫人の船室にいたのではないか？　さあ、答えてもらおう。どうなんだ？」

ヴァレリーはふっくらした顎をこわばらせた。おびえていると同時に困惑しているようにも見えた。マックスの目は、そこに形容しがたい別の感情も読み取った。不安、それとも疑念だろうか？

「ねえ、きみ。ぼくの人生の光」ジェローム・ケンワージーは青ざめた顔で自分の靴先を見つめた。「洗いざらい白状したほうがいいと思うよ。でないとぼくの二の舞になる。まったく、今朝はさんざん絞られたよ。尋問の苛酷さときたら、フライパンで焼かれる平目もかくやと思ったほどだ。ヴァレリー、アリバイを提供してくれた厚意には本当に感謝してる。でもね、残念ながらそれは通用しないんだ。ぼくはもう開き直った気分だよ。こうなったら船が沈没しようがどうなろうが構うもんか。いつまでもこんな吹きさらしにいないで、バーへ行って死ぬ前に一杯やろうよ」

ヴァレリーは眉をひそめ、不思議そうに言った。「ちょっと待って。たとえわたしが事実をありのまま話さなかったとしても、そこまで大騒ぎすることはないでしょう」

H・Mはあっけにとられた。帽子が目の上までずり落ちているのにも構わず、口をぽかんと開け、輪を持った手を上げたまま、突然麻痺したように動かなくなった。

「こりゃまたなんと！」H・Mは息をあえがせた。「能天気というか、大ざっぱというか……いいか、嬢ちゃん。出航後わずか五日間に二つの殺人事件、潜水艦警戒水域の恐怖、剃刀とリボルバーを持って船内をうろつく殺人鬼。こういう状況でありながら、皆がなぜ騒いでいるのかわからんのか？」

「ばかばかしい！」ヴァレリーが言った。マックスの目には、彼女の焦れったそうな表情が不安に揺れ始めたように映った。「殺人犯の正体はもうわかってるじゃありませんか！」

「ほう、誰なんだね？」

「ブノワ大尉です」

「ブノワ大尉？」

「ほかに考えられます？　あなただって日曜の晩から気づいていらしたはずだわ」

「ちょっと待った、嬢ちゃん……」

「無駄です。なにをおっしゃろうとごまかされません。船室係の女性から聞いたんですから」ヴァレリーは続けた。「ジア・ベイ夫人を殺したあと、ブノワ大尉が思いつめて拳銃自殺した。そう教えてくれたわ。その船室係の従兄が見張りの船員で、彼が一部始終を目撃したそうよ。ブノワ大尉が頭に銃口を当てて引き金を引く瞬間も。結局は、痴情のもつれによる殺人だったんだわ。フランス人にありがちでしょう？　彼はジア・ベイ夫人に何通も手紙を書き送ったあげく、のぼせ上がって彼女を殺し、手紙を取り返した。これが真相よ！」

フーパーが飛び上がって激しく首を振ったが、ヴァレリーは一顧だにしなかった。

「これまで黙ってただけで、とっくに知ってたわ」彼女は一同に言葉を投げつけた。「土曜の晩、確かにこの目で見たもの」

「なんだと?」H・Mの鋭い声が興奮のあまり暴走しかけたヴァレリーを制した。「あんたはブノワ大尉がジア・ベイ夫人を殺す場面を見たのか?」

ヴァレリーはH・Mの言葉を訂正した。

「殺す場面は見てません。もしそうだったら、恐ろしくて正気ではいられないわ。でも、ブノワが犯行現場にいたのは確かよ。ジア・ベイ夫人の船室から出てくるのをはっきり見たわ。あれは彼女を殺した直後だったのよ」

H・Mは握り締めていた輪を、初めて見るような顔で見つめた。

「犯行現場にいたブノワか」H・Mがつぶやいた。「ブノワは事務長と三等航海士になにかを必死に訴えた。相手が『Ah, oui（ええ、そうですね）』と相槌を打つと、ひどく驚いた様子だった。そのあとブノワは遺書を書き、波間に消える……」語尾がいったん消え入ったが、再び強い口調になった。「つまり、知りすぎた男は……」低いうめき声をはさんで続けた。「お払い箱にされたわけか。嬢ちゃん、ジア・ベイ夫人の船室から出てくるブノワを見たのは何時頃かね?」

「十時……五分くらい前です。大きな封筒を持っていました。強請《ゆすり》の種になった手紙の束で膨らんだ封筒を。分厚くて、三、四インチはあったわ」

「どこまで嘘をつく気だ?」H・Mが叱りつけた。

そこへアーチャー博士が割って入った。「ちょっとよろしいかな」微笑を浮かべている。「こちらの若い御婦人はどうやら——固定観念にとらわれているらしい。強請の種になった手紙とやらに病的なほど執着している。三、四インチの厚さとなれば、相当な量だよ。手紙というより記録文書と呼ぶべきだろうね」

「人間ってのは突拍子もない行動に出るものなんだな」フーパーがしみじみと言った。「まるで映画みたいだ。現実離れしてる」

「まったくだ」ラスロップが苦々しげに同意した。「秘密が白日のもとにさらされて、わたしにも事情が少しわかってきた。チャトフォードさん、わけありの手紙の件はマシューズ君からとっくの昔に聞いている。そこできみに質問だ。正直に打ち明けてほしい。ジア・ベイ夫人がハンドバッグに手紙を持ち歩いていたことを、どうやって知ったんだい？」

とたんに全員が口を開いたが、H・Mの抜きん出た肺活量がほかを蹴散らした。

「おい、静かにせんか！　落ち着け。では嬢ちゃん、話してもらおうか。土曜の晩の九時四十五分から十時まで、あんたがどうしておったかを。今度こそ嘘偽りのない真実を話すんだ」

ヴァレリーは背筋を伸ばした。

「ジア・ベイ夫人の部屋へ行きました。かわいそうなジェロームの手紙を返してくれと、頼むために」

「だから何度も言ってるだろう、そんな手紙は書いて——」

「しーっ！　続けなさい」

「じゃあ、言い直すわ。誰かのためになればと思って、そうしました」ヴァレリーの目に涙が浮かんだが、多分に強い向かい風のせいだろう。「ところが船室の前まで行くと、ドアの向こうで彼女が男の人と話している声がしたんです」

「男?」H・Mが訊いた。「誰だかわかったかね?」

「いいえ。ぼそぼそと低い声で話していたので、内容も聞き取れませんでした。わたしは仕方なく隣のマシューズさんの船室へ入りました。もちろん彼の部屋だとは知らずに。知っていたら迷わず立ち去りました。そのときはジア・ベイ夫人の部屋から男の人が出ていくのを待つことにしたんです。とにかく、少しして、B37号室のドアが開いて閉まる音が聞こえました。こちらの部屋のドアを細く開けてのぞくと、見えたのはブノワ大尉の後ろ姿でした。中央通路へ出ていきましたわ、手紙が詰まった細長い封筒を持って」

「中身が手紙だとなぜわかった?」H・Mが訊いた。

ヴァレリーは身振りで説明した。「ちょうどこれくらいの大きさでしたから、手紙にちがいありません」

「ふふん、それで?」

ヴァレリーは緊張に息を呑んだ。「ジア・ベイ夫人の船室をノックしましたが、返事がないのでドアを開けました。そうしたら、明かりがついた部屋で化粧机に突っ伏している彼女が見えたんです。そこらじゅう血だらけで——ひどいありさまでした。わたしは気絶しそうになりながら、彼女が本当に見たとおりの状態なのか確かめようと近づきました。白粉の容器にわたしの指紋がついたのはきっとそのときだわ。そういえば、船室を出るとき電灯を消そうとして壁のスイッチにも触れました。あの場では自分がなにをしているのかわかりませんでした。ただただ怖かった。マシューズさんの船室へ戻って、これからどうすればいいのか必死で考えたことはかろうじて覚えています。ドアを閉めて、たぶん五分くらいじっとしていたと思います」

グリズワルド事務長が言葉をはさんだ。

「チャトフォードさん、うかがいたいことがあります。B37号室へ入って、ジア・ベイ夫人の遺体に近寄ったとき、浴室かどこかに殺人犯が潜んでいる気配を感じませんでしたか？」

「まあ、どういうこと？」

「もしもですよ」事務長が身震いして顔をしかめた。「もしもブノワ大尉がジア・ベイ夫人を殺害したのでないとすれば、犯人は別にいることになります。ま、ありそうにないことですがね。先をどうぞ」

ヴァレリーは話の続きに戻った。

「マシューズさんの船室で五分くらい――」

「ちょっと待った」とH・M。「その五分くらいだが、ブノワ大尉が去ったあとにジア・ベイ夫人の船室から出てきた者は？　あるいは、それらしき物音を聞かなかったか？」

ヴァレリーは首を振った。

「わかりません。動転していたので、誰か出てきたとしても気がつかなかったでしょう。でも、ブノワ大尉のしわざに決まっています。そうとしか考えられません！　自殺したことにしても、彼が犯人ならつじつまが合いますから。あなたはわざと横槍を入れているんでしょうけれど、そんなものに負けたりはしません！

話を戻します。五分くらい経ったとき、B37号室を誰かがノックしました。ドアの隙間からのぞいたら、マシューズさんが向かいのドアを開けるところでした。彼は部屋に入りましたが、すぐに出てきて、船室係に船長を呼びに行かせました。そのあと再びドアの向こうに消えたので、わたしはこっそり逃げ出そうとしました。ところが今度は通路の奥から船室係の女性がやって来て、もう少しで鉢合わせするところでした。それで仕方なく元の船室へ。あとはマシューズさんに話したとおりです。全部本当のことです。窮屈な浴室に気が遠くなるほど長い時間閉じこめられました。最後は彼に見つかって、侮辱までされて」

H・Mは唖然とした。

「重大なことをそれだけ知っていて、しかもブノワが殺人犯だと確信していながら、なぜ誰にも打ち明けなかった？」

「ジェロームを助けるためです」ヴァレリーは切々と訴えた。「彼に……感謝してもらえるんじゃないかと思って」

これは本人も直感したとおり、しらじらしい過剰な演技だった。問題の手紙についても、ケンワージーに話したのと同じ内容を一同の前で大げさに語った。彼女のアーリア人魂に激情の悪魔が取り憑いたかのように、感傷的なドラマを創り上げて。だがマックスには通用しなかった。ケンワージーもここ数日間を振り返って、彼女のそういう癖を見抜いていた。

「つまり、この青年の名誉を守ろうとしたわけか」H・Mが最後の輪を投げながら訊いた。

「はい」

H・Mは片目でケンワージーを見やった。「そういう手紙を書いたのかね？」

「勘弁してくださいよ。何度言えばわかってもらえるんでしょうね。答えはノー、絶対に書いていません。だいたい、ぼくが思いの丈を手紙にしたためるタイプに見えますか？　口で伝えますよ、じかに。ただし弁護士の前でではなく、ナイトクラブのような場所でね。ヴァレリー、感謝していないわけじゃないんだ。きみがしてくれたことは本当に嬉しく思うよ。親父も感謝するだろう。でもね、つれないことを言うようだけど、きみの懸命な努力は結果的にぼくを苦境に追いこんでいるんだ」

「きみはあの御婦人の遺体を見たか？」H・Mがケンワージーに訊いた。

「ええ、見ました」ケンワージーの細長い顔が八角形の眼鏡の奥で青ざめた。「製氷室というか冷蔵室というか、そんなような部屋に安置されていました」

「彼女とは知り合いだったのかね？」

「いいえ。ただ……」ケンワージーは眉をひそめた。「彼女の顔を見たとき、ぼんやり思い出したんです。前に一度、この女性とひょんな場所で会ったことがあるなと。そのとき彼女が一緒にいた人物の顔をこの船で見かけた気がします」

「ひょんな場所というのは？　その人物とは誰だね？」

「思い出せません！」ケンワージーは苦しげにうめいた。「海がもう少し静まって、ぼくの脳みそから圧迫感が抜ければ、潜在意識の深いところから記憶を掘り出せそうなんですが」

「見込みは充分ありますよ」三等航海士がにやりと笑った。「船が濃霧に突入すれば、頭が軽くなるでしょう」

「慰めにならない慰めをありがとう。ところで」ケンワージーはH・Mのほうを向いた。「あなたからも慰めの言葉を聞けるかどうか試してみましょう。結局のところ、ブノワがあの女を殺してから自殺を図ったと考えるのはそんなに無理がありますか？　ぼくの衰弱した頭では、それが一番ありそうに思えるんですが」

するとアーチャー博士が歯切れのいい口調で言った。

「同感だよ！」博士はきれいに手入れされた指でベンチの背をとんとん叩いた。「そこをぜひともうかがいたい。サー・ヘンリ、あなたがブノワ自殺説に疑念を抱いている理由はいったいなんです？」

「それはだな――」H・Mが答えようとした。

「いいですか！」アーチャー博士がすかさず居丈高に片手を挙げた。「チャトフォードさんの説明が真実だとするならば」彼はほほえんで彼女に一礼した。「それ以外に考えようがないと思いますがね。ブノワ大尉のあとにジア・ベイ夫人の船室から出てきた人物は、本当にいるんでしょうか？　少なくともチャトフォードさんはそういう物音を聞いていない。それより前のドアの開閉音に気づいた彼女が、二度目を聞き逃すとは思えません。サー・ヘンリ、あなたは難題に頭を悩ませたいばかりに、いもしない殺人犯をわざわざこしらえようとしていませんか。

皆さん、わたしはこの種のことにはそれなりの経験を積んでいます。重要と呼ぶにふさわしい経験を」

H・Mがさっと顔を上げた。「経験？　たとえば？」

アーチャー博士のおどけた表情に会心の笑みが加わった。

「わたしは数年間、ロンドン警視庁からの委託でA管区（官庁街のホワイトホール地区）の監察医をしていたんです。われわれ医師の大半は副業としてその手の仕事を受け持ちます。わたしはこのことをいままで一度も口にしませんでした。いずれ機会はおのずと訪れると信じて。実際にそうなったわけです」アーチャー博士は人差し指と親指で、丸めたパン屑をはじき飛ばすようなしぐさをした。「サー・ヘンリ、マスターズ首席警部のことはご存じですね？　それから、巡査部長のポラードも。現在は警部補に昇進していますよ。それはさておき、月曜の朝、わたしは船医の要請で未経験の彼に代わってジア・ベイ夫人の検死をおこないました」

「そいつはよかった！」ラスロップが横から口出しした。「わたしは法律家の立場から、検死が必要だと再三言っていたんだ。裁判になると――」

アーチャー博士は即刻ラスロップを黙らせた。

「ラスロップさんのご識見のおかげで」アーチャー博士は続けた。「有益な結果につながりました。驚きの事実が判明したのです」

H・Mはアーチャー博士をにらみつけた。「なんだ、それは？　まさか毒殺や溺死だったと言うんじゃなかろうな？」

声を上げて笑うアーチャー博士を見て、マックスは胸の内でつぶやいた。一同がなごやかな空気を作ろうと暗黙のうちに団結していなかったら、博士のこういう人を小馬鹿にした態度や当てこすりはかなり気に障っていただろうな、と。

「わたしはまだ、驚きの事実を言っていませんよ」アーチャー博士は平然としゃべり続ける。「まあ、それはひとまず措《お》いて、法医学の専門家としてあなたにうかがっておかねばならないことがあります。ブノワ大尉は自殺していないという歴然たる証拠をお持ちなんですか?」

するとジョージ・A・フーパーが立ち上がり、両腕を振りながら自分の目撃談を繰り返した。

「本当に一部始終を見たんですか?」アーチャー博士が尋ねる。

「ああ、見たとも。あれは殺人だ。わたしの目に狂いはない」フーパーは自分の両目を指して断言した。

「しかしですよ、暗闇で彼のほかにもう一人いたなんてことがはっきりわかるでしょうか。彼は後頭部を撃たれたという話ですが、どうして見えたんです?」

「銃が発砲されたからだよ」フーパーがぶっきらぼうに答えた。

「リボルバーの銃口が火を吹いた瞬間、閃光で見えたということですか?」

「そうだ」

「フーパーさん、それはありえませんよ」

とたんにフーパーが気色ばんだ。「なんだと? わたしを嘘つき呼ばわりしようってのか?」

「ちがいます、ちがいます。わたしはただ——」

「いいか」フーパーは急にばね仕掛けの人形よろしく背筋をぴょこんと伸ばした。「わたしを嘘つき呼ばわりするなら——」

「まあまあ、落ち着いて」ラスロップが仲裁に入るかたわらで、H・Mは黙々と輪を拾い集め、再び的に向かって投げ始めた。「今回の件は最初からありえないことばかりだよ」ラスロップがほとほと困り果てたという顔で言った。「存在しない人間が血染めの指紋を残すわけがない。二足す二は四でなけりゃいけないんだ。サー・ヘンリ、われわれを泥沼から救い出してください。でないと頭がおかしくなってしまう。こんなことはもう終わりにしなくては。まさか、まだ続くんじゃないでしょうね?」

＊

その夜、殺人犯は再び行動を起こした。

16

水曜日の宵を迎えた。北北東の風が強まり、気圧計の針が上昇した。検閲官の指示で、無線交信での緯度と経度による船位情報が削除された。ブリッジ内の緊迫した空気は、無線のキーを叩くくぐもった音に乗って運ばれたかのように、乗客たちの船室にまで這い下りた。

船内では誰も騒ぎ立てなかった。乗組員は普段どおり業務にあたっていた。もっとも、彼らの姿は遠目にしか見えず、ドアを勢いよく開閉する音とともに現われては消えた。この洋上に浮かぶ客船はいまや劇場のごとく感情や気配に敏感だったが、その理由は誰もが察していた。

乗客はさかんに冗談を言い合って、和気藹々《あいあい》と過ごしていた。今夜は夕食後に社交室で映画が上映されるので、バーは十時で閉まることになっている。

のんびり暇つぶしをしていたマックスは、七時少し前、そろそろ夕食の着替えをしようと船室へ向かった。途中、甲板の中央ホールにある売店の前を通りかかったとき、聞き慣れた声にふと足を止めた。

「いいかげんにしろ！」怒りに駆られた口調だ。「性懲りもなく、またその話か！　おまえさんの肚は読めとる。毛生え薬なんぞいらんと言ったらいらん。わしの望みはひげ剃りなんだよ。ひ、げ、そ、り！　この五日間は遠慮して自分で剃っておったんだ。まったく、毛生え薬の宣伝ばかりしとらんで、さっさと仕事を始めたらどうだ！」

「髪ってのはね、旦那」理髪師はH・Mが憤慨しようがどこ吹く風で説明を続けた。「いわば芝生みたいなもんです。芝生は放っといても伸びますよね？　じゃあ、質問です。芝生はどうして伸びるんでしょう？」

「知るか、そんなこと！　いいか、わしは——」

「それはですね」理髪師がもったいをつけて言う。「天から降る雨のおかげなんですよ。つまり、芝生が育つには水分が必要なんです。いいですか、髪の毛だって芝生と同じ天からの授かりもので、元気よく成長するには養分をたっぷり注いでもらわなくちゃならない。ちがいますか？」

マックスはカーテンの隙間から理髪室をのぞいた。

清潔な白いタイル張りの床と、ぴかぴかに磨かれた鏡。きわめて整然とした空間を唯一乱しているのがH・Mの存在だった。前回と同じく身体を白い大きな布ですっぽり覆われ、いまにも折れそうな角度に首をねじ曲げて、鼻の先までずり落ちた眼鏡越しに理髪師をにらみつけようとしている。だが相手の視線をなかなか捉えられずにいた。

理髪師は戸棚へ行くと、小さなガラス扉を開けて蒸しタオルの具合を調べた。満足げに扉を閉めてから、陶器のボウルで石鹸を泡立てる作業を続けた。

「でも旦那、自然の摂理に任せっきりで取り返しがつかないことになったら、どうするおつもりです？　あ、お客さん、なかへどうぞ。しばらくお待ちいただきますが」

相手がマックスだと気づいたとたん、理髪師は石鹼を泡立てる手を止めた。不吉な疑念が脳裏をよぎったらしく、持っていたボウルを無言で置いた。マックスのほうは散髪してもらってもいいと思ったので小さくうなずき、店内の椅子に座っておもむろにタトラー誌を手に取った。それを見て理髪師はひとまず安心したのか、マックスを不安げに横目で見ながらも作業に戻った。

「ほかにもお伝えしたいことがあるんですよ、旦那」理髪師は声を張り上げた。「わたしはこないだ、ちょっとばかり気分を害しましてね。あ、眼鏡をはずさせてもらいますよ。これでよし」

「いいか、おい！　わしがタオルのことをどう言ったか忘れてはおるまいな？　熱いのはいかんぞ。わしの肌は敏感なん――」

「こっちにだってプライドってもんがありますからね。ほかの方々と同じですよ」理髪師はいじけた口調で言う。「しかも、旦那はこの航海で最初のお客さんだったんです。さあ、タオルをのせますよ。どうです、熱くないでしょう？」

「うぐう！」

「熱いんですか、熱くないんですか？」

「うう！　うう！　うう！」

「じゃ、しばらくこのままにしておきますから、動かないでください。顔全体をくるんで、鼻の穴だけ出るようにします。ところで鼻といえば――おっと、話が脱線しました。この際、はっきり言っておきます。わたしにだって人並みにプライドがあるってことを。旦那は散髪代を踏み倒したわけじゃない。それどころか三倍払ってくれた。しかしですよ！　お客さんに途中で椅子から逃げ出されるなんて前代未聞です。ましてや、ブラシに石鹸をつけるところまでいって——」

「らんらと？」

「ブラシに石鹸をつける、と言ったんですよ。まあ、悪気はなかったんでしょう。それはわかっています。ところで、今夜の映画はシャーリー・テンプル主演のやつだそうですね。きっと楽し……おや、どうしました？」

そのあとの沈黙は、二人のほうを見ないで雑誌をめくっていたマックスが妙だなと思うほど不自然に長かった。今回の一連の騒動にマックスは激しい嫌悪感を覚えていた。ヴァレリー・チャトフォードはこすっからい女だ。またひと悶着起こるにちがいない。そう考えて気が滅入っていたところへH・Mの不可解な沈黙が爆発並みの衝撃で襲ってきたので、マックスははっと顔を上げた。

壁の大きな鏡にH・Mの顔が映っていた。片手に蒸しタオルをつかみ、背もたれを倒した椅子で起き上がろうともがいている。茹でたような真っ赤な顔で両目をひんむき、理髪師にくだんの毛生え薬の瓶で後頭部を殴りつけられたのかと思わせる形相だった。

「わしの眼鏡をよこせ！」H・Mが理髪師に言った。

「は？」

「眼鏡だ！」Ｈ・Ｍが吼えながら椅子から滑り降り、白い布を引きはがそうと首のまわりを掻きむしった。「すまんが、ひげを剃っている場合ではなくなった！」

職人としてのプライドをずたずたにされた理髪師は、石鹸液の入ったボウルを床に叩きつけて地団太を踏むのをかろうじて思いとどまったようだ。

白い布で覆われたＨ・Ｍの身体がわなわなと震えた。

「おい、この古代ローマ人みたいな扮装をさっさと解いてくれ！」Ｈ・Ｍは憤然とわめいたが、布が取り払われたとたん態度が変わって、理髪師に握手を求めた。

「おまえさんのおかげだ」Ｈ・Ｍは真面目くさって言った。「なんのことか見当がつかんだろうが、いまのわしは自分のケツを甲板の端まで蹴飛ばしてやりたい気分だ。ひらめきの源泉であるこの店をずっと避けておったんだからな。わしは必ず戻ってくる。おまえさんの奨める毛生え薬も買おうじゃないか！　とりあえず一ポンド置いていく。来い、マックス。出動だ！」

二人の客は電光石火で店を飛び出し、理髪師は彼らの救命胴衣を手に走って追いかけるはめになった。下の階まで行ったところで、Ｈ・Ｍはようやく口を開いた。

「事務長に会わねば。まだ確信は持てんし、予言めいた台詞は大嫌いだが、あえて言おう。わしは真相をつかんだ」

事務長室へ行くと、窓は開いていたが、グリズワルドの姿はなかった。秘書を務めるそばかす顔の青年が、申し訳ありませんと丁重に詫びた。

「わしはな」Ｈ・Ｍは食い下がった。「是が非でも乗客の指紋カードが見たい。乗客のだけでけっこう。拡大鏡も貸してくれ」

「あいにく指紋カードは金庫にしまってありまして、わたくしには開けられないのです」

「事務長はどこだ?」

若い秘書はためらった。「船長室で会議中です。たとえあなた様でも、邪魔立ては許されません」

H・Mの顔がさらに真剣みを帯びた。「ほう、潜水艦対策の会議か」

「わたくしの口からは申せません。のちほど出直されてはいかがでしょう?」

「のちほどというのは、どれくらいだ?」

「かなり経ってからになるかと思います。夕食後くらいに」

「なんてこった!」H・Mは蛇腹式の扉を乱暴に引き下ろしたような声でがなった。

「上へ行って会議の席へ乗りこみましょうか?」マックスは言った。

「ううむ、いや、それほど重大な会議ならば遠慮するしかないだろう。まあ、そう焦りなさんな」人一倍せっかちで気短なH・Mが言った。「少しくらい辛抱できんのか、おまえさんは? 会議が終わるまで、軽く腹ごしらえでもして待とう」

ほかの乗客も腹ごしらえのために食堂へ集まってきた。H・Mは襟にナプキンをたくしこんで黙々と食べていたが、食堂内は賑やかで活気にあふれていた。潜水艦の話題に触れる者は誰もいなかった。フーパーとラスロップはややこしい聖書談義に熱中し、ヨルダン川を渡るイスラエルの民について長々と論じ合っていた。ヨルダン川の川幅をめぐって白熱した議論が展開されているとき、誰かが遠慮がちに、それはヨルダン川ではなく紅海ではないですかと質問をはさんだ。

フーパーはたっぷり肉のついた顎を引き、サマセット州連隊並みの頑固さで、絶対にヨルダン川だと言って譲らなかった。もう少し利口なラスロップは話題をアメリカのペンシルヴェニア州で起きた大洪水に転じた。するとアーチャー博士が、それに輪をかけて悲惨なスペイン戦争にまつわる裏話を披露した。どういうわけか二人の話はどちらも笑い話と受け取られ、聞き手たちは声を上げて笑った。

（ひたすら待つしかない、とマックスは自らに言い聞かせた。考えてみれば、戦争とは初めから終わりまでほとんどが待つことで、だから神経が消耗するのだ。彼は唐突にそう悟った。）

夕食後、乗客たちは映画の準備が調った社交室に集まった。愛くるしいシャーリー・テンプルが意地悪な金満家たちに涙を流させ真心を通じ合わせるシーンに一同は見入った。思考力は停滞するが、暇つぶしにはなる上映会だった。マックスは途中でH・Mがいなくなったことに気づいた。それきり映画が終わっても戻ってこなかった。

夜が更けると、社交室では家具のガタガタいう音が大きくなった。また船体の激しい縦揺れが始まったのだ。ケンワージーは船酔いに備えて急いで船室へ戻っていった。マックスはアーチャー博士にプールでひと泳ぎしないかと誘われたが、生返事をしてさりげなくヴァレリー・チャトフォードを追い、喫煙室へ入った。

ヴァレリーはワインレッドで統一された室内の、照明が届かない薄暗がりのソファに座った。

「やあ」マックスは声をかけた。「一杯おごらせてくれないか」

「いいえ、けっこうよ」

「失敬、うっかりしてたよ。きみは禁酒主義者だったね」

「嫌味な人。じゃあ、ブランデーをいただくわ」ヴァレリーはむっつりと言った。

　空っぽの暖炉の上で、掛け時計のコチコチと時を刻む音が響いている。マックスはこんなふうに憎まれ口を叩くつもりはなかった。社交室を出ていくときの彼女は元気がなく寂しげで、憔悴をにじませていた。鳩羽色のイブニングドレスも、今夜はよれっとしてみすぼらしい感じだ。なんと言うか、最初に着ていたときよりもくたびれて見える。

「映画は楽しめた?」

「まあまあね」

「気分でも悪いのかい?」

「いいえ。どうぞお気遣いなく。急に親切になって、どういう風の吹き回しかしら、マシューズさん」

　やれやれ、マックスは内心ため息をついた。

　ヴァレリーはマックスを値踏みするように見た。肌があらわになった両肩は白くなめらかで、顔以上に若々しさを放っていた。さっきから膝の上でハンドバッグの口金を開けたり閉めたりしている。

「また余計なことを言ってしまったわ。わたしのほうこそ嫌味な人間ね」

「そんなことないさ」

「いいのよ、気休めなんか。今朝のボート甲板ではわたしを不快に思ったはずよ。大げさな芝居ばかりしてるって」

マックスが返事に窮していると、ヴァレリーはさらに続けた。

「ほら、やっぱり。べつに構わないわ。わたしに好意も敬意も持っていない相手のほうが気楽だもの。飾る必要がないから。自分が他人の目にどう映るかくらい、あなたに言われなくてもわかってる」彼女は急に感情を高ぶらせ、ハンドバッグで膝を叩いた。声がかすれ、悲鳴に近くなった。「もういや！　わたしって、なんてみじめなの！　こんなみじめったらしい人間、ほかにいないわ！」

またしても演技だろうか？

その可能性もあるが、マックスはそうでないほうに賭けた。彼女の口ぶりに、これまでにない切迫した感じがある。

「落ち着いて」マックスは言った。「きみのふるまいが一から十まで演技だとは思ってないよ。だけど、知ってることを最初から正直に話してもよかったんじゃないか？　わざわざ謎めかしたりせずに」

「ちゃんと話したでしょう。あの女のハンドバッグに入っていた、強請《ゆすり》の種になる手紙のこと――」

そのとき、ヴァレリーのハンドバッグが床に落ちた。ブランデーを運んできたボーイが暗がりからぬっと現われ、グラスを二人の前のローテーブルに置いた。時計の秒針の音がやけに大きく聞こえた。

マックスもボーイも、ヴァレリーのハンドバッグから転がり出た物に目が釘付けになった。大きな電球がついたニッケルめっきの強力な懐中電灯だ。ボーイは一瞬たじろいだが、ヴァレリーに向かって礼儀正しくお辞儀をした。

「お客様、少々うかがいます」

「なにかしら?」

「その懐中電灯を」ボーイが慇懃にほほえむ。「甲板でお使いになったりはしませんよね? 注意事項についてはお聞き及びかと存じますが」

「もちろんよ。そんなことするはずないでしょう!」ヴァレリーは答えた。「わたしは万一の場合に備えて——たとえば停電とか。真っ暗で寒いなか、救命ボートに乗り移ることになるかもしれないし」

「さようですか、でしたらけっこうです」ボーイの態度は外交官を思わせた。天気の話をするときでさえ、極秘情報でも明かすような言い方をするのだろう。「なにしろ」と声をひそめた。「昨夜のことがございますので。あれはおそらくお客様のどなたかが明かりのついた船室で窓を開けたか、見張り番が甲板で煙草に火をつけたかしたのでしょう。敵は攻撃のチャンスを虎視眈々と狙っています。とりわけ今夜はこのとおり妙に静かですし」

「でも」ヴァレリーが言った。「敵だって、わたしたちが救命ボートに乗るまでは手を出してこないでしょう?」

「ええ、ええ、もちろんです」ボーイはなだめ口調で言い、再びほほえんだ。「それに関しては心配ご無用です」マックスに意味ありげな視線を送った。「バーは十時に閉まります。消灯しなければなりませんので。ラストオーダーになりますが、ご注文はございますか?」

マックスが首を横に振ると、ボーイは立ち去った。

「煙草は?」

「いらない」ヴァレリーは断った。

マックスは煙草に火をつけ、残りのブランデーを一口で飲んだ。なにを言えばいいのか考えあぐねていた。

「ごめんなさい」ヴァレリーはマックスがどきりとするほど神妙に言った。「またきつい言い方をしたわね。そんなつもりじゃなかったの。せっかくだけど、わたしのブランデーも飲んでくださる?」彼女は救命胴衣をさっと手にして立ち上がった。「頭痛がするから部屋に戻って休むわ。いいかしら」

「もちろんさ」マックスもステッキにすがって立ち上がったが、怪我をしたほうの足にずきんと痛みが走った。「寝る前にアスピリンを二錠飲むといい。ずっと楽になるよ。じゃ、おやすみ」

「おやすみなさい」

ドン、ドン、ドン。船のエンジンが低くうなっている。ドン、ドン、ドン。海が静かになるにつれ、その音がますますはっきりと響く。時計が鳴って、十時を知らせた。店内の消灯が始まってからもマックスは煙草をふかしながら考えにふけっていたが、追い立てるようにそばを行ったり来たりするボーイに気づいて我に返った。ヴァレリーのブランデーを飲みほし、喫煙室をあとにした。

休憩室を通り抜けて社交室へ入ると、マックスは小説二冊を持って、中央階段のホールが見える隅の椅子に腰を下ろした。十一時少し前、階下の船室へ戻るフーパーがホールを通りかかった。少しあとにラスロップがやって来た。

「おい、聞いたか?」大声ではないのに、ラスロップの声はよく響いた。「今日、この船の十マイル後方でオイルタンカーが攻撃を受けたそうだ」

「状況を考えれば、いまはなにが起こっても不思議はないですよ」

「ほう! ずいぶんと冷静だな」

「普通ですよ」マックスはそっけなく答えた。「ところで、チャトフォードさんの船室をご存じないですか?」

ラスロップは口から出かかった冷やかしの言葉を急いで引っこめた。こういうときに露骨な冗談を言うのは彼の流儀ではない。

「知っているとも!」やや間を置いて、威勢よく答えた。「ただし、思い出すにはちょっと時間がかかりそうだ。化学式だった気がするぞ。Cの……20、そう、それだ。C20だ。彼女が笑いながら、化学式と同じだと言ってたからな。待てよ、化学式があべこべになったやつと言ったんだったかな。どっちにしろ、ある種のガスを表わすそうだ」

「どうも。助かりました」

「気をつけろよ」ラスロップはそう言い残して去った。

ドン、ドン、ドン。H・Mはまだ現われない。十一時半になると、ボーイが照明を消しに来たので、マックスは仕方なく事務長の部屋へ下り、ドアをノックした。返事はなかった。C20号室へ行ってヴァレリーが本当に戻っているか確かめたかったが、おかしな誤解を招きかねないと思い直し、A甲板の中央ホールへ引き返した。そこならほかの場所より遅くまで明かりがついているはずだ。彼はホールの椅子に腰を下ろすと、再び読書を始めた。

掛け時計の長針と短針が重なり、午前零時を告げた。

この封印された船に乗っている誰もが感じているはずの重苦しい空気が、またしてもあたりに充満していく。

マックスはいつの間にかうとうとしていた。ふと目が覚めたとき、どれくらい眠っていたのか見当がつかなかったが、急に虫の知らせを感じた。危険が、まぎれもなく我が身に迫っている。その予感に肌が粟立ち、胸の鼓動が速くなった。誰かに見張られているという気配が確かにあった。

用心深くまわりを見た。中央ホールには階段の真上に薄暗い照明がともっているだけだ。それ以外は残らず消されていた。隔壁のきしむ音と鈍いエンジン音を除けば、なんの物音もしない。マックスはエレベーターの上の掛け時計を見た。ジア・ベイ夫人を待っていたときに見たのと同じ時計だ。時刻は深夜の三時十分前。

こうなったらH・Mを捜しに行くしかない。このまま船室に戻っても、不安に駆られながら悶々と考えこんで一睡もできないだろう。なんとしても彼に会いたい。

H・Mの船室はボート甲板にある。頭のなかで響く危険信号が現実のものであれ、ただの思い過ごしであれ、マックスはそこへ行かなければと思った。

酸欠気味で頭がくらくらしてきたが、足を引きずりながらどうにか灯火管制済みのドアまで来た。見張られているか、あとをつけられるかしている気配を再び感じたが、暗くてなにも見えない。大きな音できしみながら開いたドアを身体をひねって通り抜けた。

今夜は甲板上の通路を見つけるのにさほど苦労しなかった。階段を上ってボート甲板に出ると、外はほぼ無風で、寒々と澄んだ夜空に星がきらめいていた。海から迫る暗闇が頭上の光を青みがかったいびつな影で覆いつつあったが、数フィート先の物ならかすかに見分けることができた。あたりはしんとして、甲板に立つ見張りのささやき声やネズミの走り回る音まで聞こえる気がした。それでも危険の予感は濃厚なままだった。その匂いを嗅ぎ取れそうなほどに。

目の前でなにかが素早く動いた。

ボート甲板は暗闇に包まれていたが、それが誰なのか白い毛皮のショールでわかった。とっさに手を伸ばし、ヴァレリー・チャトフォードの手首をつかんだ。彼女の手には青白く弱い光を放つ筒形の懐中電灯が握られていた。

マックスは声をひそめて激しい調子で言った。口というより脳の奥から発せられたような不気味な声だった。

「そいつをよこせ！」

返事はなかった。有無を言わさぬ調子で繰り返す。

「よこすんだ！　消さないと、殴り飛ばすぞ。もう任務は果たしたんだろう?」

「頭がどうかしたんじゃない?」彼女も声をひそめた。「まさかあなた、わたしが――」

「いいから懐中電灯を！」

単調な波しぶきの音が、頭上にそびえる巨大な鉛色の煙突の動きと重なった。星空を背景にフォアマストも同じリズムで揺れている。マックスの心臓は寒さで凍りつきそうだった。いまは夜に支配されている。自らの命を絶ちたくなったり、悪夢を見たりする時間帯だ。だが、じきに夜明けの香りが漂う。マックスはヴァレリーの手首をねじり上げ、懐中電灯をもぎ取った。

「待って！　話を聞いて！」ヴァレリーが叫んだ。

少し離れたところで甲板を慌ただしく駆ける音が聞こえた。二人が同時に振り向いた瞬間、夜のしじまを引き裂く声が強烈な一打のごとく響いた。

「右舷船首に潜水艦発見。魚雷接近中！」

＊

二十秒後、けたたましい警報ベルが船の隅々に鳴り渡った。

17

マックスは思った。そうか、やっぱり来たか。で、これからどうなるんだ？　それだけだった。感情らしきものは、あとになってもまったく思い出せなかった。だが警報ベルがすさまじい音で鳴り響く前の二十秒間、頭のなかではおびただしい思考が駆けめぐった。爆発はどんなふうに見えるんだろう、どんな音がするんだろう。船が魚雷を食らったら、子供の頃に遊んだびっくり箱のおもちゃみたいに一瞬で吹き飛ぶんだろうか。それとも、積み荷の爆薬への引火を防ぐ構造になっているんだろうか。

そう考えた直後、甲板の下から警報ベルの音が炎のように噴き出した。

「急げ！」マックスはヴァレリーに向かって叫んだ。「船室へ戻って毛布やなにかを取ってきたら、すぐに食堂へ！　救命胴衣は持ってるね？」

「わたしのしわざだなんて思ってないでしょうね」ヴァレリーの声は悲鳴に近かった。「わたしが敵に信号を送ったと、あなたは本気で――」

「そんなことはどうだっていい。ぼくに構わず先に行ってくれ。さあ、早く！」

「救命ボートのところへは行かないの？」

「寝ぼけたこと言ってるんじゃない。三等航海士の説明を忘れたのか？　彼の指示どおりにするんだ。急いで！」

以前、マックスは誰かにこう教わった。魚雷が水中を進むときはカチカチという音や、くすくす笑いのような音が聞こえる。また、目視によってまだ魚雷から距離があると判断した場合、船が真っ先に取る手段は衝突をかわすためのジグザグ航行だそうだ。

いつの間にかヴァレリーは消えていた。

鳴り続ける警報ベルのせいで、だんだん意識が薄れてくる。マックスも急いで行動に移った。勢いあまって二度転び、甲板に倒れこんだが、不思議と痛みは感じなかった。走るな、慌てなくても大丈夫だ、と自分に言い聞かせた。

下の階の甲板は騒然としていた。一人の甲板員が、ロープを巻きながら敏捷な落ち着いた足取りで通り過ぎた。マックスは彼の冷静さを見習って救命胴衣の紐を締め直し、自分の船室へ向かった。室内は耐えられないほど蒸し暑かった。化粧机の抽斗を開け、札入れと事務長から今朝返却されたパスポートを取り出した。ほかに役立ちそうな物はないかと見回す。まず手袋。煙草とマッチも。最後にガスマスクと毛布を持った。

彼はさっきから頭の片隅をマイクロフォンのように研ぎ澄まし、魚雷の衝撃音を待ち構えていた。が、どういうわけかまだ聞こえない。もう衝突したのか？　いや、そんなはずはない。

船室を出て通路を進むうち、忘れ物に気づいた。オーバーコートだ。

取りに戻った。

もはや恐怖をまったく感じていないことに、漠然とした驚きを抱いた。ここから離れろ、と自分に命じた。なにをもたもたしてる？　早く食堂へ行くんだ。三十秒後には魚雷が命中するかもしれない。時間がないんだぞ。

再び船室から出たとき、船室係と行き合った。必要な物は全部持ちましたかと尋ねられ、持ったと答えた。船室係はうなずいて立ち去った。警報ベルが鳴り響いているので、大声で話さなければならなかった。食堂にたどり着くと、何人かの乗客がすでに集まっていた。クルクシャンク三等航海士が戸口に立ち、入ってくる乗客の数を注意深く確認している。マックスが通り過ぎるとき、クルクシャンクは会釈してかすかに笑った。

食堂の柱のモザイク鏡が照明の下で反射し、像を幾重にも重ねていた。テーブルにはクロスがかかっている。そのひとつにフーパーの姿があった。救命胴衣と毛布を着て、小さな羽根がついた緑色のチロリアン・ハットをかぶり、椅子にふんぞり返ってテーブルを指でトントン叩いている。別のテーブルにはガスマスクをかぶったラスロップがいた。アーチャー博士とケンワージーもいま無言で入ってきた。ケンワージーは煙草をくわえている。二人は少し迷ってから椅子に腰掛けた。誰も口をきかない。最後に現われたのはヴァレリーだった。

警報ベルが鳴りやみ、室内に静寂が風のごとく吹きつけた。

全員が身じろぎもせず、声ひとつ立てない。

マックスはいったん救命胴衣を脱ぎ、下にオーバーコートを着こんだ。同じテーブルの向かいで、ヴァレリーが救命胴衣のねじれた紐をぎこちない手つきでいじっている。マックスは腕を伸ばして紐を直してやった。

空虚な明るい室内で最初に口を開いたのはヴァレリーだった。「わたし……」思いつめた口調なので、マックスは彼女の両肩に置いていた手に力をこめた。肩はこわばったままだが、いくぶん落ち着いたようだった。

厨房に続くドアがきしみながら開いた。各テーブルに置いてあるガラスの水差しが、船の動きに合わせてゆっくり前後に傾いた。マックスが感じる限り、船の速度に変化はない。

ラスロップがガスマスクを脱いで高々と掲げた。「敵は的をはずしたぞ!」

「ああ、そのようだな」フーパーはうなずいてから、部屋の反対側にいるクルクシャンク三等航海士を呼んだ。「なあ、きみ、息子のルーのところのおちびちゃんに買った土産を部屋に置いてきちまった。取りに戻ってもいいだろう?」

「いけません。ここにいてください」

「いったいなにを待ってるんだい?」ラスロップが訊く。

「どうかお静かに」

ケンワージーはにやにやして煙草をふかしながら、乗客を順に眺めた。人を食ったような態度とはまさにこれだろう。アーチャー博士はポケットの中身を取り出して、真剣に調べている。懐中電灯、葉巻入れ、酒のフラスク、ライター、そしてチョコレート・バーが二本。とたんに手をぴくりとさせ、誰かに気づかれたかときょろきょろした。フーパーは退屈そうにため息をついた。それを見てマックスは、サマセット州の人間はタフにできてるんだなあ、と感心した。フーパーは再び三等航海士を相手に交渉を始めた。「なあ、そこをなんとか――」

マックスは伸び上がって室内を見渡した。

ヘンリ・メリヴェール卿はどこだ？

船全体が揺れたりきしんだりする音で賑やかだった。これから外で起こることを暗示しているようでもある。ラスロップは手袋をはめた両手をぽんと合わせ、アーチャー博士はコップに水差しの水を少し注いで飲んだ。

「クルクシャンクさん！」マックスが鋭い声で呼ぶと、全員が飛び上がった。「一人足りませんよ。まだ――」

「お静かに願います！」

中央ホールの階段に大きな足音が響いた。食堂へ入るガラスの両開きドアは二つある。右舷側が開くなり、クルクシャンク三等航海士が気をつけの姿勢になった。現われたのはマックスがまったく予想していなかった人物、兄のフランク・マシューズだった。船長は大股で室内へ進むと、急に立ち止まって乗客を一人ずつ見た。それからおごそかな声で言った。

「皆さん、ご安心ください。危険はまったくありません」

船長はいかつい両肩をそびやかして続けた。

「そもそも潜水艦は出没していませんので、もう船室へ戻られてけっこうです。先ほどのは誤報でした」

死を半ば覚悟していた乗客たちの頭に船長の言葉の意味が染み渡るまで、三十秒はかかった。そのあいだ室内は水を打ったような静けさに包まれ、聞こえるのは頭上のかすかな足音だけだった。乗組員がそれぞれの持ち場へ戻っていくのだろう。食堂内のワイン色に塗られた壁と、船長が片手を軽く挙げた姿が無数に連なる柱のモザイク鏡。のちに思い返したとき、マックスにとってこの場面ほど鮮やかに感じられたものはなかった。

アーチャー博士はこわばった脚で椅子から立ち、再び座った。顔に微笑が浮かんでいた。ケンワージーはあくびをした。

しかし、まだ続きがあった。

「お待ちください、皆さん！」船長が叫んだ。「クルクシャンク、ドアを閉めろ」

三等航海士は言われたとおりにして、錠まで下ろした。それから室内を横切って厨房をのぞきこみ、誰もいないことを確かめた。マシューズ船長は両手をポケットに入れて親指だけ縁に引っかけ、乗客のほうへ数歩近づいた。

「もう船室へ戻られてけっこうですと申しましたが」船長は続けた。「それは落ち着いていただくための、いわば言葉の綾です。恐縮ですが、もうしばらくここでご辛抱願います。実は、先ほどの誤報は偶発的なものではなかったのです」

船長の口調は相変わらずざっくばらんだった。彼は手近なテーブルに寄りかかって続けた。

「ご存じかどうかわかりませんが、日曜の晩以降、乗客全員が監視下に置かれています。つまり、皆さんの行動はわたしのもとへつぶさに報告されます。理由は言うまでもないでしょう、船内に殺人犯がいるからです。その人物がまたぞろ行動を起こさないよう目を光らせていたわけです。ところが、不幸にも予期せぬ事態になりました」船長は唇を嚙んだ。

「犯人は新たな攪乱方法を思いついたのです。見張りのふりをして、潜水艦警報を鳴らしました。われわれはまんまと一杯食わされ、十分間ほどおとなしく騙され続けたのです。乗組員は各自、敵の襲撃時における任務に専念し、別の場所でなにが起きているかまでは気づきませんでした。それが殺人犯にとって絶好の隠れ蓑になったことは指摘するまでもないでしょう。隠れ蓑と時間を手に入れた犯人はやりたい放題でした。事務長室を思う存分荒らしたのです」

マシューズ船長はそこで言葉を切った。

すぐそばにいるマックスに、船長の耳障りな荒い息遣いが聞こえた。

「その結果」船長は再び口を開く。「ヘンリ・メリヴェール卿が怪我をしました。盗っ人に後ろから殴られて重症と思われます。そして事務長秘書のタイラーは――」

船長は言い淀んで唇を湿らせた。

「死にました」また言葉を切る。「殉職です。鈍器で数回殴打され、頭蓋骨が砕けていました。凶器はおそらく喫煙室にあった鉄製の火かき棒でしょう。いずれにせよタイラーは命を落としました。このことを皆さんにお伝えしておきます」

室内がしんとなった。

聴衆は皆、麻痺したように動かなかった。誤報だったと知らされたときのなんとも後味の悪い安堵感と、たったいま聞かされた痛ましい出来事が組み合わさって、ほとんどの者が潜水艦に対するよりも強い恐怖に襲われていた。

「そんなわけで」船長が話を締めくくった。「もうしばらくここを動かないでいただきたいのです。マックス、おまえはわたしと一緒に来てもらう。皆さん、食べ物でも飲み物でも、遠慮なくクルクシャンクにお申しつけください」

船長は身をひるがえした。

だが、ドアへ行きかけたところで急に両手を腰に当てて立ち止まった。そして乗客のほうを振り返り、ややしんみりした調子で言った。「皆さんには心から同情いたします。こんな目に遭ういわれはなにひとつないのですから。警報に際して迅速かつ冷静に行動してくださって、ありがとうございました。マックス、行くぞ！」

船長は大股で歩き出し、錠をはずしてドアを開けた。

マックスは持ち物をその場に置いて立ち上がった。ドアを出る間際、ヴァレリー・チャトフォードがテーブルに顔を伏せているのが目に入った。C甲板のホールの隅まで行くと、マシューズ船長が事務長室のドアの前で待っていた。

「それで」マックスが言った。「どういうことなんです？」

「これほど狡猾な手口は見たことも聞いたこともない」マシューズ船長は半ば感心するように言った。「偽の警報と殺人——電光石火の早業だ」

「犯人はH・Mを殺すつもりはなかったんでしょう？」

「たぶんな。だが容体は予断を許さない。船医がつきっきりだ」フランク・マシューズは弟をじろじろ見た。「少し顔色が悪いな。まあ、無理もないが」船長の口から乾いた笑いが漏れた。

「心配するな。この苦難は必ず乗り越えてみせる。酒でもどうだ？」

「いえ、いまは。それより詳しく聞かせてください。いったいなにがあったんですか？」
「それは神のみぞ知るだ。グリズワルド事務長が襲われなかったことを不幸中の幸いと思うほかない。言うまでもなく、われわれは就寝時も制服を着ている。グリズワルドの船室は事務長室と内部のドアで行き来できるから、彼は警報が鳴ったとたん飛び起きて事務長室へ行き、金庫の扉と現金入れの抽斗の鍵を開けた。そして中身の書類や現金の回収を電話で秘書に指示したあと、クルクシャンクが乗客を集合させるのに手を貸すため食堂へ向かった。その、わずか五分足らずのあいだの凶行だった。詳しい状況は当人から聞くといい」

マックスは頭を整理しようとした。

混沌の向こうから、次第に曲がりくねった道が現われてきた。犯人が通った跡だ。蛇がのたくったようにまがまがしく見えた。

H・Mはきっと事件の真相をつかんだのだ。どんなものかはわからないが、犯人の企て、またはそれを裏付ける証拠は、事務長が金庫に保管している乗客の指紋カードと関わりがある。だからH・Mはカードを必要とした。殺人犯も同じだ。事務長は許可のない乗客にカードを渡すどころか、見せることさえしないだろう。また、事務長室の金庫を破るのはプロの泥棒でもない限り不可能だ。

偽警報には二重の目的があった。ひとつは金庫を事務長自らの手で開けさせるため。潜水艦攻撃の危険に瀕した際、事務長が当然取るはずの行動だ。もうひとつは盗みに入る準備としての目くらまし。エドワーディック号全体を緊急時の対応に集中させ、その隙に目当ての物を手に入れようとしたのだ。これほど綿密な計画が瞬時にひらめくとは天才以外の何者でもない。こうした事態を予期できなかったことが、マックスは悔しくてならなかった。

マシューズ船長が事務長室のドアを開けた。

「ああ、どうぞ」事務長はマックスに気づくと、うちひしがれた口調で言った。「ご覧のとおりの惨状です。かわいそうなタイラー！」

室内はひどい荒らされようだった。事務長秘書が乗組員の指紋カードを入れたボール紙のファイルが床一面に散乱し、黒インクで捺した指紋と細字の署名が入った白いカードは絨毯を敷いたように折り重なっている。机の抽斗も現金入れの抽斗もすべて引き抜かれ、現金や書類がしまってある軽いスチール製の箱は机の上で蓋が開いた状態だ。金庫の扉も開け放たれていた。

グリズワルドは部屋の隅で修理したての回転椅子に座り、両手で頭を抱えた。

「五分！」うめくように言う。「たった五分なのに！」そのあと船長が部屋に入ってきたのを見て、すぐに起立した。

マックスは横目で隣室をうかがった。半開きになったドアの向こうに事務長の船室が見える。シーツをかぶせたタイラー青年の遺体が、膝を折り曲げた恰好で寝台に横たえられている。頭部はシーツで隠れていた。

出血はさほど多くなかったらしい。指紋カードを除けば、事務長室に残っている血痕はごくわずかだ。

それでもマックスは数秒間目を閉じ、気持ちを落ち着けてから事務長に話しかけた。

「結局、殺人犯に出し抜かれたんだね。やつは金庫から乗客の指紋カードを盗んだわけか」

「いえ、ちがいます」事務長が答えた。「やつは金庫に触れてもいません」

「なんだって?」

「本当です」事務長はなにかを握り締めているかのように両手の拳を突き出し、興奮を帯びた声で言った。「実は、あの御仁……サー・ヘンリが……そうだ、あの方の具合はどうですか、船長」

「わからん。自分で見てくるといい。ブラック先生が付き添っている」

「あの御仁が忠告してくださったんです」グリズワルド事務長は額を手の甲でぬぐいながら、話を戻した。「必ず何者かが金庫をこじ開けに来るから用心しろ、と。わたしは笑い飛ばしました。この金庫をこじ開けることなど誰にもできないと豪語したんです。

その矢先にこんなことに。ここでなにが起こったのかは明白です。サー・ヘンリは潜水艦の警報ベルに不審を抱いたんでしょう。異状はないか確かめにここへ駆けつけた。よって、殺人犯はタイラーとサー・ヘンリ、両者と鉢合わせしたのです。といっても、二人とも後頭部を殴打されていますので、犯人は背後から忍び寄ったにちがいありません。そうやって邪魔者を片付けてから、仕事にかかった。ところが、なぜか金庫にはまったく手を触れていません。ご覧ください」

グリズワルド事務長は半開きだった金庫の扉を大きく開けた。内部は何段もの棚に細かく仕切られ、鍵の掛かる扉がついた小物入れもいくつかある。事務長はポケットから鎖につないだ鍵束を出した。毛深い手を震わせながらようやく小さな鍵を探し当て、小物入れのひとつを開けた。

「このとおり、完全に無傷です。乗客の指紋カードはすべて手つかずで、わたしがしまったときと同様ハンカチにくるまれています。犯人は乗組員のカードを一枚残らずひっ掻き回しておきながら、乗客の分には目もくれなかったわけです」

マックスは内心驚いて言った。「盗もうにも盗めなかったんだろう。鍵が掛かっていたから」

「それが、そのときは掛かっていなかったのです。わたしが施錠したのはもっとあと——タイラーが殺されてからなんです。もし盗まれていたら、後の祭りでした。諺にもありますが、馬がいなくなってから馬小屋に鍵を掛けたわけです。とにかく、犯人が侵入したときは金庫に鍵は掛かっていませんでした。ああ、それから、もうひとつ不思議なことがあります。預かっていた乗客のパスポートが持ち去られたのです。なぜそんなものを。犯人はいったいどうするつもりでしょうね」

マックスは鋭く口笛を吹いた。

「港に着いて下船するとき、パスポートの持ち主はさぞ困るだろうな」

「ええ、まったくですよ」事務長は相槌を打った。「もっとも、無事に生きてたどり着けばの話ですが」

「グリズワルド！」マシューズ船長が叱責した。

「すみません、船長。わたしはただ、その――」

「盗まれたのは誰のパスポートだ？」船長が訊いた。

「ラスロップさん、チャトフォードさん、ブノワ大尉、ジア・ベイ夫人のです。このうち亡くなった方々は別として、残りのお二人にすれば迷惑千万でしょう。おまけに真相究明において頼みの綱であるサー・ヘンリが重体では、もうお手上げです。あの御仁は解明の糸口を見つけたようでした。詳しくはおっしゃいませんが、そう匂わせていました。もし彼が助からなかったら――」

事務長の電話が鳴った。

マックスは頭がぼうっとしてきた。グリズワルドが受話器を取ったとき、時計の針は午前四時二十五分を指していた。受話器を耳に当てた事務長は急に顔色を変え、マックスとマシューズ船長も身をこわばらせた。室内が静まり返っているので、受話器の向こうのブラック船医の声がはっきりと聞き取れた。

「死んだ？」キンキン響く声だった。「いやいや、サー・ヘンリは生きているよ」

「回復の望みはあるんですか？」事務長が尋ねる。

「もちろんだ。脳震盪を起こしている様子もないから、二日もすれば起きられる。まあ、当分はひどい頭痛に悩まされるだろうが、せいぜいその程度だ」

「本人と話はできますか？」

「明日か明後日なら。それまでは無理だな。それでも差しつかえはあるまい？」

グリズワルド事務長が受話器を置いた。安堵と希望が息を吹き返し、魔法が解けて悪夢から覚めたように室内が俄然活気づいた。

「助かったか!」マシューズ船長が両手をこすり合わせながら言った。「さてと、ではそろそろ仕事に戻る。グリズワルド、マックス、あとは頼んだぞ。食堂にいる乗客への事情聴取はきみたち二人に任せる。わたしはもう行かなければ。ここまで来れば時間の問題だろうが、念には念を入れたほうがいい」

それから先、重苦しい夜が明けて朝を迎えるまでの時間は、信じがたいほど長く感じられた。グリズワルドが事務長室に乗客を一人ずつ呼んで、事情聴取をおこなった――収穫はまるでなかった――立ち会ったマックスは時計が止まったような感覚に陥った。空疎な時間が神経を少しずつそぎ落としながら流れ去っていく。にもかかわらず、マックスは希望を抱き続けた。午前七時二十分、食堂のほうから突然大きな叫び声が起こり、マックスもグリズワルドもぎょっとした。

食堂へ駆けつけた二人が興奮する群衆を掻き分けて進むと、叫び声は歓声であることがわかった。舷窓のひとつが開かれ、そこから射しこんだ灰色がかった光が、室内の人工灯で青白く見える人々の顔を照らしていた。ほかの乗客は勢揃いしていた。クルクシャンク三等航海士がにこやかな顔でマックスを舷窓のほうへ促した。

窓の外をのぞくと、ひんやりした風が眠気で重いマックスのまぶたに沁みた。朝靄のなか、エドワーディック号は大きくうねる濃紺の海原を力強く前進していた。波しぶきがマックスの顔にかかった。かなたに灰色の水平線が浮かび上がって、それを背景に染みのようなものを載せた小さな紫色の点が見えた。近づいてくるにつれ、輪郭が次第にはっきりしてきた。やがて、空へ渦巻き状の黒煙を吹き上げる煙突と、前装砲がずらりと並んだ長く低い船体が見えた。エドワーディック号の護衛についた、猟犬のごとく俊敏な駆逐艦だ。

フーパーが救命胴衣を脱いで椅子に放り、マックスの肩をつかんだ。

「生きて帰れるぞ」彼は静かに言った。「海軍のお出ましだ」

18

「おつむにいきなりガツンだ」ヘンリ・メリヴェール卿は自慢げに聞こえなくもない口調で言った。「見事な一撃でな。下手をすれば、わしの美しいシェイクスピア型の頭蓋骨が台無しになるところだった。あんなすさまじいのを食らったのは、ケンブリッジ大学でラグビーをやっていた一八九一年以来だな」

H・Mは上掛けシーツを胸もとまで引っ張り上げ、重ねた枕に背中を沈めた。頭を動かさないように首を緊張させてはいるが、彼にしては珍しく穏やかな表情だった。

かたわらでマックスは彼をじっと見た。

「あのう」マックスがいぶかしげに言う。「あまり具合が悪そうには見えませんね」

「悪いとも。決まっとるだろう！　わしはこのとおりれっきとした怪我人だぞ。そんじょそこらのやわな連中とちがって、弱音を吐かんだけだ」

「後遺症はないんでしょうか。朦朧としてうわごとを言ったり、怒ってわめき散らしたりしてるものと思ってましたから、かえって心配です」

H・Mはきょとんとした顔になった。

「どうしてだ？　いいか、これは名誉の負傷なんだ。陸軍省に奉職すること二十五年、これほど危険な目に遭ったことはない。わしの一言で乗客全員が火傷した猫みたいに飛び上がる船も初めてだ。ふん！　それにしても、チキンスープばかり飲まされて、いいかげん飽きたわい。客にワインも出さんとはな。こっちの欲しいものはひとつもくれん。船長ならわしの望みはなんでも叶えてくれるだろうに。たとえば――」Ｈ・Ｍは少し考えてから言った。「真鍮ボタンの制服と金モールつき帽子のいでたちで、ブリッジに立って指揮を執る勇姿を写真に撮ってくれと頼めば、きっと許可してくれる。心配するな、頭がどうかしたわけじゃない。だが、これだけは耐えられん。ほれ、こいつだよ」

ボーッ！　霧笛が鳴ったとたん、Ｈ・Ｍは縮み上がって両手で頭を抱え、天井を憎々しげににらんだ。

ボート甲板にある船室の真上で、霧笛が耳を聾さんばかりの大音響を放ったのだ。エドワーディック号は低速航行中で、静かな湖面を滑走しているかのごとく、船体に当たってぴちゃぴちゃ跳ねる水音が聞こえてくる。

マックスは思いきって本題に入った。

「聞いてください、Ｈ・Ｍ。じきにほかの人たちが一斉に押しかけてくるでしょうから、二人きりで話せるのはいまだけです。今日は何曜日かわかりますか？」

「木曜日だ」

「金曜日の午後です。あなたは木曜の早朝から寝たきりで、船医がさっきまで面会謝絶にしていたんです。船は目的地に近づいたらしく、乗客たちは、いつ、どこの港に着くかという話題で持ちきりです。上陸は明日だと言う者もいますが、ぼくの予想では日曜日でしょう」

「護衛艦がついたそうだな？」

「確かに護衛はされていますが、むしろ問題はそこなんです。危険が完全に去ったとは言えないまでも、度合いがだいぶ減ったことで、乗客の関心は自《おの》ずと別のことに移り始めています。三人を殺害し、船全体を混乱に陥れている連続殺人鬼のことに」

「ふむ、それで？」

「木曜の朝、駆逐艦隊を発見したときは、全員が手を取り合って喜びました。でもその直後、殺人事件を思い出したんです。乗客は皆、通路で誰かと二人きりになることさえ極力避けるようになりました。こんな状態には早く手を打たないといけません。そこでお訊きしたいんですが、潜水艦攻撃の偽警報が鳴ったときのことを思い出せますか？」

H・Mは枕にもたれたまま、ずり落ちていた眼鏡を直した。しばらく腹の上で両手の親指をひねくり回し、おもむろに口を開く。「おお、そうか。よしよし、思い出したぞ」

「あなたを殴った人物を見ましたか？　もしくは事務長秘書を殺した人物を？」

「いいや」

マックスは肩を落とした。

「慰めになるなら言っておこう」H・Mが静かに言った。「見る必要はなかった。わしにはすでに殺人犯の正体がわかっておるからな。犯行の動機と手口もだ。それだけじゃない、幽霊が残したとされる謎の指紋が、どうやって出現したかもつかんでおる。つまり、事件の全貌を解明したのだ」H・Mの表情がいっそう翳りを帯びた。「この老人を信じて、もうしばらく仮病を使わせてくれ。狙いがあってのことだ」

ボーッ！　再び頭上で霧笛が鳴り、H・Mの顔が引きつった。

「すべて一人の人間のしわざなんですか？」マックスが訊いた。

「そうだ、たった一人だ」

「とにかく、あの深夜というか早朝の数分間になにが起こったのか教えてください。事務長室が荒らされたときのことを」

H・Mは不機嫌そうに鼻を鳴らした。「おまえさんには当たりがついていいはずだがな。わしはグリズワルドに警告しておいた。誰かが事務長室へ盗みに入るかもしれんから注意するようにと、口を酸っぱくしてな。それなのにこの結果だ。しかもグリズワルドめ、わしが乗客の指紋カードを見たいと言ったら、忙しいから明日にしてくれと断りおった。明日では遅かったわけだがな。警報を聞いて、わしはすぐに怪しいとにらんだ。急いで事務長室へ向かうと、例の若い秘書も来ておった。気立てのいい好青年だったよ。わしは彼と一緒に部屋の入口に背を向け、金庫の前に立った。が、次の瞬間には脳天に天井が降ってきた。朦朧とする意識で最後に見たのは、タイラー青年が振り返る姿だった。彼はわしの背後にいた人物の顔をしっかりと目撃したのだ」

H・Mは大きな顎をこわばらせ、枕にさらに深くもたれてシーツを身体に固く巻きつけた。

「わしは殺人犯の顔を見ておらん。だが、タイラー青年は見た。だから息の根を止められたのだ。それもかなり手荒な方法でな。犯人は時間がなくて焦ったんだろう」

「犯人はなにを手に入れたかったんでしょう。乗客の指紋カードには見向きもしなかったんですよ」

「本当か?」

「ええ、さわってもいません」

またもや霧笛が轟き、鼓膜の奥の空気まで振動した。H・Mの船室の鉛色に塗られた舷窓は細く開けてあり、濡れた羊毛を思わせるじっとりした靄が忍びこんでくる。それは冷気のなかの白い吐息のように室内を漂ったあと、徐々に薄れて消えた。

枕もとにあるランプの光は、厚い布に覆われているせいで薄暗い。H・Mはマックスに窓を閉めさせ、ランプから布を取り払った。

「そろそろ本当のことを話すとするか」H・Mはすまなそうに言った。「実はな、見舞い客はおまえさんが最初ではない。ついさっきまで船長がいた。事務長と一緒にな。で、わしは船長にこいつを借りたよ」H・Mは枕もとのテーブルに手を伸ばし、抽斗から四五口径のリボルバーを取り出した。それを膝の上に置いて続ける。「事務長からは、ようやく欲しい物を巻き上げてやった」抽斗から今度は乗客の指紋カードを出し、膝の上で扇形に広げた。「わしの予想では、数時間以内にこの両方が必要になる」

マックスはリボルバーを見つめた。忍び寄る不穏な空気を、靄と同じくらいはっきりと肌身に感じた。

「どうするつもりなんですか？」

「船長は手があき次第――」H・Mは懐中時計を見ながら答えた。「ここへ来ることになっておる。そうしたら、これまでの犯行の動機と手口を説明するつもりだ。船長の採るべき方法は二者択一。ひとつは言うまでもなく犯人を即刻監禁することだ。おそらく船長が選ぶのはそれだろうが、わしはもうひとつのほうにしたい。いずれにせよ肝心なのは、わしには犯人の正体がわかっているということだ。絞首台へ送るのに充分な証拠もつかんでおる。やつは焦って自暴自棄になっている頃だ」

ボーッ！　霧笛の音があたりの靄を吹き飛ばしたが、すぐにまた靄に覆い尽くされ、窒息しかけているように苦しげに震えた。

「さあ、もう行ってくれ」H・Mが穏やかに命じた。「そろそろ耳の穴に脱脂綿でも詰めて、頭のてっぺんが吹き飛ばんようにせんとな」

「でも――」

「何度も言わせるな。兄上があとでおまえさんを呼んでくれる。いまはおとなしく出ていけ」

マックスはあきらめて肩をすくめた。部屋を出る間際、H・Mが怖い顔つきで漫画新聞を読んでいる姿が目に入った。マックスはドアを閉めて通路に出た。ボート甲板を横切る狭くて長い通路を進み、露天甲板に通じるドアを押し開けた。外は霧だった。

霧は煙のようにゆっくりと渦巻いていた。最初は鼻腔がこそばゆい程度だったが、そのうちにひりひりしてきた。肺の奥まで吸いこんだら、むせてしまいそうだ。顔にも煤《すす》のようにくっついて、ぬぐったら跡がつくかもしれない。十五フィートから二十フィートくらい先しか見えず、うごめく霧のなかであらゆる物の輪郭がぼやけている。前部甲板への乗客の立入りは禁じられているので、マックスは手探りで船尾に向かった。途中、小さな鉄柵の門を通り抜け、公共スペースにたどり着いた。

濃霧にもかかわらず、朝から普段とは異なる空気がたちこめている。帰国が迫っているせいだろう。早くも母国の香りが漂ってくる気さえする。もっとも、船が現在どこを航行しているのかはわからない。船長や上級船員は知っているはずだが、明かそうとはしない。この二日間、マックスはヴァレリー・チャトフォードとよく一緒にいた。語らったり、卓球をしたり、プールで泳いだり——頭のなかで彼女の存在感がどんどん大きくなっていた。

バン！

マックスははたと立ち止まった。

前方から、霧でくぐもった音が聞こえた。すぐに霧笛で掻き消されたが、あたりが静かになると再び聞こえた。バン！　太い木に革を力いっぱい打ちつけるような音だ。

デッキテニス用コートの向こうに、屋内ジムの建物がある。これまで使われているのは見たことがない。そのドアの前に、柵で囲まれた小さなゴルフ練習場と、木の柱からパンチング・ボールがぶら下がったボクシング練習場が、いまやすべてを塗りつぶそうとしている霧にかすんでいた。薄暗がりで誰かが、パンチング・ボールを打っているらしい。マックスは、その人物の心に行き場のない激しい恐怖と絶望が充満しているのを感じた。

バン！

「こんにちは！」マックスは声をかけた。柱にぶつかる重い音を最後にパンチング・ボールは怒ったように黙りこみ、続いてドアが閉まった。マックスがそこへ行き着いたときには誰の姿もなく、パンチング・ボールが揺れているだけだった。

それは現在のエドワーディック号に漂う空気を象徴しているとも言えた。下の階へ行くと、ヴァレリーが休憩室の隅で泣いていた。訊いてもわけを話そうとせず、黙って自室へ戻っていった。ラスロップとフーパーのあいだで口論になっていた。フーパーのダーツの誘いをラスロップが断ったらしい。ダーツは使いようによっては凶器になるとラスロップは主張していた。マックスは読書を始めたが、断続的に響く霧笛で気が散り、集中できないまま夕方になった。六時半頃、社交室にいると、予想外に早く事務長に声をかけられた。

「あの御仁の部屋へお越しいただけませんか」グリズワルドがそばに来て小声で言った。「わたしもたったいま呼ばれました」

「すぐにかい？」

「はい。どんな用件か見当がつきますか？　ちなみにわたしは自分のインクローラーとブノワ大尉のスタンプ台を持ってくるよう言われました。ですが、それは表向きでしょう」そこで霧笛が鳴り、事務長がびくりと震えた。「大変なことが起こりそうな気がするんです。それも、間もなく」

マックスとグリズワルドがH・Mの船室をノックすると、マシューズ船長の声で入れと返事があった。室内には煌々と明かりがついていて、船長は見るからに落ち着かない様子で葉巻をふかしている。寝台で上半身を起こしたH・Mは古風なウールの寝巻き姿で、襟のボタンを上まできっちり留め、頭痛を和らげるためか、黒いパイプをふかしている。膝の上に数枚の紙と画板、鉛筆が載っており、寝台脇のテーブルには携帯用無線機とエドワーディック号の船内見取り図、そして真っ白いハンカチが置かれていた。マックスにとってはおやと思う物ばかりだ。

「こっちへ」H・Mが口からパイプを離して言う。「事務長、例の物を持ってきてくれたか？あんたのインクローラーとブノワのスタンプ台を」

「はい、ここにあります」事務長が答えた。

「よし、座れ」H・Mがいかめしく命じる。「それにしても、あの霧笛はどうにかならんのか！　細かい作業が山ほどあるってのに」

「無理ですよ」船長が言った。「それで、いったいなにを思いついたんです？」

H・Mはしばらく枕にもたれて天井の明かりをにらみ、ゆっくりとパイプをくゆらせていた。口もとに浮かんでいた苦々しげな微笑が、じきに悪鬼のようなぞっとする歓喜の表情に変わった。彼は身体を前後に揺らしながら言った。

「わしは寝床でじっと考えておった。長く生きてきたが、これほどけったいなものにはお目にかかったことがない」

「なんのことです？」船長が訊く。

「それはな」H・Mは事もなげに言った。「殺人犯がわれわれを騙した方法だ」

マシューズ船長がむきになって言い返した。

「あなたはそれをけったいなものと呼ぶんですか。わたしだったら別の表現を選びますがね。決して笑って済ますような話では――」そこで急に口をつぐんだ。「犯人はどうやってわれわれを騙したんです？」

「ひとつは犯人のまがい物の指紋だ。といっても、それはほんの一端。序の口にすぎんがな」

事務長が勢いこんで口をはさんだ。「わたしの意見も聞いてください。その話が出るのを待っていました。お言葉ですが、ジア・ベイ夫人の船室に残されていた血染めの指紋は、間違っても作り物ではありません」

「そのとおり」Ｈ・Ｍが言った。

「ですが、あなたはいま――」

「わしはまがい物とは言ったが、作り物とは言っておらん」

マシューズ船長、グリズワルド事務長、マックスは顔を見合わせた。

「どういうことです？」船長が訊いた。「どこがどうちがうのか教えてください」

「うむ、それはだな」Ｈ・Ｍはしかつめらしく言い、額を指で掻いた。「定義上の相違は紙一重だが、その紙一重の差でわれわれの目を見事にあざむき、問題解決を困難にさせたのだ。いずれにせよ、からまった糸をほどくには、言葉の定義になんぞこだわっても埒が明かん。諸君の前で実演するのが一番手っ取り早い。というわけで、始める」Ｈ・Ｍは不気味な笑みを浮かべたまま黙ってパイプをふかしたあと、枕もとのテーブルに顎をしゃくった。

「抽斗に乗客全員の指紋カードが入っている。そこからわしの指紋カードを出してくれんか。左右の親指の指紋だ。いいか、わしのだけだぞ」

「しかし――」事務長が逡巡した。

「言われたとおりにしたまえ、グリズワルド」船長が命じた。

事務長はしぶしぶ抽斗を開け、小さなカードの山を掻き分けてH・Mの署名が入った指紋カードを探し出した。

「けっこう! 改めて訊くが、それがわしの指紋だと誓えるか? あんたとクルクシャンク三等航海士の目の前で採取された、わしの左右の親指の指紋に相違ないと?」グリズワルドがますます怪訝な顔になるのを見て、H・Mは片手を軽く挙げた。「いいか、よく聞け。わしは名誉にかけて、この指紋にごまかしは一切ないことを誓う。あんたらの目の前で採取された、正真正銘のわしの指紋だ。どうだ、これで文句なかろう?」

「あなたがそうおっしゃるなら」

「ふふん、まあいい。拡大鏡は持っておるな?」

「ポケットにあります」

「よろしい。では、これからもう一度わしの指紋を採取してもらおう。あの小さなカードはまだあるか?」

「いいえ、ありません」

「ならば別の紙でもけっこう。ああ、ここにある白い紙を使おう。事前に用意したものではない、ありふれた普通の紙だ。なんなら、そっちが用意した紙でもいいぞ」

再び船長とグリズワルドとマックスが視線をさっと交わした。H・Mはパイプをテーブルの灰皿に置き、膝の上の画板に紙を一枚、几帳面にはさみこんだ。

「インクローラーは？」

「ここにあります」

「ではさっそく取りかかろう。おっと！　スタンプ台がべとべとでインクがつきすぎた。すまんがそこのハンカチを取ってくれんか。よしと、これでいい。その紙をこっちに近づけてくれ。さあ、いよいよ指紋を捺すぞ。まずは右手の親指。それから左……ほれ、出来上がりだ。この紙を画板からはずして、拡大鏡で抽斗にあった指紋カードと比較してみろ」

沈黙が下りた。

たるんだ顎のグリズワルドは相変わらず釈然としない顔つきでH・Mの膝から画版を取ると、寝台の裾に腰を下ろした。指紋カードと、採取したばかりの指紋の紙を並べて置く。室内は煙っているが、天井の電灯は画板を照らすに充分な明るさだ。事務長はポケットから大ぶりな拡大鏡を出し、指紋の照合にかかった。

拡大鏡を左右に動かしながら、事務長の入念な検査はいつ果てるともなく続いた。しばらくして彼はようやく手を休め、H・Mを見つめた。なにか言おうとしたが、思い直したらしく黙っていた。そのあとH・Mから鉛筆を借りて指紋の各線に註釈の矢印を書きこみ、渦状、弓状、馬蹄状と、それぞれの分類を始めた。画板を下に置いたとき、事務長の額には汗が光っていた。

その一滴が紙の上に落ちた。

マシューズ船長がしびれを切らして言った。

「どうなんだ、両方とも同じなんだろう?」

「いいえ、船長。同じではありません」

「同じでは――」船長は途中で言葉を呑みこんだ。葉巻の火はすでに消えている。それを灰皿に落として立ち上がった。「どういうことだ?」

「誓って申しますが」グリズワルドが答えた。「双方の指紋は同一人物のものではありません」

誰も口をきかなかった。事務長は汗を拭く物を探してあたりを見回し、さっきH・Mが放ったインクまみれのハンカチを拾った。それでこすると事務長の額にインクの汚れがついたが、本人は気に留めなかった。全員がH・Mを見つめていた。

「いまの言葉は本気で言ったんだな?」H・Mが事務長に念を押す。

「はい」

「神かけて誓えるか?」

「はい」

「それでも」H・Mはパイプの柄を灰皿に勢いよく叩きつけた。「双方の指紋がわしの親指から採取されたことは、動かしがたい事実なのだ」

19

数分間、マックスの意識から初めて霧笛が消えたが、そのあと再び嘲笑のような音が船室全体をびりびりと振動させた。

「われわれはとうとう頭がどうかなってしまったのか？」マシューズ船長が帽子のひさしを押し上げた。

「そうではない」Ｈ・Ｍの口調はますます真剣みを帯び、表情も険しくなった。「そろそろ遊びの時間は終わりにするか。むろん、諸君は気落ちするには及ばん、堂々と胸を張るがいい。これと寸分たがわぬトリックに、リヨン警察の科学捜査研究所もまんまとあざむかれたんだからな。ただし、リヨンの場合は偶発的な出来事だったが、今回はそうではない。

どういうことか、詳しく説明してやる。

まず、諸君がわしの親指から指紋を採取する場面を想像したまえ。指にインクをつけて紙に押しつける、という手順になるな。インクは指の、畝《うね》のように盛り上がった部分につく。それが描く形には渦状、弓状、馬蹄状などの種類があり、畝と畝のあいだには溝がある。ここまではいいか？　次に採取し終えた指紋を見ると、黒い線はインクがついた部分、すなわち隆起した畝の部分で、白い線はそれらにはさまれた溝を表わしている。ここまではどうだ？」

「わかります。それで?」マシューズ船長が先を促す。

H・Mはパイプに火をつけ直した。

「こう仮定しよう。インクローラーかスタンプ台のインクパッドに欠陥があった、あるいは過剰にインクが入っていた。さらにもうひとつ。指紋を採取される側の人間が、気が急くあまり指にインクをつけすぎた。さっきのわしのようにな。そうした場合、指はインクでべたべたになり、そのまま紙に押しつけてもにじんだ染みにしかならん。では、どうするか。誰もがごく自然に同じことをするはずだ。

ハンカチで指についた余分なインクを拭き取る。ちがうか? まさしくわしがさっきやったとおりだ。ただし、つけすぎた分を拭き取るだけだから、親指にはインクが残っておる。よって指を紙に押し当てれば、きれいな指紋が採れるわけだ。しかし、結果はいかなるものか?」

H・Mは口をつぐんで一同を見渡した。

マックス・マシューズは内心うめいた。徐々に全体像が見えてきた。

「どうした、わからんのか?」H・Mが言った。「ふん、では解答だ。親指のインクは本来つけるべき箇所から拭き取られ、逆につけるべきでない場所に残っている。ハンカチでなすったときにインクは指紋の畝から溝に移された。その結果、採取された指紋は溝の部分が黒い線となって現われ、逆に畝の部分が白い線になる。つまり本来の指紋とはあべこべだ。写真のポジとネガのようなもんだな。

言うまでもなく、正しくインクをつけて採取した指紋とは似ても似つかぬものになる。特別な細工をせずともな。とりわけ〝ポケット〟と呼ばれる渦の小さな中心は、素人目にもわかるほどあからさまに異なる。専門家でも自信満々に別物と断定するだろう。だいぶ前にフランスで、まったく同じことが偶然起こった。そのためにある御婦人が、すんでのところで莫大な財産を失うところだった。本人であることをなかなか認めてもらえなかったからだ*。わしはこれまで、どこかの悪賢いやつが同じ手を使うのを首を長くして待っておった。それがいよいよおいでなすったわけだ。

諸君、もうおわかりだろう。

殺人犯はジア・ベイ夫人を殺害し、犯行現場に偽の指紋を残したのだ。インク瓶を用意しておき、偶然、もしくは被害者ともみ合ったはずみと見せかけてインクをこぼす。それを指に巧妙になすりつけ、指紋を残すつもりだった。ところが途中で気が変わり、被害者の血を用いることにした。インクより目的にかなっておるからな。いらなくなったインク瓶は被害者のハンドバッグに突っこんだ。血染めの指紋によって現場の凄惨さが増せば、われわれの目をくらますことができる。それが犯人の狙いだった。幽霊が残した指紋の正体については以上だ」

聞き手の動揺ぶりはさまざまだった。事務長はインクのついたハンカチでもう一度額をぬぐった。雷に打たれたように身体を硬直させていた船長も、脱いだ帽子を扇代わりに顔をあおぎ始めた。

「そんな簡単なことだったのか」船長が気の抜けた調子でつぶやいた。

「そのとおり」

「わかってみれば、単純きわまりない話ですね」船長が言った。

「おい、またそれか！」H・Mはパイプを振りかざした。「そうとも、単純きわまりない話だ、わしが謎を解いてしまえばな。けったくそ悪い！　これまで何度その台詞を聞かされたことか。まあいい。愚痴をこぼしても始まらん。さて、ほかに意見は？」

H・Mは含みのある口調で尋ね、一同の表情を順に探った。マックスは、H・Mが想像力を刺激したがっているのだと察した。もっと先へ進むため、辛抱強くなにかを引き出そうとしている。

ふと寝台の脇の携帯無線機に目を留め、マックスは妙だなと思った。電源が入っていて周波数のダイヤルは光っているが、音は発していない。海上であれば当然聞こえるはずの雑音さえも。まあ、どうでもいいことだ。無線機のことはすぐにマックスの意識から離れた。いまは霧笛も耳に入らなかった。

「H・M、なんだかおかしいですよ」マックスは言った。

「ほう、どこが？」H・Mが期待のこもった声で尋ねた。

「指紋の細工です。殺人犯はまがい物だか偽物だかの指紋を残したとおっしゃいましたね。ジア・ベイ夫人を殺したときに」

「ああ」

＊原註　H・T・F・ローズ著『手がかりと犯罪——科学捜査』（ジョン・マリー社、一九三三年）の一〇五〜一〇七ページを参照のこと。

「犯人は気がふれてるんですか？」

「いいや。なぜだ？」

指の爪が伸びていれば嚙み切りたいくらいもどかしい気持ちで、マックスは答えた。「ええと、うまく説明できそうにないんですが、こういう感じです。もしも犯人が陸地、要するに航海中の船舶以外の場所で犯行に及んだのなら、天才的な思いつきだと認めましょう。殺人現場に自分のものとは異なる指紋を残しておけば、警察は実在しない人物を追いかけることになり、しかも調査範囲は際限なく広がる。いずれは迷宮入り間違いなしだ。でも、洋上の船という限られた空間となると……」マックスは言い淀んでグリズワルドを見た。「ちょっと訊きたいんだが、船の事務長というのは指紋について実用的な知識を持ってるものなのかい？」

「ええ、そのはずです」グリズワルドがいぶかしげに眉をひそめた。「ほぼ全員がそうでしょう。なぜです？」

マックスもしかめ面で応じた。「つまり、乗船者全員の指紋が採取、照合されるであろうことは、殺人犯にはわかっていたはずです。もちろん自分自身の指紋は余計な細工をせずに採取させます。そうすれば血染めの指紋とは一致しない。そう考えていいんですよね？」

「ああ、いいとも」とH・Mが答えた。

「問題はそこなんです。現場に残された証拠の指紋は確かに犯人のものと合いませんが、ほかの誰の指紋とも合いません。幽霊の犯行ということになる。証拠がうさん臭いことをわざわざ露呈するわけで、犯人にとっては自分の足をすくうようなものです。そんなことをして、いったいなんの得があるんでしょう。最初から指紋なんか残さないほうがよかったんじゃないですか？　指紋のトリックを見破られたら、元も子もありません。犯人が常軌を逸した目立ちたがり屋でない限り、危険が大きすぎて割に合わないですよ」

英国海軍予備隊のフランシス・マシューズ中佐は両手を宙に投げ出し、さもうんざりしたように言った。

「もうよせ、マックス！」

「でも兄さん――」

「よせと言ったんだ」マシューズ船長は弟をたしなめて、H・Mのほうを向いた。「マックスにはいつかの晩も言ってやったんです。おまえは昔から家族のなかで一人だけ愚にもつかぬことを考えるやつだと。このとおり勝手な想像にばかり走る。なんの根拠もないたわごとです」顔を上気させて続けた。「それよりわたしが知りたいのは――」

船長は急に口をつぐんだ。H・Mがさも満足げににやにやしながら、もみ手をしていたからだ。

「わっはっは、でかしたぞ！」H・Mはマックスを見て嬉しそうに笑った。「ようやくおつむを使い始めたな。いいか、それでも殺人犯は実際にそれをやったんだ。犯行現場にわざわざ攪乱用の指紋を残すという行為をな。なぜそうしたのか。わしにとってもそれが一番の悩みの種だった。おまえさんにこの難問が解ければ、わしが手がけてきたなかでも際立って巧妙かつ鮮やかな事件のベールを引きはがせるぞ。さあ、考えろ！」

「あっ！」マックスの鋭い叫びに船長が飛び上がった。

「なんだ？」とH・M。

「ブノワだ！」マックスの脳裏に浮かんだイメージは、鮮明だがまだ混沌としていた。「ブノワが関係してるんですね？　ジア・ベイ夫人が殺された晩にグリズワルドとクルクシャンクが指紋を採りに行ったら、ブノワは船室でスタンプ台を用意して座っていた。必要もないのにインクを足して、べたべたにしたスタンプ台を。彼はそれを使って指紋を捺そうとしたが、そうさせてもらえなかった。ブノワはあのとき、偽の指紋を採らせたかったんですよ！　ね、そうでしょう？」

沈黙。

「しかし、ブノワは死にました！」グリズワルド事務長が言った。

「ああ、そうだとも。ブノワは死んだ。そして諸君、ブノワの特徴、ブノワの行動、その他ブノワのなにもかもが問題全体を解く鍵になっておる。まだわからんか？」

「わかりません」三人ともそう答えた。

「やむをえん、種明かしといくか」H・Mは天井を片目で憂鬱げににらみ、唇の端にくわえたパイプをゆっくりとふかした。

「日曜の晩、ブノワが殺されたとされる直前、マックス・マシューズ君にそれまでの出来事をひとつ残らずつぶさに説明してもらった。その時点で、わしは妙な点に引っかかった。ふむ、それはな、彼の話に登場したガスマスク姿の怪人物のことだ。通路をうろついて船室をのぞきこんだそうだな。やつがかぶっていたガスマスクは、乗客全員に配付された豚の鼻みたいな形の民間用だ。その人物は誰だろうと、わしは一人ずつ当てはめてみた。例のフランス人の番になったとき、それはありえんと思った。わしは『フランス人将校があんなものをかぶるはずは……』と言いかけたな。

いきなり脳天をかち割られた気がしたよ。それ以前に、あのフランス人が豚鼻のガスマスクをかぶっているのをこの目で見たからだ。遠目ではあったが、その姿が頭にこびりついていた。諸君も覚えておるだろう、土曜の救命ボート訓練にブノワは初めからガスマスクをつけて登場した」

マックスはその光景を思い起こした。

「となると、問題は」H・Mが強調した。「ブノワの軍用防毒マスクはどこへ行ったかだ」

「ブノワのなんですって？」マックスは面食らって訊き返した。するとマシューズ船長が横から補足した。

「軍から支給されたガスマスクだ」

「さよう」とH・M。「わしは我が目を疑った。軍人なら誰でも軍用防毒マスクを携帯しているはずだ。民間用に比べてかなり大きく、より精巧な作りのな。軍人はそれを布袋に入れて首から下げ、いついかなるときも携帯しなければならん。ところが、ブノワが持ち歩いていたのは民間用だった。

いったいなぜだ。不思議でならず、やつの船室を調べた。だが室内に軍用防毒マスクはなかった。どこを探しても見当たらん。民間用ガスマスクのほうは椅子の上に救命胴衣や毛布と一緒にきちんと置かれているというのに。

それだけではない。覚えておらんか？　わしが箪笥を開けたとたん驚いて凍りついたのを。あれはブノワの替えの軍服が、厚かましくも堂々と吊されていたからだ。でたらめな階級章をつけてな」

マックスは半ば呆然としながら異議を唱えた。

「待ってください！　どうしてでたらめなんですか？　フランス陸軍の大尉は三本線ですよ。ブノワの制服にも線が三本入っていました」

「ふむふむ」Ｈ・Ｍが言った。「確かに。しかしな、場所がおかしいんだ。ブノワの三本線は肩章に入っていた。いいか、よく聞けよ。フランス将校の制服の場合、階級章は二箇所にしかつかん。帽子と袖だ。肩になんぞ絶対につかんのだ。嘘だと思うなら専門書で調べてみるがいい。わしはそれまでブノワの軍服を間近で見たことがなく、部屋を見たとき初めて気づいた。わしが上着の袖を持ち上げて、しげしげと眺めたのを覚えておらんか？　目を疑うほど驚いたんだ。

ガスマスクの件と合わせて考えれば、事実は明白。ブノワは偽者なのだ。フランス人将校なんてのは真っ赤な嘘で、フランス陸軍のことはおろか、どの国であれ陸軍自体についてこれっぽっちも知らなかった。なのにわしは、手がかりを目の前にしながら真相に気づかなかった。おまけにクルクシャンクが、ブノワはフランスの諜報員かもしれんなどと――」

H・Mはそこで黙った。

マックスは霧笛の轟きを頭の隅でぼんやり聞いていたが、次の瞬間、椅子から飛び上がった。携帯無線機が突然音を発したのだ。

「船長！　サー・ヘンリ！」ささやくような声が雑音やカチッという鋭い音に混ざって聞こえてきた。クルクシャンク三等航海士の声だ。「ご準備ください。目標の人物が行動を開始しました」

H・Mはテーブルの抽斗から静かにリボルバーを取り、てのひらに載せて重みを確かめた。マシューズ船長は緊張して立ち上がると、咳払いして尋ねた。

「いったいなにが始まるんですか――今度は？」

H・Mはすまなそうに答えた。「殺人犯のお出ましだ」指紋カードの束を指して続けた。「やつはこのなかの一枚をどうしても手に入れたい。でないと確実に絞首刑だからな。追いつめられ、死に物狂いだろう。それで案の定、皆が食堂やブリッジにいる時間帯を狙ってここを襲撃する気だ。わしは寝たきりだと思っているしな。諸君、ここから先は大捕物だ。見物したければ浴室に隠れておれ。明かりを消して扉を細く開け、固定しておけばいい。ただし、なにか起こるまで絶対に出てくるんじゃないぞ。わかったな？」

三人ともおとなしく指示に従った。

マックスは好奇心と不安ではちきれそうだった。浴室のタイルに靴音を響かせるのが心配で、息をするのも恐る恐るだった。狭い浴室の扉のそばで、三人は身体をくっつけ合うようにして待機した。電灯を消し、扉は少し開けてフックで固定する。扉の隙間の向こうに細長く切り取られた船室内が見え、ちょうどＨ・Ｍの寝台の一部がそこに入っていた。

ボーッ！　霧笛が鳴った。

断続的な短い揺れと緩慢な柔らかいエンジン音がなかったら、船は停まっているのかと思っただろう。Ｈ・Ｍはシーツの下にリボルバーを忍ばせ、枕に深々ともたれた。両手を腹の上で組んで、目を閉じる。

静寂。

たっぷり三分間は、船腹を洗う静かな水音と霧笛、そしてマックスの脳裏でざわつく想像上の雑音以外はなにも聞こえなかった。船室内の明るい光が煙でにじんでいる。Ｈ・Ｍの腹が寝息を立てるかのように穏やかに上下している。

船室のドアに小さくノックの音がした。

Ｈ・Ｍはじっとしたまま動かない。

二度目のノックは一度目より大きかった。再び間を置いて、今度は蝶番のきしむ音が聞こえた。続いて、もっと長くゆっくりとしたきしみ。ドアが開けられたのだ。ドアは開いたときと同様、そっと閉まった。マックスの目に、狸寝入りしているＨ・Ｍの鼻孔が規則正しく膨らんではしぼむのが見えた。その状態が三十秒ほど続いた。

「ようし、来おったな」Ｈ・Ｍが突然目を開けた。同時にシーツの下からリボルバーを握った手がすっと現われる。「手を上げてもらおう。ばかな真似はよせ。観念しろ！」

侵入者はガラガラヘビのように敏捷だった。部屋の隅からH・Mの顔めがけて赤いビロード張りの椅子が飛んできて、見張り役の三人の視界を一瞬で横切った。すかさずH・Mが発砲すると、椅子の座部に弾丸の穴があいた。椅子はH・Mの肩をかすめて携帯無線機を直撃し、椅子も無線機も床に落ちて砕け散った。浴室の三人が船室に飛びこんだとき、H・Mが二発目を撃った。

侵入者は通路へ逃げ、その背後でドアが閉まった。

マシューズ船長が即座にドアを開け放つ。その向こうで、仕掛けられた罠に獲物が追いつめられる一幕が始まろうとしていた。

船体を横切る白くて狭い通路に男が立っている。突き当たりは両方とも甲板に続く扉だ。男は前かがみになって、片手で反対側の肩を押さえていた。左をちらりと見たあと右を向いた。最初に左舷、次に右舷。すると通路の両端の扉から、灯火管制の暗幕をくぐって人影が現われた。両腕を広げて身構えた、たくましい熟練甲板員たちだ。彼らは無言で立ちはだかった。

手負いの獲物が金切り声を放った。一歩進んで振り返り、再び叫んで立ち止まる。

「捕まえろ」静かに命じたH・Mは青ざめて、古風な寝巻き姿で寝台から這い出し、スリッパに足を突っこんだ。

「射殺するべきだったか。寸前で迷いが生じた」

マックスにはもうH・Mの言葉すら聞こえなかった。右手で左肩を押さえて身体を折り、ふらつきながら立っている男を、信じられない思いで見つめた。男の手と袖口が血に染まっていく。その色は彼がかぶっている金モールつきの軍帽より濃かった。着ているのはカーキ色の軍服で、茶色のブーツはきれいに磨かれていた。褐色に焼けた顔はそっぽを向いているが、顎がてかてか光って、黒いちょびひげを生やしているのがわかる。

「H・M」マックスは言った。「あれはブノワ大尉です！」

「いいや、そうじゃない」H・Mが静かに答えた。

「そうですよ！　兄に訊いてみてください。みんなに訊いてみてください。あなたは言ったじゃないですか。ブノワはもう生きていないと！」

「ブノワは生きておらんよ」H・Mがおごそかに言った。「それが種明かしだ。彼は生きた人間ではない。おまえさんの友人のラスロップが冗談まじりに言ったことは見事に真実をついていた。そう、ブノワは幽霊だ。もともと存在していなかった。乗船者のなかのある人物が、日曜日にブノワが〝死ぬ〟まで一人二役を演じていたにすぎん。さあ、そいつを捕まえろ！」

甲板員たちは悲鳴を上げる獲物をじりじりと追いこんで、最後は左右から両腕をつかんだ。H・Mは針金のようなその男に近づいて、赤と金の帽子を脱がせた。黒髪ではなく柔らかそうな金髪があらわになった。H・Mが顔を指でこすると、褐色のファンデーションがはげた。次にH・Mは黒い口ひげをつまみ、相手の悲鳴に耳も貸さずむしり取った。唇、目、顎と、順番にブノワとはちがう人間の顔が現われた。

一同が目にしたのは、苦しげに顔をゆがめた、眼鏡をかけていないジェローム・ケンワージーだった。

20

掲示板に次の告知が出た。〝本日午前十一時から礼拝をおこないます。なお、下船開始は午後二時の予定です。乗客の皆様はそれまでに事務長室で上陸許可証をお受け取りください〟

「H・M」マックス・マシューズが言った。「港に着く前に事件の真相をすっかり説明してくださるんでしょうね。でないと、とんでもない目に遭いますよ」マックスは集まっている待ちかねた様子の者たちを指した。「ほら、いまにもあなたを八つ裂きにせんばかりでしょう?」

「ほう、それはそれは」H・Mは神妙に言った。

よく晴れた寒い日曜日の朝だった。舷窓をすべて開け放った喫煙室で、H・Mは暖炉の前に陣取り、昔から好物だったウイスキー・パンチをちびちび飲んでいた。マックス、ヴァレリー、フーパー、ラスロップ、アーチャー博士、グリズワルド事務長、クルクシャンク三等航海士の面々が卿を取り巻いている。

グリズワルドは力なく首を振って言った。

「いまだに信じられませんよ!　ジェローム・ケンワージー青年だったとはね。第一、彼の計略がどういうものだったのか、さっぱりわからない。化かされた気分で、正直なところ面白くないですよ」

ヴァレリー・チャトフォードがきつい目になった。

「面白くないですって？　それはわたしの台詞だわ。本当のことを話しても取り合ってもらえなかったんだもの。ジェロームがジア・ベイ夫人に手紙を何通も書き送っていたことは、わたしが言ったとおり事実だったでしょう？　ブノワ大尉の恰好をした彼が殺人現場から手紙を持ち去るところも、わたしはこの目で見たのよ。なのに誰も信じてくれなかった。それどころか、なにも知らずに彼のアリバイ作りをしたわたしを、寄ってたかって嘘つき呼ばわりしたわ」

フーパーが不満げに口を引き結んだ。

「いやいや、わたしこそ煮え湯を飲まされたよ。ほれ、日曜の晩に甲板にいたのは、わたしが見たとおり二人だったんだ。ケンワージーがブノワの服を着せた人形に拳銃をぶっ放して、海へ突き落としたにちがいない」

するとラスロップが頭を後ろへそらして言った。

「なんだかんだ言って、一番の貧乏くじを引いたのはこのわたしだ。そうとは気づかず、事件の謎を早々に解いていたとはね。最初からずっと、ブノワは〝幽霊〟だと言っていたんだから。なにしろ彼を見かけるのは食事の席くらいだったし、それも決まってテーブルで一人きりだったろう？　人工的な照明のもとでしか顔を見なかったわけだ。だいたい、これも前に指摘したが、フランス人将校が室内でいつも帽子をかぶっているのはどうしたって不自然だよ」

代わって今度はクルクシャンク三等航海士が、不服そうに額にしわを寄せた。

「わたしだって、恨めしい気持ちでいっぱいです。全員が顔を揃える機会は二度しかありませんでした。ガスマスクの配付と土曜の朝の救命ボート訓練、このどちらかしか、やつのごまかしを見抜くチャンスはなかったんです。もっとも、ガスマスクの配付はそう重要じゃありませんから、欠席のチャトフォードさんとケンワージーについては、こちらが船室を訪ねることでよしとしました。解散しないうちからブノワが社交室を出ていったことも、気に留めなくて当然です。しかしボート訓練はそうはいきません。わたしはその場で部下に、船酔いだろうがなんだろうがケンワージーを部屋から引きずり出せと命じました。そのとたん、あのフランス人はぱっと消えたんです。彼はあらかじめガスマスクをかぶってましたね。いまから思えば、自然光のもとで人前に出なければならなかったからでしょう」

続いてグリズワルド事務長がおごそかに片手を挙げ、ジョージ・ロービーさながら大げさに眉を吊り上げた。底意地の悪そうな表情になった。

「灯台もと暗しってやつですな」グリズワルドが言った。「わたしはケンワージーと知り合いでした。数カ月前の航海で初めて会っただけですが、顔見知りだったことに変わりはありません。しかもクルクシャンクと一緒に指紋を採りに行った際、やつと言葉を交わしています。なのに二人してブノワだと信じこんでしまった。まるきり正体を見抜けなかったんです。なぜだかわかりますか?」

「なぜなんだい?」クルクシャンクが挑むように訊いた。

「彼がフランス語を話していたからさ」事務長が答えた。「皆さん、それは声をごまかすには打ってつけの方法なんですよ。どういうわけか、外国語でまくし立てられるとわれわれには声が似たり寄ったりに聞こえて、聞き分けられなくなるんです。今度試してごらんなさい。それともうひとつ、やつにとって英語を話せないふりをするのは、おそらく安全策でもあったんでしょう。ほかの乗客と話さないで済みますからね。だから――」

「おい！」しびれを切らしたＨ・Ｍが横から吼えた。

全員が黙ったところで、Ｈ・Ｍはウイスキー・パンチをあおり、完全に機嫌を損ねた顔で一同をにらみつけた。

「諸君はわしの話を聞きたいのか聞きたくないのか、どっちなんだ。え？」尊大にとがめた。

「これは失礼しました」事務長が慌てて詫びる。「もちろん、ぜひともお聞かせください。一昨夜あなたの部屋で、船長とマックス・マシューズさんとわたしにお話しになったことの続きからお願いします。ブノワの船室を調べた結果、軍支給のガスマスクが見当たらないこと、軍服の階級章の位置がおかしいことに気づかれたのでしたね。そこから始めてください。ブノワが偽者だとわかったあと、最終的にやつを幽霊、つまり架空の人物と断定した根拠はなんですか？」

「決め手になったのは、ひげ剃り用ブラシだ」

そう答えたＨ・Ｍはしばらく黙って鼻をすんと鳴らし、陶製の猫の置き物を冷めた目で見た。

「もっとも、その場で気づいたんじゃない。あとになってひらめいた。ブノワが〝殺された〟日曜の晩は、船室を調べてもぴんと来なくてな。軍服とガスマスクという手がかりを得ながら、諸君のごちゃごちゃしたつまらん話で頭がこんがらかっちまったんだ。

おおかたブノワがどこかの女を〝裏切り者〟呼ばわりしたせいで変な思いこみにとらわれたんだろうが、クルクシャンクは彼をフランスの諜報員ではないかと言い出した。むろん、たわごとだとわしにはわかっていたがな。フランスの諜報員は、現役将校もしくは退役将校から抜擢される。そういう者がおかしな軍服を着るはずはない。それによって別の大きな疑問が浮上した。本物のフランス人なら、なぜ軍服を間違えたのか、という疑問がな。

諸君、ようく覚えておくがいい。フランス人の若者は、生きていれば必ず兵役に就かねばならん。九カ月間も軍隊で上官に敬礼していた人間が、階級章の位置を誤るか？　大尉の制服を仕立屋に注文して、袖にあるべき階級章が肩についた状態でできて上がってきたら、気づかずに平然と袖を通すか？　いいや、そんなことはありえん。わしはその疑問にぶつかってからというもの、頭蓋骨の奥がかっかしどおしだった。

やつはフランス人には見えん。クルクシャンクも、やつは英語がわからないふりをしているだけだという印象を持った。では、なぜそういうふりをするのか？　公の場にはめったに現われず、ほかの乗客と全然口をきかなかったが、いったいなぜなのか？　室内だろうがどこだろうが、軍帽を脱ごうとしなかった理由はなんだ？

当然考えつくのは、やつが後ろ暗いことをしているということだ。そういえば、クルクシャンクとグリズワルドの前で、やつはインクでべたべたのスタンプ台を使って作業中だった。見るからに挙動不審で、事務長たちが船室へ入った瞬間から怪しい匂いをぷんぷんさせ、二人が船室を出るときは、さも悪巧みが失敗したかのようにぽかんとしておった。そこへ持ってきて、ボート甲板でのヴァレリー・チャトフォードの告白。わしが輪投げをしながら考えこんでいると、彼女はジア・ベイ夫人の船室から犯行直後に出てくるブノワをはっきり見たと打ち明けた。わしはそのときすでに、犯行現場にあった血染めの指紋は写真のポジとネガ同様、あべこべに細工されたものだと見抜いておった。では、誰がそんなことを？　ブノワか？　しかし彼はその直後、クルクシャンクとグリズワルドの前で、インク浸けのスタンプ台を使って偽の指紋を採らせようとした。ここで諸君に質問。いったいなぜだと思う？　やつはジア・ベイ夫人の船室に自分のものではない指紋を残してきた。にもかかわらず、事務長たちの前でまたしても指紋をごまかそうとした。結果的に途中で止められ、本物が採取されたわけだがな。

さあ、理由を考えてみろ。

その段になって、わしはようやくひげ剃り道具の謎に思い至った。まったく情けない。慚愧《ざんき》の念に堪えんよ。その前、日曜の晩にブノワの船室で剃刀とひげ剃り用ブラシを手に取っておきながら、まるで気づかなかったとはな。しかも、革砥も砥石もないのに折畳み式剃刀だけがあることを怪訝に思ったというのに。この老いぼれのポンコツ脳みそは、悲しいかなあふれ返る疑問符で飽和状態だった。

わしは水曜の夕方を過ぎても頭の整理がつかんまま、ふらりと理髪室に入った。あのうるさい宣伝好きおやじのところへは、日曜の晩、ブノワが〝殺される〟直前にも行ったんだが、そのときはひげを剃ってもらう前に店を飛び出すはめになった。だから二度目に行くと、おやじは前回のことを恨みがましくぼやいた。わしがこの航海で最初の客だっただの、ブラシに石鹼をつけてから逃げられてはプライドがどうのこうのとな。

その瞬間、あっと思った。脳裏に鮮明な映像がよみがえったのだ。ブノワの船室にあった、からからに乾いたひげ剃り用ブラシがな」

H・Mはそこで息を継いだ。

マックスの脳裏にも、ブノワの船室でひげ剃り用ブラシを手に放心状態になっているH・Mの姿がまざまざと浮かんだ。

「いいか、諸君」H・Mは一同を鋭い目で見渡した。「普通われわれは、ひげ剃り用ブラシを一本しか持ち歩かん。よって、ブラシが完全に乾ききる暇などあろうはずがない。毎日使うから、せいぜい半乾きにしかならんな？　ところがブノワのブラシは明らかに過去一週間、使われた形跡がなかった。宣伝好きおやじの話からすると、理髪室へも行っていない。なのにブノワの顔は、口ひげを除けばいつもつるりとしていた。金曜の午後から日曜の夜まで、無精ひげさえ伸びていなかったという。

わしはそこではっとした。犯人の企みの全貌が、ひげ剃り用ブラシによって一気に浮かび上がった。

そう、ブノワ大尉は何者かが化けた人物なのだ。

だからフランス語を話していたんだよ。声をごまかすためにな。帽子をかぶりっぱなしだったのは、間近で見られたとき扮装を見破られないようにだ。当然ながら極力人目を避け、薄暗い場所にしか姿を現わさなかった。いつまでもごまかせるものではないが、最初から短期間の予定だった。ジア・ベイ夫人を殺害し、幻のブノワ大尉に罪を負わせる証拠を残す。ブノワは容疑者にされ、観念して罪を告白。最後は銃で自ら命を絶ち、海の藻屑と消える。これが犯人の筋書きだった。一人の人物が創られたのち葬られ、事件は幕引きとなる。真犯人は翌日から素顔で人前に出て、大手を振って歩けるという寸法だ。

諸君、これで幽霊が濡れ衣を着せられた経緯はわかったろう。

偽の軍服、偽の家族写真、偽のパスポート。さらには入念に練習を重ねた偽の筆跡、船室用トランクの偽の荷札。ブノワはなにからなにまでまやかしだった。巧妙に仕組まれたまやかしが、わしの目を物の見事にあざむいた。まさに芸術的手腕だよ。にもかかわらず計画が土壇場で頓挫するとは、不運としか言いようがない。

だがな、そもそもトリックさえ見破れば、犯人の目星はいとも簡単についたはずなんだ。犯人の条件をまとめてみよう。

その一。乗客であること。乗組員はそれぞれ担当業務に縛られているから、一連の行動は不可能だ。

その二。しばらく船室に閉じこもり、ブノワが〝死ぬ〟まで甲板を歩き回るようなことは一度もなかった者。

その三。フランス語に堪能。

その四。ブノワと同じ場所で姿を見られたことのない者。あるいは、ブノワがいるときにはいなかった者。

これでわからなければ、とんでもないぼんくらだ！　当てはまるのは一人だけではないか」

H・Mはウイスキー・パンチをがぶりと飲みほした。満足げなため息とともにポケットから葉巻を出し、香りを嗅いでからマッチ棒で先端を破って火をつけた。葉巻をくわえて椅子に深深ともたれ、かたわらにあったエドワーディック号の船内見取り図を手に取った。マックスが金曜日の晩にH・Mの船室で見たものだ。

H・Mが再び口を開いた。

「さてと、いまの条件を消去法で見てみよう。ほんの少し視点を変えれば、驚くほどやすやすと答えが出る。諸君が知っていることを挙げていけばいい。

まず、ラスロップ氏はブノワがいるときに目撃されている。たとえば食堂などでな。フーパー氏も同じだ。アーチャー博士の姿もブノワと同じ場所で見かけた。マックス・マシューズ君も然り。しかし、ジェローム・ケンワージーをブノワのいるところで見たことは一度もないはずだ。

次はフランス語に堪能かどうか。ケンワージーはイギリスの外務省に勤める優秀な外交官だった。もうクビになったがな。ふむ、嬢ちゃんはうなずいておるな。さよう、外務省に入るにはフランス語に長けていることが必須条件だ。よって、ケンワージーはこれに当てはまる。

では、航海最初の二日間、船室に閉じこもっていたという点はどうか？

これは言うまでもない。ケンワージーはそのことで周囲から不評を買っておったんだ。呼ばれない限り決して部屋に入るなと担当の船室係を厳しくしつけた、と確か当人は言った。これも正しいな?」

グリズワルドとマックスは同時にうなずいた。グリズワルドの口から低いうめき声が漏れた。

「その船室係は」H・Mが続けた。「ケンワージーが二日間なにも食べていないと心配していたが、実際は満腹だったわけだ。〝ブノワ大尉〟は毎回ではないにせよ、食事時には姿を現していたからな。ケンワージーはブノワに化けて食事をし、船室に戻って病人を装っていた。本当に具合が悪そうだったのは、ストリキニーネ入りの薬でも飲んで、わざと体調を崩したせいかもしれん。実に賢明なアリバイだ。船酔いでよれよれの男が他人の喉を掻き切れるとは誰も思わんよ。だが実際には船酔いではなかった。ああいう痩せぎすの大酒飲みは、もともと船酔い知らずなことが多い」

「しかし――」事務長が言いかける。

「いいから、しまいまで聞け。やつはブノワとして人目に触れているあいだ、自分の、つまりケンワージーの船室にしっかり鍵を掛けておいた。またアリバイの話になるが、船酔いで苦しんでいる者の部屋へ押しかけるのは、普通誰もが遠慮する。たとえ不在中にドアをノックした者がいたとしても、あのときは部屋にいたが、わざと返事をしなかったと言えばいい。ほかにもあるぞ」

H・Mはマックスに向かって指を突きつけた。

「ケンワージーの船室番号は?」

「B70です」

「よし、ではブノワの船室は？」

「B71です」

「ちょっと待った！」ラスロップが顔をしかめた。「言っておきますが、隣り合ってはいませんよ。ブノワの船室は右舷、ケンワージーは左舷ですから」

H・Mはおもむろにエドワーディック号の見取り図を広げた。

「そうだとも、そこが肝心なんだ。この船は一般の大型定期客船とほぼ同じ設計になっておる。よって偶数番号の船室は左舷、奇数番号は右舷に配置され、続き番号の部屋は隣り合わせにはならず、舷の両端に分かれる。

では、二つの船室のあいだにはなにがあるか。ケンワージーの船室からもブノワの船室からも、ドアを出てすぐに行ける場所は？」

「洗面所だ！」マックスが答えた。

「ご名答。ケンワージーがすぐにブノワの船室へ入りたいとき、あるいはブノワが誰にも見られずケンワージーの部屋へ戻って変装を解きたいとき、そこが一番安全な近道だ。洗面所なら、どちらの姿で現われても怪しまれない。まったくケンワージーのしたたかさには恐れ入るよ！綿密な計画を大胆かつ機敏に実行する才覚は、ベルリンにいる大将も顔負けだな。

だがさしものケンワージーも、二回だけひやりとする厄介な状況に追いこまれた。それを要約して話そう。思うに、やつはずいぶん前、ニューヨークにいる頃からエステル・ジア・ベイの殺害を企んでいたにちがいない」

アーチャー博士が静かに言った。「なぜですか、サー・ヘンリ？　わたしにはぜひとも知りたい理由がありましてね」

H・Mが渋面を作った。ままならぬ不快な事態に直面したときのお決まりの表情だ。

「わしがこれまで挙げた根拠を聞いておれば、察しはつくはずだがな。まあいい、嬢ちゃんが追加のヒントをくれるだろう」

ヴァレリーは泣き出さんばかりの顔になった。

「ひどいわ、いまさらそんな！　大西洋を渡るあいだずっと真実を話してたのに、誰も信じてくれなかったのよ。ジェロームは名家に生まれた毛並みのいい青年、わたしはどこの馬の骨ともわからない小娘、そう決めつけてたんでしょう？　でもわたしの言ったことは最初から正しかった。自分ではわかってたわ。ジア・ベイ夫人はトリマルキオの女の子二、三人に、ジェロームからの手紙を全部とってあると打ち明けてた。そして、手紙にはある重要な事実を認める内容が含まれてるとか……なんなのかはわたしにも見当がつかないけれど……」

「非常に言いにくいんだが」H・Mがずり落ちた眼鏡越しにヴァレリーを見た。「あんたの正体をそろそろ明かしてくれんか。どういう目的でこの船に乗りこんだ？」

ヴァレリーは意を決した面持ちで答えた。

「わかりました。お話しします。パスポートを盗まれてしまって、どうせイギリスには上陸できないんですし。べつにいいわ。ケンワージー家の人には――もう会いたくありませんから」

彼女は一段と身をこわばらせた。

「実を言うと、わたしの名前はヴァレリー・チャトフォードではないんです。でも、ずっとチャトフォードさんの家で暮らしてきました。独身だったチャトフォードさんは、エレン・ケンワージーと結婚しました。わたしと――ヴァレリーは、一緒に学校へ通った仲です。血のつながりはありません。彼女は一年前に亡くなりました。わたしの本名は……」気持ちを整える間があいた。「ゲルテ・フォーゲルといいます」

「フォーゲルだと！」H・Mが目を細め、口笛を吹いた。「そうか！　チャトフォード家の家政婦をしていたフォーゲル夫人の親類か！　チャトフォード氏がエレン・ケンワージーと結婚する際に取り沙汰された、あの家政婦の！　諸君もこの話は耳にしておるだろう。それが原因で怒ったジェローム・ケンワージーの父アブスデール卿は妹のエレンを勘当した。あの男には骨の髄までピューリタン魂が染みついているからな。嬢ちゃん、あんたはフォーゲル夫人の縁者だな？」

「ええ、娘です」ヴァレリーは答えた。「母はもうこの世にいません。故人を悪く言うのは慎んでいただきますわ」

H・Mは再び小さく口笛を吹いた。

「ヴァレリーも世を去りました」娘は続けた。「それを境に、チャトフォードさん――親切なアーサーおじさんは、毎日酒浸りでまともな判断ができない人になってしまいました。見るのもつらいほど哀れな姿でした。エレンおばさんの気持ちもすさみ、いらいらと怒りっぽくなりました。そして二人はわたしに、いままで世話になった分の恩返しをしろと言い始めました。

アブスデール卿は自分たちとは比べものにならない大金持ちなのに、料簡が狭いから妹のエレンに救いの手を差し伸べてくれない、と愚痴をこぼしながら。ほかにも……いろいろありました。本当にいろいろと」

彼女は深いため息をついた。

「そのうちに二人は大それた計画を思いついたんです。わたしがヴァレリー・チャトフォードになりすませばいいって。アブスデール卿は血のつながりのある姪なら可愛がるかもしれません。だからわたしがアブスデール卿本人か、その息子に取り入って……」

彼女は頰を紅潮させ、拳をきつく握り締めた。

「これでおわかりでしょう、わたしの役回りがどんなに汚らしいものだったか。ジェローム・ケンワージーを助ける気なんて全然なかったんです。助けるふりをして、彼に恩を売ろうとしただけ。それであんなことを……」彼女はマックスのほうを向いた。「ジア・ベイ夫人が殺された晩、わたしは馬鹿正直に例の手紙のことをあなたに話して、事務長室から取ってきてほしいとお願いしたわね。あれは断られるのを承知のうえだった。あなたがその話をしに船長のもとへ行くのもわかってた。自分が巻きこまれるのが目的だったのよ。わたしはきっと呼び出されて、手紙を手に入れたい理由を厳しく追及される、ジェロームを助けたかったんだと告白する願ってもないチャンス。そうしても害はないと思ったんです。ジェロームは犯人じゃないと確信していましたから。無理もないでしょう？　犯行現場から出てくるブノワ大尉をこの目で見たんですもの。ジェロームが感謝してくれるとしか考えていませんでした」

彼女はしょんぼりして締めくくった。「あのフランス人が実はジェロームだったなんて！」

H・Mは抑えきれないくすくす笑いを咳払いでごまかした。

「フォーゲルか」彼は感慨深げに繰り返した。「フォーゲル。いい響きだ。ドイツ人の姓だな」

「ええ。父はイギリスに帰化して、善良な市民として生涯を終えましたが、生まれはドイツです。わたしが父の祖国に多少の愛着を抱くのは仕方ないことじゃありません？　なのに……」ヴァレリーはマックスを見据えた。「この人はわたしに向かって、『ヒトラー、万歳！』と言ったんです。あのときの身の毛もよだつ思いは誰にも想像できないでしょう。彼は偽警報もわたしのしわざかと疑いました。わたしが甲板から潜水艦に信号を送ったんだろうって。とんでもない誤解です。わたしは潜水艦が怖くて眠れないから、甲板に出ていただけなのに。ジェロームに取り入るチャンスだとエレンおばさんたちに言われなかったら、こんな船には死んでも乗らなかったわ！」

「まあまあ、嬢ちゃん」H・Mがなだめる。

「結局、わたしはしくじったのよね。ジア・ベイ夫人の手紙の話だって、本当のことなのに誰にも信じてもらえなかった」

H・Mは両目を見開いた。「わしは例外だぞ。この年寄りを見そこなってもらっちゃ困る」

「えっ、信じてたんですか？」マックスが言った。「ぼくはてっきり――」

「おいおい」H・Mがうんざり顔で言った。「あの動かしがたい証言をよもや忘れてはおるまいな？　きみの兄上はなんと言った？　ジア・ベイ夫人の船室係が、ハンドバッグに手紙の束が入っていたことを認めたんじゃなかったかね？」

「ああ、確かにそうだ」事務長がつぶやく。

再びアーチャー博士が口をはさんだ。整った眉をひそめ、不服そうに片手をひらひらさせた。

「しかし、それがケンワージーがあの御婦人を殺《あや》める動機になるかというと、大いに疑問を感じるがな。彼は和解の手紙を書いたのかもしれんぞ。だいたいヴィクトリア朝時代ならいざ知らず、そんなものがきょうび強請《ゆすり》の種になるか？」

「仰せのとおり」H・Mが同意した。「だが、ケンワージーにとって父親であり唯一の金づるであるアブスデール卿は、まさしくヴィクトリア朝気質だからな。それを否定する者はおるまいて」

アーチャー博士はその意見に耳を貸さなかった。

「というわけで、助っ人として登場させてもらうよ」博士はほほえんだ。「ほかの方々は輝かしい貢献を済ませたようだから、今度はわたしの出番だ。さて、水曜日にボート甲板で皆さんに話したとおり、わたしは遺体の検死をおこなった。その結果、驚くべき事実が判明した」そこで言葉を切る。「例の御婦人が毒を盛られていたとか、溺死だったとかいうことではない。なにを隠そう、彼女は遠からぬ将来に出産を控えていたのだよ」

H・Mがぱちんと指を鳴らした。

「つまり〝ある重要な事実を認める〟手紙というのは――」H・Mがヴァレリーの言葉を借りて言った。「ジェローム・ケンワージーが赤ん坊を認知する手紙だったわけか。エステル・ジア・ベイはそれを持ってアブスデール卿と会うつもりだった。おお、そうだ」H・Mはマックスに向かって片目をつむった。「彼女は酔っ払ったとき、おまえさんに言いかけたんだったな。これからお偉いさんに会う、相手の人物は〝海〟なんとかにいるんだと。海軍省にちがいない。証拠を握っているとも言ったんだろう？　決まりだな。それが殺人の動機だ。

さあ、事件の全貌が明らかになった。

最初から順序よく組み立てていくぞ。ジア・ベイ夫人がアブスデール卿に直談判すべく大西洋を渡ろうと決心した一方、ケンワージーは冷酷に彼女の殺害を決心した。むろん彼はそれをおくびにも出さず、猫撫で声で彼女にこの船を奨め、自分も付き添うからと親切ごかしに申し出た。互いの関係についてはもうしばらく周囲に黙っているよう約束させたであろうことも、想像に難くない」

ラスロップが口をはさんだ。

「いくら約束しても、彼女が乗客の誰かにケンワージーと親密な仲だとしゃべってしまう可能性はありますよ」

「それはあくまで仮定の話だろう？」H・Mが言った。「ジア・ベイ夫人はあけっぴろげな性格の割には、個人的なことに口が堅かった。マックス・マシューズ君の前でぐでんぐでんに酔ったときでさえ、途中で口をつぐんだ。また、彼女はケンワージーをこれっぽっちも信用していなかった。証拠の手紙のありかを偽るため、事務長に預けたふりまでしておる。実際は常にハンドバッグに入れて持ち歩いておったのだ。残念ながら、結局はケンワージーに見破られてしまったがな。

それにだ、たとえ彼女がケンワージーとの仲を吹聴しようと、やつにとって大した問題ではない。犯人はフランス狙撃隊のピエール・ブノワ大尉なんだろう？　現場に残された指紋から、ブノワ大尉は文字どおり手を真っ赤な血に染めた殺人者ということになる。逃げきれないと観念して罪を告白する遺書を残し、自ら命を絶つ。それで一件落着だ。アブスデール卿のご子息に疑いなど向きっこない。

ケンワージーは周到に計画を練った。ブノワの軍服やら身の回り品は、ニューヨークで仕入れたにちがいない。そして左舷と右舷で真横になる船室を、別々の名前で予約した。むろん乗船時は荷物だけで、ブノワ本人はいない。現われるのはもっとあとだ。船室係が回収できるよう、乗船書類やパスポートはケンワージーがブノワの船室の寝台に置く。出港後、船室係が集めに来たのを覚えておるな？　乗船時に提出させられたわけではない。

やつの船上での二重生活について細々説明するには及ばんだろう。諸君のご想像に任せる。一人二役はそう長くはもたんが、初めからせいぜい数日間の予定だった。ケンワージーがまず実行したのは、誰もが不安で周囲に注意を払う余裕のない初日の晩にブノワの漠然とした印象を振りまくことだった。フランス軍の制服を着た浅黒い顔の男が一人いる、という程度にな。同じ晩、深夜にナイフ投げでちょっとした騒動も起こした。乗客たちの関心を惹き、ある女性に妄執を抱く半分頭のいかれた男が船内にいる、との認識を植えつけるためだ。翌日は、素顔を隠してブノワを救命ボート訓練に参加させた。

そんなわけで、ジア・ベイ夫人殺害の準備は二日目の晩には調っていた。ただ、あんな早い時刻に決行するつもりだったかどうかは定かでない。知ってのとおり、彼女は酩酊してマックス君と一緒だった。ケンワージーはその隙にブノワの恰好で彼女の船室へ忍びこんだ。そこへジア・ベイ夫人がコートを取りに戻ってきた。お互いさぞかし驚いたはずだが、彼女は男に気づいても悲鳴は上げなかった。すぐにはケンワージーだとわからなかったろうし、見知らぬ侵入者と出くわしたくらいで動転する女ではない。冷静に相手の正体を見定めた。そして真実を悟った瞬間、頭を殴られて気絶し、例の剃刀でとどめを刺された。

ケンワージーは指紋の細工に血を使うかどうか決めていなかったんだろう、インク瓶を用意していた。それを、奪い取った手紙の代わりにハンドバッグに放りこんだ。そのあと自分の親指についた血を器用にぬぐって偽の指紋を残し、現場から立ち去った。

ここで注目してほしいんだが、返り血を浴びようが、犯行現場を出入りする姿を目撃されようが、やつはてんで構わなかった。あとでブノワ犯人説がもっともらしくなるから、かえってありがたいくらいだ。

ただし、そこから先の計画には細心の注意を払わねばならん。遺体発見のタイミングが重要な問題になってくる。猟犬たちはいつ吠え立てるのか。指紋採取はいつ実施されるのか。当日の晩早々に始まるとはさすがに予測しなかったろう。それも一時間も経たんうちにな。やつは自分の、つまりケンワージーの船室に戻り、再び具合の悪くなる薬を飲んで伏せっていた。すると間もなく――」

「わたしが訪ねていったわけですね」グリズワルド事務長が憂鬱げに続きを引き取った。

H・Mはうなずいた。

「さよう。乗船後にあんたが彼の船室を訪ねたのはそれが初めてだったな。そのあと、マックス・マシューズ君が入ってきた。ケンワージーは船内の不吉な空気をあおるため、ガスマスクの男が徘徊しているという作り話を聞かせた。マックス君と事務長の短いやりとりから、ケンワージーはただちに事態を察した。遺体が発見されたのだ！　船長は早くも調査に乗り出している！　ケンワージーにすれば、胃の不快感に加えて、めまいと冷や汗にも襲われたことだろう。思い出してみろ」H・Mが事務長とマックスに言った。「やつは諸君をすぐさま追い出しにかかったな？　事務長が船医をよこそうかと言ったら、半狂乱になってわめき立てたしな。

さあ、そこからが正念場だ。

なにがあろうと部屋には絶対に誰も来させるなと。

再びブノワに化けたケンワージーは、ドアに鍵を掛けて洗面所を通り抜け、B71号室へ入った。そして寝台の上にゴム印とスタンプ台を用意した。

やつの肚づもりはこうだ。もうじき誰かが、おそらくは船長じきじきに、指紋を採取しにやって来る。ブノワはそれに同意し、目の前にあるインクを足しておいたスタンプ台に自分の親指を押しつける。当然、指はべたべたに汚れる。やつは困ったなという顔で余分なインクをハンカチで拭き取って、ジア・ベイ夫人の船室に残したのと同じ指紋を採取させる。そのあいだ、いかにも後ろめたそうな態度でしゃべり続けることも忘れない」

今度はクルクシャンク三等航海士が口をはさんだ。

「そうしますと、やつが〝彼女〟だの〝裏切り者〟だのと、わけのわからないことを口走っていたのは……?」

H・Mが低い声で不機嫌そうに言った。

「動機を偽るためだ。ジア・ベイ夫人はナチスのスパイで、だからブノワが殺害したという考えをあんたに吹きこもうとした。この船に女スパイが乗っていると匿名で船長に通報したのも九分九厘ケンワージーだ。

続きに戻るぞ。やつの筋書きでは、ブノワの船室でいんちきな指紋を採らせて計画完了となるはずだった。指紋の照合がその場でおこなわれることはない。ひとまず全員の指紋を集め、一括して照合作業に入るだろう。指紋採取に来た事務長たちが引き揚げたら、その晩のうちにブノワに遺書を書かせ、彼の軍服を着せた人形で自殺を偽装し存在を消し去る。事務長と三等航海士が船室を訪ねたあとは、二度と人前に姿をさらすことはない。照合の結果、ブノワの指紋は血染めの指紋と一致し、犯行を告白する遺書もある。ケンワージーは自分の指紋を細工せずに採らせるから、船内にはブノワと同じ指紋の持ち主は一人もいない。どうだね、諸君、ほれぼれする作戦じゃないか。わずか四十八時間ですっきり完遂する計画だったのだ」

H・Mはそこで黙り、空になったグラスの香りを嗅いだ。葉巻の火は消えていたが、つけ直そうとはしない。

「ところが」H・Mは苦々しげに言った。「計画は無残にも失敗した」

「なぜかというと」事務長が口をはさんだ。「クルクシャンクとわたしがブノワの言動に不審を抱き、彼のスタンプ台を使わせなかったからです。その結果、彼は本物の指紋を採取された。まずいと思ったでしょうね」

「まずい？」H・Mががなった。「そんな生易しいもんじゃない、万事休すだ。去っていくあんたたちをやつは不思議な表情で見送ったそうだが、無理もない。せっかくの緻密な計画が灰燼《かいじん》に帰したんだからな。どういうことかわかるか？

あくる晩の出来事をおさらいするか。ブノワ大尉に迫る危険は刻一刻と深まっていった。身柄を拘束される前になんとしても抹殺しなければならん。ケンワージーは甲板でブノワの軍服を着せた人形――本人の供述によれば、毛布と丸めた新聞紙で作ったものだ――を銃で撃ち、見張りの目に留まるよう派手に海へ突き落とした。〝死体〟は海面でばらばらになるだろうが、どうせ誰にも見えっこない。ブノワ大尉の署名入りで殺人を告白する遺書も残してあるし、それできれいに片が付くはずだった。しかし計算外のことが二つ起こった。遺書が誤って廃棄されたうえ、フーパー氏がB甲板で二人の人影を見たと主張したのだ。

人形を海に投げ捨てたケンワージーは、酒で胃をしゃきっとさせるため、彼自身の服装で初めて皆の前に登場した。ところが、そこで再びぎょっとする事態に直面した。従妹のヴァレリー・チャトフォードが突然現われて、例の手紙が招いた窮地から救ってあげたいと申し出たんだからな。

まさしく青天の霹靂《へきれき》だ。

ケンワージーにすれば、親指の指紋という決定的な証拠が絞首台のロープのごとく巻きついた気分だったろう。その理由がわかるか？」

ヴァレリーは当惑の表情で答えた。「いいえ、さっぱり。だって、殺人現場にあった指紋と一致する人はいなかったんでしょう？」

Ｈ・Ｍはやれやれと言わんばかりに両手を前に突き出した。

「いいか、事務長室の金庫には小さな白いカードが八枚保管されていた。各乗客の左右親指の指紋カードだ。ただしブノワ大尉の指紋もケンワージーの指紋も正しく採取されている。ということは、どうなる？　まったく同じ指紋を持つ人間が二人いることにならんか？」

「やられた！　完全に盲点だった」と事務長。

「そうだろうとも。指紋カード同士を比べてみることは、誰も考えつかんからな。もしそれをやっていれば、ブノワとケンワージーが同一人物であることは即座に判明したんだ。いずれにしろ船が港に着いて警察が捜査に乗り出せば、そうした事実はたちどころに明らかになる。よってケンワージーとしては、なんとしてもブノワの指紋カードを始末せねばならなかった。そこで潜水艦警報を鳴らし、その隙に事務長室へ忍びこんで――」

「しかし、事務長室の金庫にあった指紋カードには手を触れていなかった」ラスロップが鼻息荒く言った。「なぜだ？　指紋カードの一枚を手に入れたいのなら、なぜ金庫を探さなかったんだろう」

「実はそれこそが」Ｈ・Ｍがにやりとした。「犯人がジェローム・ケンワージーであることを指し示す決定的証拠なんだ。

やつは金庫の中身には見向きもしなかった。指紋カードがそこにあることを知らなかったからな。そしてケンワージーは、それを知らなかった唯一の乗客だ。水曜の朝の場面を思い出してみろ。ボート甲板で事務長が、指紋カードは金庫にしまってあると話したとき、ケンワージーを除く乗客全員が居合わせた。ケンワージーは少し遅れて現われたんだ。やつは、指紋カードが入っているのは金庫の外にあるボール紙のファイルだと思いこんでいた。だからそのファイルをひっくり返しただけで、金庫には触れなかった。乗客のパスポートを盗んだのはブノワの分を始末するのが目的だったが、本命の指紋カードは結局手に入らなかったわけだ。

わしは一計を案じ、頭の怪我が実際よりもうんと重いふりをした。加えて、指紋カードを手もとに置いていると言いふらした。やつがどういう行動に出たかは知ってのとおりだ。ブノワの軍服を着たのは、破れかぶれになっていた証拠だろう。乗客の行動が逐一見張られているのはわかっていた。でなければ、事務長室へ侵入するのに潜水艦警報まで鳴らさない。もはや木のてっぺんに追いつめられ、どんな手段もいとわない心境だったろう。あの晩はおあつらえ向きに霧が出ていた。やつはブノワ幽霊説を利用するほかないと、替えの軍服を身につけた。目撃者がいたとしても、神経がまいっているせいで幻覚を見たと思いこむかもしれん。船旅には怪談がつきものだからな。やつにすれば、いちかばちかの賭けだった」H・Mが憔悴した青白い顔で言った。「結局それはわしの弾丸で撃ち砕かれた。話は以上だ」

室内がしんとなった。

外では明るい冬の太陽が輝いていた。開いた舷窓から海面に反射した光が降り注ぎ、喫煙室の天井にゆらゆらと漂っている。船はイギリス海峡を航行中で、昨日からイギリスの沿岸上空にプレアデス星団が見えていた。入港先はロンドンだと知らされた。エドワーディック号はロンドン東のティルベリー埠頭を目指して静かに進んでいる。

「ひとつだけ、まだわからないことがあります」グリズワルド事務長が頭を振り振り言った。「ケンワージーの船酔いですが、彼は以前の航海でも確かに――」

H・Mは眼鏡越しに事務長をまじまじと見た。

「ずいぶんとこだわり性だな。まあいい。これはあくまで推測だが、その航海前半の船酔いは深酒がたたった二日酔いだろう。クルクシャンクが口にしたように、周囲は皆、単なる〝言い訳〟と見ていたんじゃないのか？　ケンワージーはそうした船内での自分の評判まで逆手に取った。この船について知り尽くしていたからな。船室の配置や、あんたの指紋の知識など、集めた情報をすべて巧妙に計画に組み入れたんだ。すこぶる利口な男じゃないか。外務省の優秀な人材だったのもうなずける」

「利口どころか」事務長が言った。「憎らしいほどの天才です！」

「それに」ヴァレリーが言った。「外見も魅力的だわ」

「いかにも」H・Mが同意した。「殺人犯というのは、えてしてそういうものだ。これは奇を衒《てら》った逆説でも皮肉でもない。わしがこういうことを言うとまわりは決まって驚くが、因果関係に基づくれっきとした事実だ。あの手の見栄えのいい男は往々にして女性関係が原因でのっぴきならぬはめに陥り、なんとか脱出しようともがく。似たような話は諸君も聞き覚えがあるだろう。今回もそれと同じだ」

穏やかな物腰のボーイが、一同のほうへ近づいてきた。

「駆逐艦が通過します。ご覧になりたい方はどうぞ」

一斉にドアへ駆け寄る足音が響き、あとにはヴァレリーとマックスとH・Mが残された。

「感謝のかけらもない態度だな」H・Mがぷりぷりして言う。「けしからん！」

「そんなことありません。みんな心から感謝しています」ヴァレリーは両手を目の上にかざして言った。「わたしは特に。この十日間はわたしにとって、ぞっとするような偽善だらけの日日でした。もう船旅はこりごり。でも、残念ながらそうはいかないでしょうね。パスポートがなければイギリスに上陸できませんから、この船でアメリカへとんぼ返りだわ」

H・Mは彼女を渋い顔で見据えた。

「上陸できないと誰が言った？　わしはだてに歳を取ってはおらんぞ。パスポートはケンワージーが拳銃やなにかと一緒に海へ投げ捨てたんだろうが、なあに、心配することはない。係官を丸めこむのに一日二日かかるかもしれんが、わしが必ずなんとかする。ただし、ラスロップの分は知らんぞ。どうにかしてくれと本人が泣きついてきてもな。嬢ちゃん、あんただけ特別だ」マックスを見やってつけ加える。「おまえさんは彼女に上陸してもらいたいかね？」

「彼女が上陸できないなら」マックスは答えた。「ぼくもこの船に戻ります」

「わたし、あなたを毛嫌いしてた。あなたもわたしのこと、さぞかし鼻持ちならない女だと思ってたでしょうね。だから、これでおあいこ。でもあなたが船に戻る必要はないのよ。わたしは海に飛びこんででも、あなたのあとを追いかけるつもりだから」ヴァレリーは両手をマックスに差し伸べた。

*

楽団の音合わせが聞こえてくると、三人は連れ立って社交室へ向かった。日曜日の静けさが船全体を覆っている。マシューズ船長は相変わらずぎこちない手つきで聖書を持ち、即席の説教壇のそばに立って乗客たちを迎えた。彼は再び詩篇二十三篇を朗読した。兄にすれば上々の出来だな、とマックスは思った。賛美歌も祈禱もなかったが、船長の合図で楽団が国歌『ゴッド・セイブ・ザ・キング』を奏でると、全員が合唱した。天井に響き渡るその歌声はかつてないほど力強く、敬虔な真心にあふれていた。

灰色の大型客船エドワーディック号は、イギリス海峡を順調に進んでいた。死と嵐、そして暗黒の大海原がはらむ危険を果敢に乗り越え、羅針盤の針のごとく着実に故郷へ帰り着いたのである。

解説

横井司

カーター・ディクスンことジョン・ディクスン・カーは、日本では長い間、不可能犯罪のトリックにオカルティズムの粉飾をこらした作家であると理解されてきた。これは、江戸川乱歩が「カー問答」（一九五〇）において開陳したカー論の影響が強かったからだが、そうしたカー評価に対して新たな視点を示したのが松田道弘の「新カー問答」（一九七七―七八）で、乱歩が読んでいなかった歴史ミステリまで視野に入れて、カーの魅力はロマンス的要素と奇術愛好癖に基づくプレゼンテーションの巧さにあると位置づけた。

カーの作風が時期によって四つに分けられることを紹介したのも、松田道弘が最初ではなかったかと記憶する。パリ警視庁のアンリ・バンコランが探偵役を務める初期が第一期で、トリックが二重三重に絡まり合う複雑なプロットを構築する一九三〇年代の作品を第二期とし、メイン・トリックひとつのシンプルなストーリー構成で魅せる一九四〇年代が第三期、そして歴史ミステリが中心となる第四期だ。本書『九人と死で十人だ』（一九四〇）は、その第三期に発表された作品である。

　第三期の作品群は右にも述べた通り、メイン・トリックがひとつの、ストーリーはシンプルな作品が多い。そのため、第二期の作品群、たとえば『三つの棺』（一九三五）や『火刑法廷』（一九三七）など、カーの代表作と目される作品に比べると、物足りなく思われるためか、一部の作品を除けば、これまであまり評価されてこなかった。かつては『連続殺人事件』（一九四二）や『皇帝のかぎ煙草入れ』（一九四二）、『爬虫類館の殺人』（一九四四）などが、邦訳書を簡単に入手できたことのみならず、トリックが印象的なこともあって、この時期の代表作と目されていたものである。その後、『貴婦人として死す』（一九四三）や『囁く影』（一九四六）などが文庫化されて簡単に読めるようになり、それらの評価も高まった。その一方で、かつて雑誌『別冊宝石』に訳されたまま、長い間、単行本として刊行されなかった『かくして殺人へ』（一九四〇）や『九人と死で十人だ』、刊行されながらも品切れ時代が長かった『殺人者と恐喝者』（一九四二）などのように、再評価の機会に恵まれなかった作品も多い。

　近年、それらの不遇な作品が新訳され、続々と文庫になっているのは、古くからのファンにとってはは感慨深いものがあるのではないか。と同時に、かつてはB級C級と目されてきた作品が、はたして新しい読者にどう受け入れられるのだろうかと、いらざる危惧の念を抱いているかもしれない。ところが、これらの不遇な作品は、オカルティズムやトリック・メーカーの作家という従来のカー評価から外れるからこそ、かえってプロットづくりの巧妙さを際立たせるものがあり、カーの技巧派ぶりが非常に分かりやすく示されているという点で、むしろ新しい読者にアピールするようにも思われる。

乱歩が不可能犯罪のトリックを評価したのに対して、松田は「トリックのアイディアとその生かし方」を評価したわけだが、両人ともトリックを評価するという点では同じであったといえる。カーには演出によって見得を切りたい茶目っ気があり、そのためには多少の無理は辞さない、「〝要するに面白ければいいんだろう〟と職人カーがひらきなおって」書いている、というのが松田の説くところである。それはその通りだが、本書や『かくして殺人へ』を読んで気づくのは、カーが提示する謎とは犯人の周到な計画から生まれるのではなく、むしろ犯人の周到な計画が破綻することから生まれるのではないか、ということだ。創元推理文庫版『貴婦人として死す』に寄せた山口雅也の解説「結カー問答」(二〇一六)の表現を借りるなら、「《偶然》現象も織り込み済みで描く」本格ミステリということになろうか。未読の読者の楽しみを奪わないために詳細は書かないが、このような、犯人の計画の破綻が謎を生むというプロットは、都筑道夫が『黄色い部屋はいかに改装されたか?』(一九七五)で提唱したモダーン・ディテクティヴ・ストーリイの考え方と通底するものがある。

そのトリック・メーカーぶりから、しばしばハウダニットの作家だと思われてきたカーだが、実をいえばホワイダニットの作家という一面も持っている。都筑道夫が追悼文「私のカー観」(一九七七)において『貴婦人として死す』を評価していたことや、松田道弘が「『貴婦人として死す』をいま読んでも新鮮なのは、犯人が何ひとつ小細工《トリック》を弄していないのに、いいかえれば犯人はヘマばかりやっていたにもかかわらず、不可能状況が成立してしまうという皮肉さがあるからだろうね」と述べていることを付け加えておこう。『九人と死で十人だ』もまた、犯人がヘマをやって不可能状況が成立してしまう作品である。

＊

日本ではこれまであまり話題に上らなかった『九人と死で十人だ』は、海の向こうのカー評者にはすこぶる評判がいい。たとえばダグラス・G・グリーンは『ジョン・ディクスン・カー奇蹟を解く男』(一九九五)において「一九四〇年代初期のカーの最上作のひとつで、いかなる時期のもっとも魅力的なH・M物にも匹敵する。不可能状況とその解明は秀逸だ。戦時下のサスペンスが謎解きのプロットと無理なく調和し、本文にも贅肉は一切ない」とまで述べている。松田道弘の「これで登場人物がもうすこし要領よく描きわけられていたらかなり面白い作品になったろうね」という評価と比べると、その違いに驚かされる。

この松田の評価とグリーンの評価とで大きく異なるポイントはもうひとつ、「戦時下のサスペンスが謎解きのプロットと無理なく調和し」ているかどうか、である。

カーの作家活動における第三期の前半は、第二次世界大戦と重なっている。この時期について、S・T・ジョシのように、カーが書くようなパズル・ストーリーは大戦を背景とする物語に向いていなかった、とする評者もいたが、グリーンはそれに反論する。

パズル・ストーリーが戦争を背景にすることを妨げるものはなにもないし、実際、一九四

○年から一九四三年にかけて出版されたカーの長篇のうちの三作、『かくして殺人へ』、『九人と死人で十人だ』、それに『貴婦人として死す』は、プロットの展開が戦争と密接な関係にある。さらに、『爬虫類館の殺人』（一九四四年）は問題の期間のあとに書かれたものだが、戦争への言及で満ちあふれており、その解決もブリテンの戦いに直接関係したものである。（森英俊・高田朔・西村真裕美訳『ジョン・ディクスン・カー　奇蹟を解く男』国書刊行会、一九九六。ちなみに『九人と死人で十人だ』は旧邦題）

ここで一言いっておくと、戦争を描いたカーの作品は、『爬虫類館の殺人』で描かれた年代を下限として、いずれもロンドン大空襲より前に設定されている。ロンドン大空襲下のイギリスを舞台とする作品は、ついに書かれなかった。その意味では、パズル・ストーリーと戦争を背景とする舞台とはそぐわないというS・T・ジョシの説は、あながち的を外しているわけでもない。瀬戸川猛資は『夜明けの睡魔』（一九八七）で『爬虫類館の殺人』を論じた際、エラリイ・クイーンやアガサ・クリスティーの作品をあげて、第二次大戦下のミステリは「いずれも、空襲や戦闘とは無縁の逃避的ミステリ世界を描いている」と書いているが、カーもその傾向に棹さしているといえなくはない。

だがカーの場合、ただ単に「空襲や戦闘とは無縁の逃避的ミステリ世界」を描いていたわけではなかった。戦争というものを、詩的正義（「神の挽き臼」的な正義）が実現される状況と捉えていたようにも考えられるのだ。作品の真相にふれることになるので、ここでは詳述しないが、そのことがよく示されているのが、『貴婦人として死す』と、まさにポーランド侵攻が起きた一九三九年九月を作品の結末においている『幽霊屋敷（震えない男）』（一九四〇）である。

『爬虫類館の殺人』について、瀬戸川猛資は「これは第二次大戦下でなくては成立しないミステリである。第一次大戦でもだめだし、ベトナム戦争でもだめだ。つまり、カーは、自分も読者も直面している第二次大戦そのものをトリックとして使用したことになる」と評して、カーのミステリ・マインドを称揚している。それに比べると、『九人と死で十人だ』は「第二次大戦そのものをトリックとして使用した」とまではいえず、本格としての迫力に乏しいと思う読者もいるかもしれない。その代わり、探偵小説と戦争との関わり、戦時下における本格探偵小説のスタンスを、無意識のうちに示すような言説を見出せる場面があり、注目される。

『九人と死で十人だ』第9章でヘンリ・メリヴェール卿は、今回の事件はスパイがらみの事件ではないかと言う元新聞記者のマックス・マシューズに、その可能性を否定できないと答える。そこでH・Mは「いまどきの敵のスパイってのはな、どこにでもいる平凡な連中だよ。（中略）報酬を求めない代わりさほど優秀でもないが、揃って理想主義の熱狂的な信者ときておる」と述べる。「昔のような語り種《ぐさ》になる華々しい人物もいなければ、取り立てて重要な任務があるわけでもない」が、その一人一人が「潜在的に恐るべき死の象徴」になるというスパイを、名探偵が捕らえる意味があるのか、と自らに問いかけているようにも見える。

H・Mはまた「ほかの多くの人命を危険にさらさずに済むなら、一人を見殺しにするのもやむをえん。それが戦争というものだ」とも言う。このような戦争の本質は、大義のために個人を犠牲にすることもありうる、という考えを呼び込まずにはいられまい。戦争という大状況はそのような形で個人を抑圧し、無視するのである。

これに対して、利己的な動機から殺人を犯す人間は、それゆえに個人主義者であり、それゆえに戦争という状況に対する批判者の地位を得ることになるともいえる。山口雅也は「結カー問答」で、戦時下のミステリを概観して「毎日大量殺戮が生じている戦時下の狂気の渦中で、ある個人の死を理性的に分析しようという」、「声高な反戦文学」ではない「ミステリの文学としての立ち位置」を見出している。無名の個人の死を理性的に分析することが、個人を重視するという意味で、全体に呑み込まれない個人の価値を称揚することにつながり、それがそのまま反戦文学でもあるとするなら、全体の欲望ではなく個人の欲望を重視すること、利己的に振る舞うことも、逆説的に個人の価値を称揚することになるといっていいだろう。ミステリは犯人のありようという視点から見ても、声高ではない反戦文学なのである。

＊

ところで『九人と死で十人だ』では、日曜日の礼拝で船長が詩篇二十三篇を朗読する場面が二回描かれる。最初は、第一の事件が起きた翌日、二度目は、事件が解決した日の翌日である。詩篇二十三篇は、「主は私の羊飼い」という語り出しで始まる詞章で、苦難のときも神がともにいるから災《わざわい》を怖れない、という内容を述べたものだ。この詞章が事件発生の翌日に選ばれるのはよく分かるが、最後にもう一度、イギリスに着く前に読まれるのは、戦争によって苦難の時を迎えることを示唆しているようにも思われる。ナチス・ドイツがポーランドに侵攻して第二次世界大戦が始まったのは一九三九年九月一日。ナチスがフランスに侵攻したのが翌四〇年の五月。ロンドンで空襲が始まるのは同年の九月であった。そして『九人と死で十人だ』に描かれる事件が起きたのは、ナチスのフランス侵攻やロンドン空襲の前、一九四〇年一月なのである。つまり作中では戦火が拡大しておらず（少なくともイギリス本土は大きな被害を受けてはおらず）、本作が上梓された一九四〇年八月の時点でも、翌四一年に刊行された『連続殺人事件』の冒頭でカーが記しているように「当時は私たちイギリス人も、まだうぶだった」し「群集のだれも、本気で心配していたわけではなかった」。そうした時期に、苦境にあって神の存在を意識し、神とともに（神の導きによって）苦難を怖れずに進むという詞章を朗読するシーンを描いているのは、いろいろな意味で象徴的だ。『九人と死で十人だ』が、H・M卿と船上の理髪師とのユーモアあふれるやりとりを描きながらも、全体としてシリアスな作品と見られているのは、やがて来る苦難の道を予想させるからかもしれない。

　だが、それはそれとして、真相が明らかになったときに、指紋を採られたある船客の「不思議な表情」を改めて想像すると、ユーモラスであり、奇妙なおかしみがともなう。シリアスであればあるほど、犯人を襲った状況の皮肉さは際立つ。カーのユーモア・センスはスラップスティックのような、行動的なドタバタと見られることが多いけれども、皮肉な状況から醸し出されるユーモアについて、もう少し注目されてもいい。

本作品は一九九九年に国書刊行会から刊行されました。
創元推理文庫収録に当たり、全面的に改稿しています。

検印
廃止

訳者紹介　1962年東京都生まれ。慶應義塾大学文学部卒業。英米文学翻訳家。訳書にマクロイ「暗い鏡の中に」「幽霊の⅔」、カー「皇帝のかぎ煙草入れ」、ドラモンド「あなたに不利な証拠として」、ドイル「緋色の研究」「四つの署名」等がある。

九人と死で十人だ

2018年7月27日　初版

著　者　カーター・ディクスン
訳　者　駒《こま》　月《つき》　雅《まさ》　子《こ》

発行所　(株)東京創元社
代表者　長谷川晋一

162-0814/東京都新宿区新小川町1-5
電　話　03・3268・8231-営業部
03・3268・8204-編集部
URL　http://www.tsogen.co.jp
DTP　キャップス
理想社・本間製本

乱丁・落丁本は、ご面倒ですが小社までご送付ください。送料小社負担にてお取替えいたします。

ISBN978-4-488-11845-7　C0197